# 스튜디오
## 69 (하)

그는 말한다,
내가 떠나려 하면
죽어 버리겠다고.

(하)

STUDIO 69

69

리사 마르클룬드 | 한정아 옮김

황금가지

| 차례 |

제2부  8월(하)

세상에 태어난 지 18년 6개월 14일째 ·············· 9

8월 3일 금요일 ················· 11

세상에 태어난 지 18년 10개월 6일째 ·············· 25

8월 6일 월요일 ················· 27

세상에 태어난 지 18년 11개월 5일째 ·············· 63

8월 7일 화요일 ················· 65


제3부  9월

세상에 태어난 지 19년 2개월 18일째 ·············· 95

9월 3일 월요일 ················· 97

세상에 태어난 지 19년 4개월 7일째 ·············· 121

9월 4일 화요일 ················· 123

세상에 태어난 지 19년 4개월 30일째 ·············· 157

9월 5일 수요일 ················· 159

세상에 태어난 지 19년 5개월 2일째 ·············· 181

9월 6일 목요일 ················· 183

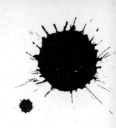

세상에 태어난 지 19년 6개월 13일째 ·································· 213

9월 7일 금요일 ······························· 215

세상에 태어난 지 19년 7개월 15일째 ·································· 229

9월 8일 토요일 ······························· 231

세상에 태어난 지 19년 11개월 1일째 ·································· 249

9월 9일 일요일 ······························· 251

세상에 태어난 지 19년 11개월 24일째 ·································· 263

9월 10일 월요일 ······························· 265


에필로그 ······························· 283

감사의 글 ······························· 293

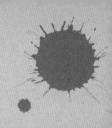

제2부

8월(하)

# 세상에 태어난 지 18년 6개월 14일째

그가 불같이 화를 낼 때면 나는 제대로 저항도 못한다. 나는 그가 옳다는 것을 안다. 어느 누구도 그만큼 나를 사랑해줄 수는 없다. 그는 나를 위하는 이이면 어떤 일도 망설이지 않는데, 나는 그보다는 바깥세상 일에 관심이 더 많다.

절망은 커지고, 나의 부족함은 얼음처럼 차갑고 유독한 푸른색의 꽃을 피운다. 기대를 충족시키지 못하는 것은 참으로 사람을 의기소침하게 만드는 일이다. 그가 사랑을 나누고 싶어 할 때 나는 TV를 보고 싶어 하고, 화가 난 그가 내 팔을 잡아 비튼다. 어둡고, 습하고, 형태가 없고, 꿰뚫을 수 없이 단단한 공허감이 자라나 점점 더 커져가고 있다. 그는 내가 자기를 실망시킨다고 말하는데, 나는 도무지 어쩌면 좋을지 모르겠다.

우리는 함께 노력하여 우리의 천국으로 돌아가는 길을 찾아야 한다. 사랑은 영원하고 근원적인 것이다. 결코 그것을 의심하지는 않을 것이다. 그러나 누가 사랑이 쉽다고 했는가? 완벽한 사랑이 보편적인 거라면, 그것을 갈구하는 사랑이 왜 그렇게 많겠는가?

지금 포기할 수는 없다.

우리는 서로에게
가장 소중한 존재다.

# 8월 3일 금요일

안데르스 쉬만은 자동차까지 짧은 거리를 뛰어가는 동안 완전히 젖어 버렸다. 여러 날 계속되었던 찜통더위에 복수라도 하듯 폭우가 쏟아지고 있었다.《크벨스프레센》의 편집국 부국장은 운전석으로 들어가 앉아 흠뻑 젖은 재킷을 벗느라고 애를 쓰면서 욕을 내뱉었다. 셔츠의 등판과 어깨까지 젖어 있었다.

"좀 있으면 마르겠지."

그는 혼잣말을 했다.

그가 내쉬는 숨 때문에 벌써 창문이 뿌옇게 흐려져 있어서 서리 제거 장치를 최대로 틀어놓았다.

아내가 부엌 창문 앞에 서서 손을 흔들고 있었다. 그는 옆 창문을 닦고, 아내에게 손시늉으로 키스를 보낸 후, 시내로 출근길에 올랐다. 와이퍼가 정신없이 창문을 닦고 있었지만, 거의 아무

것도 보이지 않았다. 뭐라도 보기 위해서는 계속 창문 안쪽까지 닦아야 했다.

살트셰바스 도로를 달릴 땐 차가 비교적 잘 빠지고 있었는데, 나칼 지나면서부터 정체가 시작됐다. 베름되 도로에서 발생한 사고 때문에 8킬로미터 가까이 정체되고 있었다. 쉬만은 큰 소리로 끙 하고 앓는 소리를 냈다. 빗속에서 배기가스가 안개처럼 피어올랐다. 결국 그는 엔진을 끄고 서리 제거 장치가 공기를 재활용하게 해 주었다.

쉬만은 《크벨스프레센》을 잘 이해할 수가 없었다. 부국장직을 맡아 달라는 제의를 받고나서부터 지금까지 4개월 동안 《크벨스프레센》을 열심히 읽었다. 그래서 파악해낸 어떤 측면들은 이미 익히 알고 있는 사실이었다. 예를 들어, 《크벨스프레센》은 항상 도덕적 윤리적 경계선 위를 위태롭게 걷고 있었다. 자존심이 있는 타블로이드 신문으로서 어찌 보면 당연한 일일 것이다. 물론 가끔 선을 넘어가는 경우도 있었지만, 그런 경우는 생각보다 훨씬 적었다. 그가 신문 옴부즈맨과 신문 평의회에 제기된 민원을 분석해 봤더니, 다른 일반 신문사들보다 타블로이드 신문에 대한 민원이 훨씬 더 많았다. 독자의 반응을 불러일으키는 것이 타블로이드 신문의 역할이므로 당연한 현상이었다. 그리고 그중 민원 제기자의 손을 들어주는 경우는 1년에 몇 건 되지 않았다. 그는 징계 조치를 받은 기사들 대부분이 경계선이 어딘지 알지 못하는 작은 지방지에 실린 것들이라는 사실을 알고 놀랐었다.

그는 《크벨스프레센》은 1면 머리기사를 비롯해 모든 기사와 표제가 균형이 잘 잡혀 있는, 대단히 영리한 신문이라고 결론지었다. 독자들의 의견에 개방적이고, 독자들과 대화 창구를 열어두고 있었다.

적어도, 이론적으로는 그랬다. 그러나 현실은 많이 달랐다.

편집국 간부들이 자기가 해야 할 일을 제대로 모르고 있는 것 같은 경우가 종종 있었다. 그 시골 아가씨를 망자들과 폭도들이 있는 묘지로 내보낸 것도 그랬다. 그녀가 상황을 분명하게 이성적으로 판단할 수 있을 거라고 기대했다니, 정말 어이가 없었다. 쉬만은 전날 밤 편집장들을 불러서 이야기를 나눠 보았는데, 요세핀 릴리에베리 사건 취재에 관해서 그 여기자와 진지하게 이야기를 나눠 본 사람이 한 명도 없었다. 그의 눈에는 그들이 아주 무책임하고 무능해보였다.

그리고 여성 테러 단체 일도 희한했다. 편집장들 어느 누구도 닌자 바비의 테러 소식이 신문에 실리게 된 경위를 모르고 있는 것 같았다. 여름 계약직 기자가 그 경악스러운 사진들을 들고 승전 축하 춤을 추면서 편집국으로 들어오자 다들 그에게 축하 인사나 건넸지 경위는 따져 보지도 않고 사진을 신문에 실었다.

일이 그런 식으로 진행되어서는 안 되었다. 바람 가까이에서 항해를 하려면, 바람이 정확히 어느 쪽으로 부는지 알아야했다. 쉬만은 《크벨스프레센》에 큰 폭풍우가 밀어닥치리라는 것을 느낄 수 있었다. 전날 방송된 라디오 프로그램이 《크벨스프레센》이 만만한 먹이가 되어가고 있음을 보여준 첫 번째 신호였다. 편집국이 피를 흘리기 시작하면, 곧 하이에나들이 벌떼같이 달려들 것이다. 경쟁지는 《크벨스프레센》을 완전히 날려버리려고 덤벼들 것이다. 《크벨스프레센》이 무슨 기사를 썼는지, 어떻게 썼는지는 중요하지 않았다. 무조건 잘못된 기사가 될 것이다. 전 직원이 이 문제를 빨리 그리고 정확하게 인식하지 않는 한, 《크벨스프레센》은 판매 부수, 기자 윤리, 재정 등 모든 면에서 엄청난 타격을 입게 될 것이다.

쉬만은 한숨을 쉬었다. 옆 차선에서는 차들이 움직이기 시작하고 있었다. 그는 시동을 켰지만, 주차 브레이크는 그대로 두었다.

편집국 안에 프로 정신은 충만했다. 그건 의심의 여지가 없었다. 하지만 지도력과 책임감은 전반적으로 부족했다. 기자 모두가 자신의 업무를 구체적으로 잘 알고 있고, 어떤 것이 요구되는지를 잘 알고 있어야 했다. 신문사가 나아갈 방향이 좀 더 명확하게 제시되어야 했다.

이런 생각을 하던 그는 자신에게 또 다른 임무가 있다는 것을 깨달았다. 그는 철조망 위에서 사방을 비추며 침입자를 찾아내는 탐조등이 되어야 했다. 탐조등 임무의 일부는 토론과 세미나, 전략 회의, 새로운 정책 등의 형태로 나타나야 할 것이었다.

그의 차는 꿈쩍도 하지 않고 있는데 왼쪽 차선의 차들은 점점 더 속력을 내어 달려갔다. 그는 투덜거리면서 백미러로 뒤를 보았지만 아무것도 보이지가 않았다. 결국 그는 좌회전 깜박이를 켜고는 무작정 왼쪽 차선으로 끼어들었다. 바로 뒤에 따라오던 차가 경적을 울려댔다.

그는 백미러 쪽을 바라보며 욕을 중얼거렸다.

바로 그 순간 그가 들어선 차선의 차들이 또다시 멈춰 섰다. 오른쪽 차선, 그가 방금 전에 빠져나온 차선에 있던 차들이 움직이기 시작했고 점차 속력을 냈다.

그는 운전대에 이마를 대고 큰 소리로 신음을 했다.

* * *

안니카는 파트리시아의 방 안으로 살짝 고개를 들이밀었다. 파트리시아는 자고 있었다. 안니카는 문을 닫고 조용히 커피를 끓이기 시작했다. 발끝으로 걸어 현관으로 가서 조간신문을 집어와 식탁 위로 던졌다. 신문은 '어제 라디오에서는'이라는 표제의 칼럼이 실린 면이 펼쳐져서 떨어졌다. 안니카는 칼럼 표제를 노려보았다. 라디오 칼럼니스트의 기고 글을 읽는 동안 혐오감이 걷잡을 수 없이 커졌다.

"현재 방송되고 있는 시사 프로그램 중 가장 의욕이 넘치고 유익한 프로그램이 P3 방송국의 스튜디오 69라는 사실에는 반론을 제기할 사람이 별로 없을 것이다. 어제 스튜디오 69는 타블로이드 신문들이 뉴스를 지나치게 단순화하여 보도하는 행태와 사랑하는 사람과 사별한 사람들의 깊은 슬픔을 무자비하게 이용하고 있는 행태에 대해 집중 보도했다. 슬프지만, 이것은 예전부터 줄곧 큰 사회 문제였으며……."

안니카는 신문을 마구 구겨 공처럼 만들어 쓰레기통에 던졌다. 그러고 나서 거실 전화기 앞으로 걸어가 신문사에 전화를 걸어 구독을 해지했다.

그녀는 아보카도 반 개를 먹으려고 했지만 초록의 기름진 과육을 토해낼 것만 같아 포기했다. 딸기는 입에 넣어 보았지만 역시 토할 것만 같아서 뱉었다. 결국 그녀는 커피와 오렌지주스만 마시고는 아보카도와 딸기 몇 개는 파트리시아에게 먹은 것처럼 보이게 하려고 버렸다. 그러고 나서 파트리시아에게 주말에 헬레포르스네스에 갔다 오겠다고 쪽지를 적었다. 갔다가 돌아올 것인지는 자신도 알 수가 없었다. 돌아오지 않는다면, 파트리시아가 아파트를 넘겨받으면 될 것 같았다. 어차피 살 집이 필요하니까.

* * *

아파트 1층 현관 밖으로 나오니 거세게 쏟아지는 빗줄기가 벽처럼 보였다. 안나카는 현관 밖에 서서 맞은편에 있는 건물을 노려보았지만, 비의 벽 때문에 잘 보이지가 않았다.

아주 잘됐어. 밖을 나돌아 다니는 사람이 없겠군. 아무도 날보지 못할 거야. 엄마가 부끄러워하지 않아도 되겠네.

안나카는 폭우 속으로 발을 내디뎠고, 공동 쓰레기장에 다다르기도 전에 흠뻑 젖어버렸다. 그녀는 휴지와 딸기, 아보카도 등이 든 반쯤 찬 쓰레기봉투를 던져 넣고 나서 지하철역을 향해 천천히 걸어갔다.

영화에서 들은 대사가 떠올랐다. 어디든 더 이상 젖을 곳이 없을 만큼 팬티까지 푹 젖고 나서야 이르게 된다고 했던가.

기차역으로 들어가 보니 플렌을 지나가는 기차는 두 시간 정도 기다려야 있었다. 그녀는 널찍하고 조명이 환한 대합실 벤치에 앉았다. 여행객들과 기차와 역 방송실 마이크 소리가 한데 어우러져 혼돈스러운 도시의 불협화음을 만들어내고 있었다.

안나카는 눈을 감고 그 소음 공격을 고스란히 당하고 있었다.

한참이 지나자 한기가 느껴져서 화장실로 들어가 핸드 드라이어 밑에 손을 대고 서 있었다. 얼마 후에는 뒤에서 기다리던 사람들이 드라이어를 너무 오래 쓴다고 화를 냈다.

적어도 이 사람들은 내가 누군지 모르겠지. 내가 엄청난 패배자라는 걸 모를 거야. 기자란에 사진이 안 실린 게 천만다행이지 뭐야.

안니카는 지방으로 가는 작은 기차에 올라탔고, 기차는 곧 승객을 가득 실었다. 맞은편 좌석에 땀과 비에 흠뻑 젖은 뚱뚱한 남자가 앉아 있었다. 그가 숨을 헐떡이면서 《크벨스프레센》을 펼쳐 들자, 안니카는 보지 않으려고 고개를 돌렸다.

그런데도 의회 의장이 정보국 사건 관련을 시인했다는 베리트의 기사가 눈에 들어왔다.

"나는 전쟁 때 엘메르와 함께 일했습니다."

1면 기사에 이렇게 적혀 있었다.

아, 그러서? 뭐 이젠 나랑은 상관없는 일이니까.

플렌에 도착했지만, 헬레포르스네스로 가는 버스는 한 시간을 더 기다려야 했다. 아직도 비가 억수같이 쏟아지고 있었고, 버스 정류장 뒤 거리에는 작은 물웅덩이가 생겨 있었다. 안니카는 남들과 눈이 마주치는 게 싫어서 기차역 대합실에서 벽을 보고 앉아 있었다.

버스가 타타르바켄 정류장에 멈춰 섰을 때는 이미 오후로 접어들고 있었다. 협동 조합 주차장은 물바다로 변해 있었고, 차도 사람도 전혀 보이지 않았다. 안니카가 버스에서 내리는 걸 본 사람은 아무도 없었다. 지친 그녀는 전날 무리해서 한 운동 때문에 아픈 다리를 이끌고 비틀거리면서 자기 집을 향해 걸어갔다.

아파트 안은 어두웠고 퀴퀴한 먼지 냄새가 났다. 그녀는 불을 켜지 않은 채 젖은 옷을 벗고 침대로 기어들어갔다. 3분 후에는 곤한 잠에 빠져들었다.

* * *

"시간문제야."

총리가 말했다.

"아직은 아무것도 확실하지가 않습니다. 기자들이 어디쯤에서 멈출지 아무도 모릅니다."

홍보수석이 반박했다.

홍보수석은 자기 말에 확신을 갖고 있었다. 과거에 그는 스웨덴에서 가장 거침없고 가장 노련한 정치부 기자로 이름을 날렸었다. 요즘에는 언론이 사민당에 우호적인 보도를 하도록 유도하는 것이 그의 임무였다. 그는 미국에서 온 선거 전략가들과 함께 집권당의 선거 운동의 틀을 짜는 가장 영향력 있는 사람이었다. 총리는 그가 사민당을 위해 일하면서도 표는 자유당에 던진다는 것을 알고 있었다.

"솔직히 말하면 걱정이 돼. 이 일을 될 대로 되라고 보고만 있을 수는 없어."

총리가 말했다.

총리는 의자에서 일어서서 초조한 심정으로 창가로 걸어갔다. 억수같이 쏟아지고 있는 장대비가 회색 장막처럼 창밖 풍경을 가리고 있었다.

홍보수석이 총리를 질책했다.

"그렇게 수심이 가득한 표정으로 창가에 서 계시면 안 됩니다. 창밖에서 다 보일 겁니다. 그런 모습이 찍힌 사진은 위기를 맞은 정부를 상징하는 멋진 증거 사진이 될 겁니다."

총리는 짜증을 내며 창가에서 떨어졌다. 안 그래도 심기가 불편한데 더 짜증이 나서, 통상장관을 바라보며 고함을 버럭 질렀다.

"도대체 어떻게 그렇게 어리석을 수가 있나?"

크리스테르 룬드그렌은 아무 대답도 없이 구석에 있는 의자에 앉아서 창밖으로 보이는 납빛이 도는 회색의 하늘을 노려보고만 있었다.

총리가 그에게로 다가갔다.

"빌어먹을, 정부 기관의 업무에 간섭할 수 없다는 건 잘 알고 있겠지?"

장관이 고개를 들고 상관을 쳐다보았다.

"그럼요. 경찰이나 다른 어떤 기관의 업무에도 간섭할 수가 없다는 것 잘 알고 있습니다."

총리의 눈이 안경 뒤에서 찌푸려졌다.

"자네가 우릴 어떤 난관에 빠뜨렸는지 모르겠나? 자네의 행동이 어떤 결과를 낳을지 모르겠냐고."

크리스테르 룬드그렌은 벌떡 일어서서 총리를 노려보며 외쳤다.

"제가 무슨 짓을 했는지 아주 잘 알고 있습니다. 이 빌어먹을

당을 구해냈죠. 그게 제가 한 짓입니다!"

홍보수석이 끼어들었다.

"자자, 진정들 하시죠. 이런다고 이미 일어난 일이 달라지진 않잖습니까. 이젠 상황을 최대한 잘 이용해야 합니다. 섣불리 들어가서 문서를 위조하거나 바꿔치기 하려 했다가는 정말 큰 일이 날 수 있습니다. 그런 방법은 안 됩니다. 전 기자들이 두 분의 영수증을 찾아낼 수 있을 거라고는 생각하지 않습니다."

그가 총리와 통상장관을 아우르는 동그라미를 그려보였다. 그러고는 말을 이었다.

"지금 제일 중요한 것은 경찰에게 정보는 최대한 적게 주면서 최대한 많이 협조하는 것처럼 보이는 일입니다."

홍보수석은 통상장관을 달래듯이 그의 어깨에 한 손을 올려놓았다.

"크리스테르, 이제 모든 건 당신에게 달렸어요."

장관은 어깨를 들썩여서 홍보수석의 손을 떨쳐냈다.

"난 살인 용의자요."

그가 긴장된 목소리로 말했다.

홍보수석이 대꾸했다.

"그러게요. 참 기가 막힌 우연의 일치군요. 내각에서 당신이 맡은 업무가 죽음과 관련된 일이잖아요. 무기 판매를 담당하고 있으니까 말이죠. 그런데 살인 혐의까지 받고 있으니."

* * *

눈을 떠 보니 벌써 저녁이었다. 스벤이 침대 머리에 앉아 안니카를 내려다보고 있었다.

"집으로 돌아온 걸 환영해."

스벤이 미소를 지으며 말했다.

안니카도 미소로 화답했다. 갈증이 났고 머리가 아팠다.

"몇 십 년을 떠나 있다가 돌아온 사람에게 말하는 것 같네."

"나한텐 그렇게 느껴져."

안니카가 침대 커버를 젖히고 일어나 나오는데 어지럽고 속이 울렁거렸다.

"몸살기가 있는 것 같아."

그녀가 중얼거린 후 비틀거리면서 화장실로 들어가서 타이레놀 한 알을 먹었다. 환기를 시키기 위해 화장실 창문을 열었다. 빗줄기가 많이 약해져 있었지만 완전히 그치지는 않았다.

스벤이 따라와 문간에 섰다.

"피자라도 먹으러 갈까?"

안니카는 마른침을 꿀꺽 삼켰다.

"별로 배 안 고픈데."

"뭘 좀 먹어야 돼. 거울 좀 봐, 너무 말랐잖아."

"바빴어."

안니카는 스벤을 지나쳐 복도를 걸어갔다.

그가 부엌까지 그녀를 따라왔다.

"라디오에서 자기를 한 방 먹였다는 거 들었어."

안니카는 물을 한 컵 따랐다.

"이젠 시사 프로그램도 듣기 시작한 거야?"

그녀가 퉁명스럽게 물었다.

"아니. 잉엘라한테 들었어."

안니카는 컵을 입으로 가져가다가 멈췄다.

"정액받이? 걔랑 사귀어?"

그녀가 놀라서 물었다.

스벤이 발끈했다.

"그건 아주 비열한 옛날 별명이잖아. 걔가 그 말을 얼마나 싫어한다구."

안니카가 미소를 지었다.

"그 별명을 지어낸 게 자기였잖아."

"그건 그래."

그가 싱긋 웃으면서 대답했다.

안니카가 물을 벌컥벌컥 마시고 있는데 그가 다가와 뒤에서 그녀를 껴안았다.

"추워. 옷 좀 입어야겠어."

그녀가 몸을 비틀어 그의 품에서 빠져나갔다.

스벤이 그녀의 입에 키스를 했다.

"그래. 그동안 난 마에스트로에 전화할게."

안니카는 침실로 들어가서 옷장을 열었다. 그녀가 남겨두고 간 옷들은 모두 구김이 져 있었고 퀴퀴한 냄새가 났다. 스벤이 동네 피자집에 전화를 걸어 콰트로 스타지오니 피자(피자 도우를 4등분하여, 사계절의 특산물을 토핑으로 올린 '사계절 피자'. —옮긴이)

두 판을 주문하는 소리가 들렸다. 그녀가 홍합을 먹지 않는다는 것을 알면서도.

"이젠 안 갈 거지?"

스벤이 전화를 끊고 나서 큰 소리로 물었다.

안니카는 옷들을 들춰보면서 대답했다.

"왜 그렇게 생각해? 계약은 8월 14일까지야. 아직 1주일 하고도 반이나 남았어."

스벤이 문설주에 몸을 기댔다.

"그렇게 개쪽을 당했는데도 계속 일을 하래?"

안니카의 뺨이 빨개졌다. 그녀는 벽장 깊숙이 손을 넣어 옷을 뒤적였다.

"신문사는 그런 엿 같은 프로그램에서 하는 말은 귓등으로도 안 들어."

스벤이 다가와서 다시 뒤에서 안니카를 껴안았다.

"남들이 뭐라던 상관없어. 세상 사람 모두가 널 형편없는 기자라고 평가해도, 내겐 항상 네가 최고야."

그가 속삭였다.

안니카 아주 헐렁해진 낡은 청바지와 낡은 스웨터를 입었다.

스벤이 마음에 들지 않는다고 고개를 가로저었다.

"왜 그런 걸 걸치는 거야? 제대로 된 옷이 없어?"

그녀는 벽장문을 닫았다.

"피자는 언제 와?"

"왜 말을 딴 데로 돌려? 다른 옷 입어."

안니카는 한숨을 쉬었다.

"그냥 넘어가줘. 이제 배가 고파졌어. 피자 식겠다."

그녀가 간청했다.

# 세상에 태어난 지 18년 10개월 6일째

나는 밝고 쾌활했던 시절로 돌아가기를 갈망한다. 화창한 낮이 지나면 포근한 어둠이 내리던 행복했던 그때로, 깨끗하고 분명하고 향기롭고 부드 럽던 그때로 돌아가고 싶다. 그때의 시간은 내 발을 잡아끄는 블랙홀이었 다. 그 흥분감, 처음 느낀 그의 손길, 바람, 빛, 절대적인 완벽감. 나는 세상 그 무엇보다도 그때로 돌아가기를 원한다.

그의 어둠이 수평선을 가로막고 있다. 어둠 속에서 항해하기란 쉽지가 않다. 그 어둠은 동그라미처럼 둥글게 나를 에워싸고 있다. 내가 그에게서 끄집어낸 어둠이 안개처럼 우리 사랑을 덮고 있다. 내 걸음은 갈수록 불안 정해지고 나는 길 위에서 비틀거린다. 그의 인내심이 바닥이 난다. 나는 대 가를 치른다.

그러나 우리는 서로에게

가장 소중한 존재다.

# 8월 6일 월요일

물이 끓었다. 안니카는 끓는 물을 커피메이커에 따르다가 약간 쏟아서 손가락을 데었다.

"아얏!"

그녀는 소리를 지르면서, 덴 손가락을 얼른 입속으로 집어넣었다.

"다쳤어요?"

파트리시아가 잠이 덜 깬 얼굴로 가정부 방 문간에 서 있었다. 티셔츠에 팬티 바람이었고 머리는 헝클어져 있었다.

안니카는 그녀를 보자 미안한 마음이 들었다.

"어머나, 미안해! 깨우려고 그런 건 아니야. 정말 미안해."

"왜 그래요? 무슨 일 있었어요, 언니?"

안니카는 돌아서서 커피 메이커에 물을 마저 따랐다.

"나, 이제 직장에서 잘리게 생겼거든. 커피 마실래, 아니면 더 잘래?"

파트리시아는 두 눈을 비볐다.

"오늘 밤엔 출근 안 해요. 한 잔 마실게요."

파트리시아는 반바지를 입고 화장실에 가려는지 문을 열고 나갔다. 안니카는 재빨리 코를 풀고 눈을 닦았다. 그녀는 냉장고에서 식빵 두 쪽을 꺼내 토스트기에 넣었고, 치즈와 마멀레이드, 마가린을 꺼내 식탁에 놓았다. 파트리시아가 들어와 현관문을 닫는 소리가 들렸다.

"언니, 다리가 왜 그래요?"

파트리시아가 안니카의 다리를 빤히 쳐다보고 있었다. 안니카도 자기 다리를 내려다 보았다.

"지난 목요일에 무서운 애들한테 쫓기다가 그랬나 봐. 우리가 탄 차에 불을 지르려는 찰나에 빠져 나왔거든."

파트리시아가 놀라서 숨을 헐떡였다.

"세상에, 그런 일은 007 영화에나 나오는 일인 줄 알았더니!"

안니카가 웃음을 터뜨렸다. 토스트기에서 탁 소리가 나더니 식빵이 튀어 올라왔고, 둘이 한 쪽씩 잡았다. 파트리시아도 소리 내어 웃었다.

그들은 식탁에 앉아서 토스트를 먹었다. 안니카는 조간신문이 아쉬웠다. 창가를 바라보니 빗방울이 후두둑 소리를 내며 창턱으로 떨어지고 있었다.

"고향엔 잘 갔다 왔어요?"

안니카는 한숨을 쉬었다.

"날씨가 이래서 잘 놀지도 못했어. 금요일 밤엔 스벤과 함께 지냈고, 그 다음날엔 할머니 댁에 갔지. 하르프순드 영내에 있는 작은 집에 살고 계시거든. 임대긴 하지만 할머니는 있고 싶을 때까지 그곳에서 사실 수가 있어. 37년간 거기 가정부로 일하셨거든."

"하르프순드가 뭐예요?"

안니카는 커피를 따랐다.

"플렌과 헬레포르스네스 사이에 있는 대저택 이름이야. 알마르 비칸데르라는 사람이 1952년 사망할 당시에 그 저택과 주변 땅을 정부에 헌납했어. 총리가 그곳을 휴양 관저로 사용한다는 조건으로."

"휴양 관저……, 그게 뭔데요?"

"여름 별장인데, 응접실이 여러 개 있는 제법 큰 별장을 말하는 거야."

안니카가 미소를 지었다.

"하르프순드 별장은 역대 총리들이 다들 좋아했어. 특히 현재 총리가 아주 좋아하지. 쇠름란드 출신이고, 가족 대부분이 아직도 거기 살고 있거든. 아, 2~3년 전엔 하지제 전야에 하르프순드에서 총리를 직접 본 적도 있다."

파트리시아는 감명을 받았다.

"거기 가 본 적이 있단 말이에요?"

"어렸을 땐 할머니를 따라 자주 갔었어."

그들은 침묵 속에서 토스트를 먹었다.

"오늘 출근해요?"

파트리시아가 물었다.

안니카는 고개를 끄덕였다.

"언닌 정말 힘든 일을 하는 것 같아요. 위험하기도 하고. 차에 불을 지르려는 사람들이 있질 않나."

안니카는 쓴웃음을 지었다.

"누군가가 파트리시아의 직장에도 불을 질렀잖아."

"나에게 불을 지르려고 한 건 아니었잖아요."

안니카는 한숨을 쉬었다.

"힘들어도, 계속 남아 있을 수 있으면 좋겠다."

"왜 오늘 꼭 들어가 봐야 되는 거예요?"

"계약이 다음 주까지야. 그 후에는 한두 명 정도만 남고 다 빠지는 거고."

"언니가 그중 한 명이지 않겠어요? 기사를 많이 썼잖아요."

안니카는 고개를 저었다.

"내일 간부들이 노조 대표들과 채용 회의를 할 거야. 그러고 나면 누가 남게 되는지 알게 되겠지. 파트리시아는 오늘 뭐 할 거야?"

파트리시아는 비 내리는 창밖을 바라보았다.

"요세핀에 대해 생각해 볼 거예요. 영혼들에게 길을 물어서 요세핀이 있는 곳으로 찾아가려고요. 그리고 요세핀을 만나면, 누가 범인인지 물어볼 거예요."

\* \* \*

안니카가 편집국에 들어가 보니 안네 스납하네가 자기 자리에 앉아 있었다.

"살아 있었네."

안니카가 말했다.

"간신히. 진짜 기분 더러운 주말이었어. 편집장들이 완전히 또라이가 됐나 봐. 낮에 주간 편집장이 배당해 준 일을 열심히 취재해서 기사를 쓰면, 야간 편집장이 쓰레기통에 던져 버리더라고. 그렇게 물 먹은 기사가 다섯 개야."

안니카는 자기 자리에 앉았다. 뼈센 여기자 마리아나가 떠난 책상 위엔 빈 머그 컵들과 전문들과 사용한 크리넥스 티슈가 널브러져 있었다.

"들어오기 전에 그렇게 망설여지더라니. 이제야 그 이유를 알겠네."

안니카가 말했다.

안네가 웃음을 터뜨렸다.

안니카는 메모지 다섯 장과 책 두 권, 마리아나라고 이름이 적힌 머그컵 세 개를 포함하여 책상 위에 있는 모든 것을 싹 쓸어다가 쓰레기통에 버리면서 말했다.

"받아랏, 얍, 잘난 척 하는 년!"

안네는 숨이 넘어갈 듯 웃어젖히다가 의자에서 떨어졌다.

"그게 그렇게 우스웠어?"

안니카가 물었다.

안네는 일어나서 다시 의자에 앉으면서도 웃음을 멈추질 못했다.

"아니, 그렇게까지 우습진 않았어. 하지만 오늘은 나뭇잎 굴러

가는 것만 봐도 웃음이 나올 것 같아. 곧 여길 때려치울 거라서 그런가 봐."

안네가 아직도 킥킥거리면서 말했다.

안니카가 그녀를 응시했다.

"새 직장을 잡았어? 어디?"

"함마르뷔 부두에 있는 TV 프로덕션 회사야. 여성을 겨냥한 케이블 TV 토크쇼 작가 일이고. 5주 후쯤 시작되는 프로그램이야. 정말 저질 프로가 될지도 모르는데, 무지무지 기대가 되네."

"여기서 계속 일하라면 어쩌려고?"

"글쎄, 별로 안 당기는데. 게다가 거기는 정규직이야."

"축하해. 정말 잘됐다!"

안니카는 안네의 자리로 가서 그녀를 끌어안으면서 말했다.

"거기, 레즈비언들, 웬만하면 일 좀 하시지!"

스피케가 주간 편집장 자리에 돌아와 있었다.

"개소리 집어치워요, 발정 난 노인네!"

안네가 스피케를 향해 소리를 질렀다.

"너, 미쳤어?"

안니카가 깜짝 놀라 숨죽여 물었다.

"그래, 나 미쳤다. 관둘 건데 무슨 말은 못하냐?"

안네가 자리에서 일어서면서 말했다.

노르셰핑 경찰이 구조한 새끼 고양이를 취재하라는 지시가 안네에게 내려졌다. 2주 동안 경찰서에서 지낸 그 고양이는 이제 안락사를 당할 처지였다.

"감방 안에 있는 그 불쌍한 새끼 고양이 사진을 찍어 오래. 표제를 뭘로 하면 좋을까? '사형수 감방의 야옹이'. 어때?"

안네가 안니카에게 말했다.

스피케가 안니카를 바라보았다.

"지금 당장은 당신한테 맡길 일이 없어. 당분간 대기해."

안니카는 마른침을 꿀꺽 삼켰다. 무슨 말인지 이해가 갔다. 냉장고 문이 쾅 하고 닫힌 것이다.

"알겠습니다. 신문이나 읽죠, 뭐."

안니카가 말했다.

그녀는 신문 보관대로 걸어가서 지난 금요일 이후 발간된《크벨스프레센》을 전부 집어 들었다. 주말 내내 신문을 읽지도 TV를 보지도 않았다. 라디오는 피치 못할 경우 제외하고는 절대로 듣지 않을 작정이었다.

안니카는 베리트가 쓴 정보국 사건 기사부터 읽기 시작했다. 의회 의장은 이젠 말을 빙빙 돌리지 않고 1966년 가을 당시 정보국 국내 정보부 책임자였던 비르게르 엘메르와의 연줄을 이용해 군복무를 면제받았다는 사실을 인정했다.

당시는 선거철이었고, 의장은 사민당 청년당원 연합의 부의장이었다. 사민당의 사활이 걸린 민감한 시기였기에 의장에게 군복무 명령이 떨어지자, 엘메르는 그를 정보국의 전쟁 연구원으로 임명했다.

덕분에 그는 평소대로 정치 활동을 계속하면서 정보국에서 일하는 것으로 군복무를 대체할 수 있었다.

베리트가 입수한 기록에 따르면, 의장은 국방부 참모본부 정보국(이는 정보국의 다른 이름이었다.) 근무 명령을 받았다. 1966년

33

그는 서른세 살이었고, 다시는 징집 명령을 받지 않았다.

안니카는 생각에 잠겨서 신문이 떨어지는 것도 몰랐다. 베리트는 어떻게 의장이 이 모든 사실을 인정하게 만들었을까? 그는 지난 30년 동안이나 정보국과의 관련을 단호히 부인했는데, 이제 와서 갑자기 모든 게 사실이라고 인정했다. 이상한 일이었다.

다음 장을 펼치니 경찰이 닌자 바비 회원들을 검거하는 충격적인 사진들이 나타났다. 전부 칼 벤네르그렌이 찍은 것이었다. 기사에는 닌자 바비가 유르스홀름이라는 숲이 울창한 스톡홀름 교외 지역에 있는 한 판사의 자택을 공격하려 했다고 쓰여 있었다. 그 판사는 최근에 아동 성폭행 용의자에게 증거불충분을 이유로 무죄를 선고한 바 있었다. 경찰은 테러 정보를 사전에 입수하고 대테러반을 현장에 내보냈다. 그들은 주변 주택의 주민들을 대피시키고 바리케이드를 설치했다. 대테러반원 일부는 판사 집 바로 옆에 있는 스톡하겐 경기장에 배치되었고, 나머지는 판사 집 정원에 잠복하고 있었다.

닌자 바비들은 불시에 기습을 받았고, 여자 두 명이 다리에 총을 맞은 후에는 전원 항복했다.

기사를 읽고 난 안니카는 입맛이 씁쓸했다. 이전 기사들에서는 닌자 바비의 주장을 무비판적으로 서술해 놓았지만, 이번 기사에서는 경찰이 영웅이 되었다. 《크벨스프레센》의 기사 중 분석할 만한 가치가 있는 게 있다면, 이번 기사일 거라고 안니카는 생각했다.

"기사가 나오면 불쌍한 야옹이를 돌보겠다고 나서는 독자들의 눈물에 빠져 죽겠다, 야."

안네 스납하네가 말했다.

안니카는 미소를 지었다.

"고양이 이름이 뭐야?"

"고양이 목걸이에 하리라고 적혀 있었대. 점심 먹었니?"

* * *

장관이 모는 자동차가 빗속을 달려 멜뢰사라는 작은 마을로 들어섰다. 그는 속도를 줄이고 왼쪽을 바라보았다. 이 근처 어딘 가에서 좌회전을 해야 했다.

호수 옆 회색의 땅에 노란색의 대저택이 보이자 그는 속도를 더 줄였다. 저건 아닌 것 같은데. 뒤따라오던 차가 경적을 울렸다.

"미안하다, 이놈아!"

장관이 소리를 빽 지르고는 급브레이크를 밟았다. 뒤따르던 볼 보도 브레이크를 밟더니 방향을 틀어 그의 차를 스칠 듯이 지나 갔다.

장관이 렌트한 자동차가 쿨럭거리더니 멈춰 서 버렸다. 팬에서 쉭쉭 소리가 났고 와이퍼는 끽끽 소리를 냈다. 운전대를 잡은 두 손이 떨리고 있었다.

오 하느님 맙소사! 내가 대체 뭐 하는 거야? 다른 사람의 목숨 을 위협하다니…….

그는 정신을 바짝 차렸다. 다시 시동을 걸고 천천히 차를 몰기 시작했다. 200미터쯤 달려가자 '하르프순드 5번지'라는 표지판이 보였다.

그는 좌회전을 해서 철길을 건넜다. 도로는 옛스러운 풍경 속에 드문드문 놓여 있는 교회와 학교와 농장 사이로 구불구불 이어지고 있었다. 유리를 두른 일광욕실과 전나무 생울타리가 있는 영주의 저택들이 엷은 안개 속에서 스쳐 지나갔다.

영주들이 1000년 동안 노동 계급의 피를 빨아먹었던 곳이군.

몇 분 후 장관은 '총리 휴양 관저 입구'라는 표지판이 붙어 있는 거대한 기둥 사이를 통과했다. 왼쪽으로 관리가 잘 된 커다란 헛간이 보였고 그 뒤로 별장 본관이 어슴푸레하게 보였다.

그는 입구 오른쪽에 차를 세우고 잠깐 동안 차 안에 그대로 앉아서 저택을 바라보았다. 1910년대에 지어진, 이중 경사 지붕이 있는 2층 건물이었다. 캐롤리네 시대 건물을 모방한 듯 했다. 그는 우산을 들고 차문을 열고 내려서 현관을 향해 달려갔다.

"어서 오십시오. 총리님 전화 받았습니다. 장관님을 위해 점심 식사를 준비해 놓았습니다."

가정부가 젖은 우산과 재킷을 받아 들었다.

"고맙지만, 점심은 됐어요. 오다가 먹었으니까. 좀 쉬고 싶군요."

가정부는 실망한 기색을 드러내지 않았다.

"알겠습니다. 이쪽으로 오시죠."

그녀는 장관보다 앞서 걸어 2층으로 올라가서 호수가 내려다보이는 방으로 안내했다.

"필요하시면 언제든 불러주십시오."

가정부가 방을 나가고 조용히 문을 닫자 장관은 셔츠와 구두를 벗었다. 총리의 말이 맞았다. 여기 있으면 아무도 그를 찾아내지 못할 것 같았다.

그는 침대에 걸터앉아 무릎에 휴대 전화를 올려놓고 깊은 심호흡을 세 번 했다. 그러고 나서 카룽이에 있는 스티나의 집 전화번호를 눌렀다.

"이제 다 끝났어."

아내가 전화를 받자 장관이 말했다.

그는 오랫동안 아내의 말을 듣고 있었다.

"아냐, 여보. 울지 마. 감옥에 가지 않아. 정말이야, 하늘에 대고 맹세해."

그는 창밖을 바라보며 자신이 거짓말을 하는 것이 아니기를 바랐다.

\* \* \*


오후는 느리고 무료하게 흘러갔다. 안니카는 아무런 취재 지시를 받지 못했다. 그녀는 그게 무슨 뜻인지 알 수 있었다. 미묘한 암시라고 할 것도 없었다. 요세핀 살인 사건과 장관 용의자 취재에서 완전히 손을 떼라는 거였다. 그 모든 일은 칼 벤네르그렌이 넘겨받았다.

무료함을 견디다 못한 안니카는 경찰청 강력계의 Q경감에게 전화를 걸었다. 그가 전화를 받았다.

"지난 목요일엔 라디오에서 당신한테 심하게 굴었더군."

"그 사람들이 틀렸어요. 제가 맞고요. 그들이 썩은 동아줄을 잡은 거예요."

"글쎄올시다. 기자님은 자기 주장을 지나치게 밀어붙이는 스타

일이라."

"전 발레리나처럼 우아한 사람이라구요!"

Q경감이 너털웃음을 터뜨렸다.

"설마 그런 비유가 적당하다고 생각하는 건 아니겠지. 어쨌든 당신은 잘 이겨낼 수 있을 거야. 강한 사람이니까 몇 대 얻어맞았다고 쓰러지지는 않겠지."

안니카는 경감이 자기를 정확하게 파악하고 있다는 사실이 놀라웠다.

"저기, 닌자 바비에 대해 몇 가지 물어볼 게 있어요."

"뭘 말요?"

그의 목소리가 금방 심각해져 있었다.

"그 여자들이 체포되었을 때 수중에 현금을 갖고 있었어요?"

경감이 숨을 고르는 소리가 들렸다.

"도대체 그런 건 왜 묻지?"

안니카는 어깨를 들썩이고는 미소를 지었다.

"그냥 궁금해서요."

경감은 생각에 잠긴 듯 한동안 말이 없다가 낮은 목소리로 입을 열었다.

"이 일에 대해 뭐 알고 있는 거 있지?"

"그럴지도 모르죠."

"말해 봐요, 기자 아가씨."

안니카가 웃음을 터뜨렸다.

"좋아하실 일이에요."

"현금을 몸에 지니고 있었던 건 아니고……."

안니카의 심장이 빠르게 뛰기 시작했다.

"그럼 차 안에 있었어요? 집에요? 아니면 지하실에요?"

"한 여자의 집 안에 있었어."

"5만 크로나 정도요?"

앞뒤 재보지도 않고 안니카의 입에서 불쑥 말이 나와 버렸다.

경감이 한숨을 쉬었다.

"봐요, 뭘 알고 있었구만. 처음부터 솔직하게 말해 줄 일이지."

"그건 제가 하고 싶은 말이에요."

"4만 8500크로나. 봉투 안에 들어 있더군."

그랬던 거면서, 개자식!

"자 이제 그 돈이 어디서 나온 건지 말해 봐요."

경감이 애써 달콤한 목소리로 유인했다.

안니카는 아무 대답도 하지 않았다.

\* \* \*

스튜디오 69의 시그널 음악이 들리자, 안니카는 라디오를 끄고 구내식당으로 내려갔다. 샐러드 바에서 접시에 야채를 한 가득 쌓아올리고 있는데, 눈에 확 띄는 파마를 한 계산대 여직원이 그녀의 이름을 소리쳐 불렀다.

"전화 왔어요."

파마머리가 말했다.

안네 스납하네였다.

"스튜디오 69 좀 들어봐."

안네가 낮은 목소리로 말했다.

안니카는 가슴이 철렁 내려앉는 느낌에 두 눈을 감았다.

"그 새끼들이 나를 씹어 대는 소리를 내가 왜 또 들어야 하는데?"

"아냐, 아냐, 네가 아냐. 이번엔 장관을 씹고 있어."

안니카는 깊이 숨을 들이쉬었다.

"뭐라고?"

"정말 장관이 범인인가 봐."

안니카는 전화를 끊고 샐러드 접시를 들고 출구를 향해 걸어 갔다.

"저기, 여봐요! 접시를 가지고 가면 어떡해요!"

파마머리가 그녀의 등에 대고 외쳤다.

"그럼 경찰에 신고해요."

안니카가 맞받아친 후, 문을 활짝 밀어 열고 걸어 나갔다.

편집국은 쥐죽은 듯 고요했다. 프로그램 진행자의 목소리가 스피커를 통해 크게 울려 퍼졌고, 안에 있는 기자 모두가 몸을 앞으로 숙이고 그의 말에 귀를 기울이고 있었다.

안니카는 조용히 자리에 앉았다.

"무슨 일이야?"

그녀가 안네 스납하네에게 속삭였다.

안네가 그녀에게로 몸을 기울이더니 작은 목소리로 대답했다.

"영수증이 발견됐대. 요세핀이 살해된 날 밤 장관이 그 스트립 클럽에 갔었다는 거야. 요세핀은 사망하기 30분 전에 장관의 결제를 도왔고."

안니카의 얼굴이 하얗게 질렸다.

"어머나 세상에!"

"이야기의 앞뒤가 딱딱 들어맞아. 크리스테르 룬드그렌 장관은 7월 27일 금요일에 여기 스톡홀름에서 열린 독일 사민당원들과 노조 대표들과의 회의에 참가했어. 그 회의에서 그는 무역에서 양국의 협력 관계에 관해 연설을 했고. 그 다음엔 독일 사람들을 데리고 나가서 향응을 제공한 거지."

"한심한 인간이군."

안니카가 말했다.

"스튜디오 69 기자들이 영수증을 찾아냈어. 룬드그렌 장관이 영수증 뒷면에 같이 갔던 독일인들 이름을 써놓았대."

"사임했어?"

"할 것 같니?"

안네 스납하네가 되물었다.

"상황이 너무 안 좋잖아. 신문 표제는 안 봐도 뻔하다, 야. '사민당, 국민의 혈세를 스트립 클럽에 뿌리다.'"

교열 기자 한 명이 그들을 향해 조용히 하라고 쉿 소리를 냈다. 안니카는 자기 라디오를 켜고 볼륨을 높였다.

"우리 기자가 외교부 문서 보관소에서 문제의 스트립 클럽 영수증을 발견했습니다. 그러나 그전에 벌써 경찰은 장관을 쫓고 있었습니다."

프로그램 진행자는 승리의 기쁨을 애써 억제하고 있는 듯한 목소리였다. 그는 극적인 효과를 노리는지 불길한 목소리로 천천히 말을 이었다.

"경찰이 장관을 주목하게 된 것은…… 목격자가 있었기 때문입니다."

이제 현장에 나가 있는 취재 기자가 말을 하기 시작했는데, 텅 빈 복도에 있는지, 목소리가 울렸다.

"저는 지금 크리스테르 룬드그렌 통상장관의 임시 숙소가 있는 아파트 건물의 계단통에 서 있습니다."

기자가 흥분한 목소리로 속삭였다.

"며칠 전까지만 해도 장관이 이곳에 살고 있다는 사실을 아는 사람은 아무도 없었습니다. 장관의 언론 담당 비서인 카리나 비에른룬드조차 모르고 있던 극비였습니다. 그러나 장관이 미처 생각지 못한 눈들이 있었습니다. 바로 이웃들입니다."

대리석 계단을 오르는 발소리가 들렸다.

"저는 지금 스트립걸 요세핀 릴리에베리 살인 사건의 주요 목격자가 된 여성의 집을 향해 계단을 오르고 있습니다."

기자가 약간 숨을 헐떡이며 말했다.

엘리베이터가 또 고장이 났나 보군.

"엘나 스벤손이라는 이 여성은 사건 당일에도 평소처럼 새벽 산책에 나섰다가 장관을 목격하게 되었습니다."

초인종이 울렸다. 안니카는 그곳이 어디인지 알았다. 기자는 지금 상트 예란스가탄 거리 64번지, 장관의 임시 숙소가 있는 아파트 건물에 있었다. 확실했다. 문이 열리는 소리가 들렸다.

"야스페르와 함께 산책을 나가는 길에 건물로 들어오는 그를 만났어요."

엘나 스벤손이 말했다.

안니카는 그 징징거리는 목소리의 주인공을 금방 알아차렸다.

개를 안고 있던 뚱뚱한 여자.

"난 새벽에 야스페르를 데리고 공원을 산책하고 들어와서 모닝커피를 마시죠. 아침으로 커피와 번을 하나 먹거든요."

"그리고 그날 아침에 산책 가는 길에 크리스테르 룬드그렌 통상장관을 만나셨다는 말씀입니까?"

"네, 맞아요."

"장관은 건물 안으로 들어오는 중이었고요?"

"네, 들어왔어요, 불안해하는 표정으로요. 야스페르를 밟을 뻔했는데 미안하다는 말도 하지 않더군요."

불안해하는 표정? 안니카는 메모지에 그 말을 적었다.

"그때가 몇 시였죠?"

"난 매일 5시에 일어나요. 그러니까 5시 직후였죠."

"공원에서 이상한 걸 보셨습니까?"

"전혀요. 아무것도 못 봤어요. 야스페르도 마찬가지고요. 야스페르랑 공원을 한 바퀴 돌고 나서 집으로 돌아왔어요."

여자가 불안한 목소리로 말했다.

프로그램 진행자가 돌아왔고, 스튜디오에 나와 있는 정치부 기자와 함께 장관의 사임 시기와 이 일이 총선에 미칠 영향, 사회민주당의 미래에 대해 이야기를 나누었다. 국가 안보까지 들먹였다. 오늘 같은 날 스튜디오 69가 다루지 못할 문제는 없었다.

"거 참, 열 받네."

안네 스납하네가 말했다.

"왜?"

안니카가 물었다.

"하고 많은 사람들 중에서 영수증을 찾아낸 게 왜 이 인간들이냔 말이야. 난 외교부에 가서 영수증이 있나 보자고 물어 보지도 않고 뭐하고 자빠져 있었냐고요."

"영수증이 거기 있다는 걸 어떻게 알았을까?"

이때 진행자의 말이 들렸다.

"우리는 인터뷰를 위해 크리스테르 룬드그렌 장관에게 연락을 취해 보았습니다만, 장관은 종적을 감추었습니다. 현재 그의 행방을 아는 사람은 아무도 없습니다. 그의 언론 담당 비서조차 그가 어디 있는지 알지 못하며, 그가 스트립 클럽을 방문한 사실도 몰랐다고 주장하고 있습니다."

이어서 언론 담당 비서 카리나 비에른룬드의 코맹맹이 목소리가 흘러나왔다.

"전 그날 밤 장관님이 어디 계셨는지 전혀 몰랐습니다. 외국 대표분들과 비공식 모임이 있다고만 말씀하셨거든요."

"그 외국 대표들이란 사람들이 독일 노조 지도자들이었을 수도 있겠군요?"

기자가 넌지시 물었다.

"그건 잘 모르겠습니다."

카리나 비에른룬드가 대답했다.

"그러면 장관님은 지금 어디 계십니까?"

"저도 하루 종일 전화를 걸었지만 받지 않으시네요."

"뭐 이런 띨빡한 비서가 다 있어?"

안네 스납하네가 눈알을 굴리며 말했다.

안니카는 어깨를 으쓱거렸다.

"국무총리는 우리가 입수한 최신 정보에 대한 논평을 거절했지만, 내일 오전 11시에 로센바드 정부 청사에서 기자 회견을 열겠다고 말했습니다."

프로그램 진행자가 말했다.

"그때 룬드그렌이 사임하지 않을까?"

안네가 물었다.

안니카는 얼굴을 찌푸렸다.

"글쎄. 사민당이 이 일을 이 선에서 마무리하고 싶으면, 그를 뜨거운 감자처럼 내던져 버리겠지. 주지사나 은행 부행장으로 임명하거나 저 위 북쪽 지방의 한직으로 밀어내 버릴 거야."

안니카가 생각에 잠긴 어조로 대답했다.

"말조심해. 저 위 북쪽 지방이 내 고향이다, 친구야."

안네가 안니카를 향해 손가락을 흔들어대면서 말했다.

"아이고, 미안, 촌닭. 하지만 그렇게 되면 장관이 살인범이라는 걸 정부가 인정하는 게 되잖아. 유죄 판결을 받지 않았는데도 말이야. 그러니까 자기들이 떳떳하다고 생각한다면, 장관을 계속 붙들고 있을 거야."

"스트립 클럽 영수증이 나왔는데도?"

"그럴듯한 변명을 내놓겠지. 그곳에 간 건 전적으로 운전기사의 실수였다고 할지도 모르지."

안니카가 싱긋 웃으면서 말했다.

스튜디오에 있는 진행자와 해설자는 엄숙한 목소리로 보도 내용을 요약하기 시작했다. 안니카는 스튜디오 69가 새로 밝혀낸 사실들이 매우 충격적인 내용이고 보도에도 설득력이 있었다는 것을 인정하지 않을 수 없었다. 이번엔 취재를 꽤 잘했다는 생각이 들었다.

프로그램 진행자의 마무리 보도가 들렸다.

"사민당 내각의 한 장관이 독일 노조 지도자 일곱 명을 데리고 한 스트립 클럽에 갑니다. 새벽 4시 30분, 금발의 섹시한 스트립걸이 계산을 하고 장관에게 영수증을 건넵니다. 장관은 영수증에 서명을 하고 나서 영수증 뒷면에 함께 간 독일 손님들의 이름을 적어 놓습니다. 그로부터 30분 후 장관은 불안해하는 표정으로 자신 아파트 건물로 들어오다가 이웃의 개를 밟을 뻔 합니다. 스트립걸은 그 후 장관의 아파트에서 채 50미터도 떨어지지 않은 곳에서 피살된 시신으로 발견됩니다. 그녀는 그날 아침 5시에서 7시 사이에 사망했습니다. 장관은 몇 차례에 걸쳐 경찰 조사를 받았으며 현재 행방이 묘연한 상태입니다……."

마지막 말과 동시에 전기 기타 시그널 음악이 나오기 시작했다. 안니카는 라디오를 껐다.

편집부에 편집장들을 비롯한 간부들이 모여 있었다. 편집장인 스피케, 얀손, 잉바르 요한손과 함께 오스카르손 사진부장, 스포츠부장, 안데르스 쉬만 부국장과 편집국장의 모습도 보였다. 그들은 편집국 기자들에게 등을 보이며 서 있었다.

"저 모습 사진 찍으면 멋지게 나오겠는데. 평기자들에게 등을 보이고 모의를 하는 간부들……."

안니카가 말했다.

"무슨 모의를 하든, 우리랑은 상관없어. 이 일은 황태자가 맡으실 테니까."

안네 스납하네가 말했다.

과연, 간부들은 동시에 칼 벤네르그렌의 자리로 걸음을 옮기기 시작했다.

"안손은 주야장천 일만 하나 보지?"

안니카가 물었다.

"이혼한 마누라 세 명에 애들 다섯까지 먹여 살려야 한대."

안네가 대답했다.

안니카는 시들해진 샐러드를 천천히 씹었다. 이 일을 계속하다 보면 저렇게 될지도 몰라. 저 사람들처럼 되기 전에, 여기를 떠나는 게 나은 일일지도 몰라. 글자 크기 72포인트의 보도니 체(글씨체의 한 종류. ─ 옮긴이)로만 생각을 할 수 있는 늙고 지친 위선자가 되기 전에 말이야.

"황당 전화 좀 맡아."

스피케가 안니카의 옆을 지나가면서 그녀에게 말했다.

안니카는 계약 만료가 아직 열흘이나 남았다는 생각에 아무 말 안 하고 접시를 갖다 주러 카페로 갔다.

"조용히 쉴 수 있겠어."

자기 자리로 돌아온 안니카가 말했다.

"흥! 어림도 없는 말씀! 날씨가 이런데! 별별 꼴통들이 다 전화를 걸어 댈걸."

안네가 말했다.

안네의 예상이 맞았다.

"이민 정책이 지나치게 관대한 것 같아."

황당 전화로 전화를 걸어온 남자가 말했다. 남성호르몬이 넘치는 굵은 목소리였고 남부 지방 억양이 느껴졌다.

"그렇게 생각하세요? 어째서 그렇죠?"

안니카가 물었다.

"개나 소나 다 들어와서 판을 치고 있잖아. 지들 나라에서 지지고 볶고 할 일이지 왜 여기로 몰려와서 난리냔 말이야."

안니카는 의자에 등을 기대고 조용히 한숨을 쉬었다.

"좀 더 구체적으로 말씀해주시겠어요?"

"지들 나라에서 강간과 살인을 일삼더니, 이젠 우리나라로 몰려와서 우리 여자애들을 범하고 목 졸라 죽이고 난리잖아. 공원에서 죽은 여자애만 봐도 그렇잖아."

스튜디오 69를 듣지 않은 사람이 적어도 한 명은 있었나.

"글쎄요, 경찰이 선생님 생각에 동의할지는 잘 모르겠네요."

안니카가 말했다.

"거 봐! 진짜로 열 받는 건 바로 그 때문이라니까! 경찰이 그런 나쁜 놈들을 보호하고 있으니 말야!"

"그러면 선생님은 그 문제를 어떻게 해결해야 한다고 생각하시나요?"

안니카가 애써 부드러운 목소리로 물었다.

"쫓아내야지! 놈들을 모조리 정글로 돌려보내야지, 당연히!"

"선생님의 의견에 동의하기가 좀 어렵네요. 사실 제가 흑인이거든요."

안니카가 싱긋 웃으면서 말했다.

전화를 건 남자가 갑자기 조용해졌다. 안네가 타이핑을 멈추고 그녀를 돌아보았고, 안니카는 터져 나오려는 웃음을 가까스로 참고 있었다.

"딴 사람 바꿔 줘."

잠시 후 진정을 한 남자가 말했다.

"죄송하지만, 지금 여기엔 저 혼자뿐인데요."

"이번엔 또 어떤 꼴통이야?"

안네가 물었다.

"누가 또 있는데 왜 그래. 다른 여자 목소리가 들리는데."

남자가 말했다.

"아, 예, 있네요, 안네라고요, 한국인이에요. 잠깐만요, 바꿔드릴
게요."

"이런, 빌어먹을, 관둬!"

남자가 욕을 내뱉더니 전화를 끊었다.

"개자식!"

안니카도 욕을 했다.

전화벨이 다시 울렸다.

"저기, 제 이름은 말 안 해도 되죠, 그죠?"

겁에 질린 젊은 아가씨의 목소리였다.

"그럼요. 무슨 일이죠?"

안니카가 말했다.

"네, 저기요, 한 TV 프로그램 사회자가요……."

아가씨는 스웨덴에서 가장 인기 있고 존경 받는 TV 언론인의
이름을 말했다.

"사회자가 뭐요?"

"여자 옷을 입고 아가씨들 몸을 더듬고 다녀요."

안니카는 신음을 했다. 전에도 들은 적이 있는 이야기였다.

"우리 나라에선 누구나 자기 마음대로 원하는 옷을 입을 권리가 있어요."

"섹스 클럽에도 드나드는데요."

"그리고 의사표현의 자유와 종교의 자유, 집회결사의 자유도 가지고 있죠."

아가씨는 갈피를 잡지 못했다.

"그러니까 기사화하지 않을 거란 말인가요?"

"그가 불법 행위를 했나요?"

"아뇨……."

"더듬었다고 했는데. 강제로 그랬어요?"

"아뇨, 그건 아니고요……."

"공금으로 성매매를 했어요?"

아가씨는 안니카의 말을 잘 알아듣지 못했다.

"네?"

"국민들의 세금으로 매춘부를 샀냐고요."

"모르겠는데요……."

안니카는 그녀에게 전화 줘서 고맙다고 인사를 한 후 전화를 끊었다.

"네 말이 맞아. 꼴통들의 밤이다, 야."

안니카가 안네에게 말했다.

제보 전화가 세 번째로 울려대기 시작했다. 안니카가 수화기를 들었다.

"피테오에 사는 로게르 순스트룀이라고 합니다. 바쁘십니까, 아니면 잠깐 통화 가능합니까?"

안니카는 자리에 앉았다. 이 '꼴통'은 의외로 정중했다.

"가능합니다. 무슨 일이시죠?"

"저기, 크리스테르 룬드그렌 장관에 관한 일입니다. 스튜디오 69라는 라디오 프로그램에서 그가 스톡홀름에 있는 스트립 클럽에 갔다고 했는데, 그건 사실이 아닙니다."

남자가 노를란드 지방 사투리로 말했다.

안니카는 귀가 번쩍 뜨였다. 목소리를 들어보니 장난 전화는 아닌 것 같았다. 그녀는 키보드 옆에 있던 펜을 집어 들었다.

"왜 그렇게 생각하시죠?"

"우리 가족 전체가 마요르카 섬으로 휴가를 갔었습니다. 바보 같은 짓이었죠. 스페인보다 여기 스웨덴이 더 따뜻했는데. 그땐 그걸 몰랐…… 아, 죄송합니다, 어쨌든 우린 마요르카에 갔다가 피테오로 돌아오던 길이었습니다. 스톡홀름에 내려서 갈아타는 트랜스위드 항공편을 예약했죠. 좀 더 싸서 말이죠……."

수화기 저편에서 아이의 웃음소리와 함께 여자의 노랫소리가 들렸다.

"말씀 계속하세요."

"그때 장관을 봤습니다. 스톡홀름 공항에서요."

"그때가 언제였죠?"

"27일 금요일 밤 8시 5분이요."

"어떻게 그렇게 정확하게 기억을 하시죠?"

"장관을 봤을 때가 우리 비행기 출발 예정 시각이었거든요. 내 비행기 표에 그렇게 적혀 있어요."

야호!

"하지만 왜 장관이 스트립 클럽에 가지 않았다고 생각하시죠? 스튜디오 69 기자들이 말하는 영수증은 다음날 새벽 4시 30분에 발급된 거였는데요. 그리고 그를 봤다는 이웃도 있고요."

"하지만 그땐 그가 스톡홀름에 없었어요."

"어떻게 아시죠?"

"그가 비행기를 탔으니까요. 탑승수속 카운터 앞에서 그를 봤습니다. 서류 가방과 작은 여행 가방을 들고 있더군요."

안니카는 목의 솜털이 뻣뻣하게 일어서는 것 같은 느낌이 들었다. 이건 중요한 정보인 것 같았다. 그러나 아직은 반신반의했다. 모든 걸 확실히 알아두어야 했다.

"왜 그렇게 장관을 눈여겨보셨어요? 어떻게 그를 알아보셨죠?"

수화기 저편에서 아이들이 우스꽝스러운 노래를 부르기 시작했다. 로게르 순스트룀이 민망한 듯 헛웃음을 터뜨렸다.

"그에게 말을 걸었는데, 너무 긴장해 있어서 날 알아보지도 못하더군요."

"긴장해 있었다고요? 어떻게 아실 수 있었죠?"

"땀을 뻘뻘 흘리고 손을 떨고 있었어요."

"그날은 아주 무더웠어요. 다들 땀을 흘리고 있었겠죠."

"맞아요, 하지만 평소하곤 다른 모습이었어요. 창밖을 뚫어지게 바라보고 있었고요."

순스트룀이 참을성 있게 대답했다.

안니카는 흥분이 싹 가시는 느낌이었다. 순스트룀은 상상의 나래를 펼치고 있는 것 같았다.

"뚫어지게 바라보고 있었다니, 무슨 말씀이시죠?"

남자는 잠시 침묵하다가 말문을 열었다.

"평소에는 아주 자신감이 넘치고 느긋한 사람인데, 그날은 긴장한 기색이 역력했어요."

"평소에는요? 개인적으로 아는 사이신가요?"

안니카는 그가 그런 의미로 말을 했다는 생각이 들어 물어보았다.

"아, 네. 크리스테르는 내 사촌 안나레나의 남편입니다. 룰레오에 살고 있고, 우리 딸 카이사와 동갑인 쌍둥이가 있죠. 자주 만나는 편은 아닙니다. 마지막으로 본 게 할아버지 장례식에서였던 것 같군요. 확실한 건 크리스테르는 평소에는 그런 모습이 아니라는 거예요. 장례식에서조차도요."

그는 안니카가 자기 말을 믿지 않는다는 것을 느끼고 말을 멈췄다.

안니카는 난감했지만 일단은 남자가 진실을 말하고 있다고 믿기로 했다. 적어도 그는 진심으로 말하고 있는 것처럼 들렸다.

"비행기에서도 그를 보셨나요?"

로게르 순스트룀은 잠시 망설이다가 입을 열었다.

"굉장히 큰 여객기였고, 승객으로 꽉 차 있었어요. 그를 보지는 못했어요."

안니카는 눈을 감고, 스톡홀름에서 활동하고 있는 로비스트가 1만 명에 달한다는 스튜디오 69의 주장을 떠올렸다. 피테오에도 로비스트 단체 지부가 있을지 모르는 일이었다.

"여쭤보고 싶은 게 있는데요, 순스트룀 씨. 아주 정직하게 대답해 주셨으면 좋겠습니다. 굉장히 중요한 문젭니다."

"좋아요, 뭡니까?"

안니카는 그의 목소리에서 의심과 두려움을 읽었다.

"누가 여기로 전화를 하라고 시켰습니까?"

또다시 침묵이 흘렀다.

"브리트잉에르와 얘기를 나눠보긴 했어요. 전화를 해야 한다고
하더군요."

"브리트잉에르요?"

"내 아내요."

"부인께선 왜 선생님이 전화를 걸어야 한다고 생각하신 거죠?"

"스튜디오 69의 보도가 사실이 아니니까요."

순스트룀의 목소리에 점점 더 힘이 실리고 있었다.

"먼저 거기에 전화를 걸었는데, 내 말을 들으려고도 하지 않더
군요. 하지만 난 크리스테르를 확실히 봤어요. 브리트잉에르도 봤
고요."

안니카는 열심히 생각을 짜냈다.

"전화를 걸라고 시킨 사람이 부인 말고는 아무도 없습니까?"

"그래요."

"확실하십니까?"

"잠깐만요, 지금 나를……."

"알겠습니다."

안니카가 재빨리 말을 막고 나섰다.

"선생님 말씀은 대단히 흥미로운 내용입니다. 말씀하신 게 사
실이라면 스튜디오 69의 보도는 완전한 거짓 보도가 되는 거죠.

선생님께 들은 내용을 앞으로 어떻게 처리할지 논의해 보겠습니다. 전화 주셔서 대단히 감사하……."

로게르 순스트룀은 벌써 전화를 끊은 상태였다.

안니카가 황당 전화 수화기를 내려놓는 것과 동시에 그녀의 휴대 전화가 울리기 시작했다.

"안니카, 도와줘요."

다니엘라 헤르만손이었다.

"무슨 일이에요?"

"기자들이 계속 엘나 아줌마를 찾아오고 있어요. 아줌마는 지금 우리 집에 계시고요. TV 카메라를 든 기자들이 열다섯 명은 넘게 왔어요. 지금 우리 집 문 밖에도 누가 있어요. 계속 초인종을 눌러대요. 어떡하면 좋죠?"

다니엘라가 몹시 초조한 목소리로 말했다. 수화기 너머로 아기가 소리를 지르는 게 들렸다. 안니카는 최대한 침착한 목소리로 말했다.

"원하지 않으면 누구도 안으로 들일 의무가 전혀 없어요. 기자들의 질문에 반드시 대답할 의무도 없고요. 당신도 그리고 엘나 아줌마도요. 기자들이 전화도 걸고 있어요?"

"끊임없이요."

"이 전화를 끊고 나면, 전화선을 빼 버려요. 그러면 기자들한텐 통화 중 신호만 들릴 거예요. 문밖에 있는 기자들 때문에 무서우면, 경찰에 신고를 해요."

"경찰이요? 아, 난 못해요."

"내가 해 줄까요?"

"그래줄래요? 부탁해요……."

"잠깐만 전화 끊지 말고 기다려요. 다른 전화로 신고할 테니까요."

안니카는 황당 전화 수화기를 들고 경찰청 상황실 직통 번호를 눌렀다.

"여보세요, 안녕하세요, 상트 예란스가탄 거리 64번지 아파트에 사는 주민인데요. 기자들이 떼거지로 몰려와서 여기 사시는 연금 수급자 노인분들이 많이 무서워하고 계세요. 기자들이 집집마다 다니면서 초인종을 누르고 소리를 지르고 있어요. 라디오 기자들이 제일 시끄럽네요. 지금 제 옆에 겁에 질린 노인분들이 다섯 분이나 모여계세요. 오른쪽 계단으로 올라와서 3층이에요."

안니카가 수화기를 바꿔들었다.

"출동한대요."

다니엘라는 안도의 한숨을 쉬었다.

"아, 정말 고마워요. 너무 너무 고마워요. 그렇게 친절하게 대신 해결을……."

안니카는 듣고 있지 않았다.

"저기, 엘나 아줌마는 왜 스튜디오 69 기자하고는 인터뷰를 했대요?"

"어떤 기자하고도 인터뷰를 하지 않았다는데요."

"분명히 했어요. 라디오에서 들었는걸요. 오늘 아니면 어제였던 것 같아요."

다니엘라가 수화기를 내리고 방 안에 있는 누군가와 이야기를 나눴다.

"엘나 아줌마는 절대로 그런 일이 없다는데요."

안니카는 그럴 리가 없는데 싶었다.

"저기, 혹시 엘나 아줌마가 어디 편찮으신 것 아니에요? 가끔씩 오락가락하지 않아요?"

즉시 확신에 찬 대답이 돌아왔다.

"아뇨, 그런 일은 절대 없어요. 아주 멀쩡한 정신이신걸요. 기자와 이야기를 나눈 적이 절대로 없다세요."

"아뇨, 분명히 누군가와 이야기를 나눴어요. 나와 당신 집 밖에 서 있는 글쟁이들이 모두 환각 상태에 빠져 있었던 게 아니라면 말이죠."

"경찰이랑요. 오늘 아침에 경찰관하고 이야기를 하셨대요. 지난번 조사 때 들었던 몇 가지 사실에 대해 확인을 하고 싶다고 했대요."

"그 경찰이 대화 내용을 녹음했대요?"

"그 경찰이 대화 내용을 녹음했어요?"

다니엘라가 엘나 스벤손에게 묻는 소리가 들렸다. 웅얼거리는 대답이 꽤 오래 들렸다.

다시 다니엘라가 수화기에 대고 말했다.

"네. 녹취록을 만들어야 한다고 했다네요. 탐문 수사 내용 전체를 기록하는 것이 대단히 중요하다고 했대요."

부끄러움이라고는 모르는 인간들. 안니카는 생각했다.

"그런데 엘나 아줌마는 장관과 마주친 날짜와 시각을 확실히 기억하고 계시는 거예요?"

"네, 확실하대요."

"어떻게 그렇게 확신하신대요?"

"말해도 되요?"

다니엘라가 엘라 아줌마에게 물었다.

또 웅얼거리는 소리가 꽤 오래 들렸다. 다니엘라가 다시 돌아왔다.

"아뇨, 이유는 말할 수가 없지만, 확실하대요. 어머나, 밖에서 무슨 일이 있나 봐요! 잠깐만요, 보고 올 게요……."

다니엘라가 수화기를 내려놓는 소리가 들렸고, 곧이어 발자국 소리도 들렸다. 현관문에 난 작은 구멍을 통해 밖을 내다보고 있을 것이었다. 잠시 후 돌아오는 발자국 소리가 났다.

"경찰이 왔어요. 계단통에 있는 기자들을 내보내고 있네요. 도와줘서 정말 고마워요."

"별 말씀을."

안니카는 전화를 끊었다. 머리가 어질어질했다. 황당 전화가 다시 울려 대기 시작했다.

"대신 좀 받아줘."

안니카는 안네 스납하네에게 부탁하고 나서 카페로 갔다. 생수 한 병을 사서 창가 테이블에 앉아 비 내리는 창밖을 바라보았다. 어둡고 무거운 밤이었다. 러시아 대사관의 불빛조차 이 어둠을 물리치지 못하고 있었다.

요세핀의 장례식은 언제일까? 시간이 걸릴 거야. 검시관들과 경찰들이 시신을 보고 싶어 할 테니까. 지금 안 봐두면 나중에 다시 파내야 할지도 모르니까.

안니카의 머릿속에 통상장관이 떠올랐다. 공항에서 그는 창밖의 무엇을 그렇게 뚫어지게 바라보고 있었을까?

완전히 궁지에 몰렸겠지. 스트립 클럽 영수증을 외교부에 제출하다니, 어떻게 그렇게 멍청할 수가 있지?

완전 짠돌이인가 봐. 그래서겠지.

안니카가 물을 다 마시는 동안, 생각이 다시 요세핀에게로 돌아갔다. 이제 죽은 아가씨는 완전히 잊혀졌다. 그녀가 스트립걸이었다는 사실이 알려진 순간부터, 그녀는 한낱 남자들의 노리개, 값싼 몸뚱이에 지나지 않게 되었다. 안니카는 요세핀의 부모를 생각했다.

그게 나였다면, 엄마는 어떤 반응을 보였을까? 인터뷰를 위해 찾아온 지방지 기자 앞에서 목 놓아 울기라도 했을까?

아마 아닐 것이다. 안니카의 엄마는 기자들을 싫어했다. 누구나 자기 앞가림이나 잘 하고 살아야 한다는 게 엄마의 지론이었다. 직접적으로 말한 적은 한 번도 없지만, 엄마는 기자가 되기로 한 안니카의 결정에 찬성하지 않았다. 엄마는 스벤과 마찬가지로 안니카가 대학에 가지 말아야 한다고 생각했다.

언젠가 스벤이 말했었다.

"대학 공부가 얼마나 힘든 일인지 알고 그러는 거야? 다른 사람들과 논쟁하고 경쟁하는 건 너랑은 어울리지 않아. 넌 아주 유순한 성격이잖아."

스벤의 말이 떠오르자 기분이 나빠진 안니카는 벌떡 일어서서 편집국으로 돌아갔다.

"오늘은 꼴통들 얘기 이만하면 충분히 들은 것 같아."

안니카는 안네 스납하네에게 말한 후 가방을 들고 편집국을 나갔다.

* * *

　현관문이 열리자 파트리시아는 소스라치게 놀랐다. 계단통의
강한 전등빛 속에서 안니카가 검은 윤곽의 유령처럼 서 있었다.
　"자고 있었어?"
　안니카가 전등을 켰다.
　파트리시아는 불빛에 눈을 깜박였다.
　"몸 안의 기(氣)가 흐르게 하고 있었어요."
　"그런데 내가 갑자기 기가 막히게 한 거네."
　안니카가 힘없이 미소를 지으면서 말했다.
　파트리시아도 미소를 지었다.
　"그러다가 또 흐르고 그러는 거죠 뭐."
　안니카는 거실 벽에 옷과 가방을 벗어 걸었다. 재킷은 젖어 있
었다.
　파트리시아가 일어나서 소파에 앉았다.
　"요세핀한테도 그런 재킷이 있었어요. 똑같은 거네요."
　파트리시아가 놀란 표정으로 재킷을 바라보면서 말했다.
　안니카도 놀란 표정을 지었다.
　"이거 몇 년 된 건데. H&M인 거 같은데."
　파트리시아가 고개를 끄덕였다.
　"요세핀 것도 거기 거예요. 아직도 요세핀의 아파트 거실에 걸
려 있어요. 걘 '난 언제나 이 재킷만 입을 거야.'라고 말하곤 했어

요. 그런 식으로 과장을 해서 말하는 게 걔 습관이었어요. '항상 뭐뭐만 할 거야.' '절대로 안 할 거야.' '이게 제일 큰 거다.' '넌 내 친구들 중에 제일 좋은 친구야.' '죽을 때까지 그를 증오할 거야.' 죽을 때까지……."

파트리시아가 와락 울음을 터뜨렸고, 안니카는 그녀의 옆에 앉 았다.

"스튜디오 69 들었어?"

파트리시아가 고개를 끄덕였다.

"어떻게 생각해? 정말 장관이 그랬을까?"

파트리시아는 눈물 맺힌 눈으로 자신의 두 손을 내려다보았다.

"그때 왔던 거물들 중에 한 명이 그랬을 수도 있겠죠. 요세핀이 퇴근한 직후에 그 사람들도 클럽을 나갔거든요. 정부 법인 카 드로 결제를 했고. 그리고 그 독일인들. 독일 사람들이 어떤 사람 들인지 알잖아요, 언니. 우리 아빠는 독일인들에 대해서 자주 이 야기를 하셨어요."

파트리시아가 울고 있는 동안 안니카는 잠자코 있었다.

"내게 소중한 사람들이 전부 죽는 것 같아요."

"왜 그렇게 생각해. 진정해……."

안니카가 위로해 보려고 노력했다.

"처음에는 아빠가, 그 다음엔 요세핀이……."

"전부는 아니잖아. 엄마는?"

파트리시아는 휴지를 한 장 뽑아서 코를 풀었다.

"엄마는 나랑 완전히 인연을 끊었어요. 엄만 날 창녀라고 불렀 어요. 엄마 때문에 온 가족이 나한테서 등을 돌렸죠."

안니카는 부엌에서 물 두 컵을 가져와서 한 컵을 파트리시아에게 건넸다.

"그런데 왜 거기서 일을 해?"

파트리시아가 단호한 목소리로 말했다.

"요아킴은 내가 바에서 일을 잘 한대요. 그리고 벌이도 상당히 좋아요. 매달 1만 크로나 정도를 저축할 수 있거든요. 돈이 충분히 모이면, 가게를 열 거예요. 가게 이름도 벌써 생각해뒀어요. '더 크리스탈.' 조사해 봤는데, 그 이름은 쓸 수 있대요. 타로 카드를 팔고 사람들 운세를 봐주고 옳은 길을 찾도록 도와줄……."

안니카가 그녀의 말을 끊었다.

"신문에서 장관 사진 많이 봤잖아. 그도 그때 클럽에 왔었던 게 맞아?"

파트리시아는 어깨를 으쓱했다.

"다들 내 눈에는 똑같아 보여서."

안니카는 깜짝 놀랐다. 전에 어디서 들었던 말이었다. 그녀는 소파에 앉아 있는 파트리시아를 유심히 바라보았다. 틀림없었다. 파트리시아는 남자들을 똑바로 쳐다보지 못하는 거였다.

"경찰이 이런 질문도 했어?"

"물론이죠. 온갖 것에 대해서 100만 번도 더 물어보던걸요."

"예를 들어서, 어떤 걸?"

파트리시아는 짜증이 난 표정으로 소파에서 일어섰다.

"모든 일에 대해서요. 1000가지도 넘게요. 좀 피곤하네요. 잘 자요."

파트리시아는 자기 방으로 들어가더니 조용히 문을 닫았다.

# 세상에 태어난 지 18년 11개월 5일째

우리가 어디를 향해 가고 있는지 모르겠다. 구름 뒤에 숨어 있던 진실이 구름따라 흘러가 우주 속으로 숨어버렸다. 이제 나는 진실을 볼 수가 없고, 진실이 있다는 것을 느낄 수조차 없다.

그는 진실이 떠난 빈자리를 바라보며 하염없이 눈물을 흘린다. 그런데 도 나는 시들하고 차갑다. 감정의 동요가 전혀 없다. 무감각하고 황폐해 져 있다.

체념은 실패의 옆집에 산다. 지나치게 강하거나 지나치게 약한 의지력, 지나치게 많은 요구와 지나친 나약함도 실패의 옆집에 산다.

이제 나는 뒤로 물러설 수 없다.

그럼에도 불구하고,

우리는 서로에게

가장 소중한 존재다.

# 8월 7일 화요일

"죽여 버려."

첫 번째 남자가 말했다.

"어떻게 제거할까?"

두 번째 남자가 말했다.

"총으로 쏘지 그래?"

세 번째 남자가 말했다.

스튜디오 69에 나오는 기자들이 안니카의 부엌 식탁에 둘러앉아 있었다. 안니카는 신문사에 계속 남아 있을 수는 없게 되었다. 그건 분명했다.

"하지만 나한테 물어보지도 않았잖아!"

안니카가 소리를 질렀다.

그들은 계속 자기들끼리 중얼거리고 있었지만, 안니카는 한마디도 알아들을 수가 없었다.

"이봐, 당신들!"

그녀가 그들을 소리쳐 불렀다.

"난 당신들과 함께 가고 싶지 않아! 하르프순드로 가고 싶진
않다구!"

"언니, 아침 먹을래요?"

안니카는 눈을 뜨고 파트리시아를 바라보았다.

"응?"

파트리시아의 두 손이 퍼뜩 입으로 올라갔다.

"어머, 미안해요, 자고 있었구나. 난…… 말소리가 들려서. 잠
꼬대를 한 거였네."

안니카는 눈을 감고 머리를 뒤로 쓸어 넘겼다.

"괴상한 꿈이었어."

안니카는 침대에서 일어나서 잠옷 가운을 입고 화장실로 내려
갔다. 돌아왔을 땐 파트리시아가 커피를 따르고 있었다.

"잠을 잘 못 잤어요?"

파트리시아가 물었다.

안니카는 한숨을 쉬면서 의자에 앉았다.

"오늘 결정이 나거든."

"계속 있게 될 거예요."

파트리시아가 미소를 지으면서 말했다.

안니카가 골똘히 생각을 하다가 말했다.

"그럴 가능성도 있긴 있는 것 같아. 내가 언론노조에 소속되어
있으니까, 노조가 뒤를 밀어주겠지. 편집국 간부들은 스튜디오 69

의 보도 내용에 영향을 받았다고 하더라도, 노조는 나를 밀어줄 거야."

롤빵을 한입 베어 무는 안니카의 표정이 조금 밝아졌다. 그녀 가 말을 이었다.

"당연히 그럴 거야. 간부들은 아주 구시대적인 사람들이니까 나를 쳐내고 싶어 할 수도 있지만 노조가 나를 위해 나서주겠지."

"아자 아자!"

파트리시아가 미소 띤 얼굴에 주먹을 불끈 쥐면서 말했고 이번 에는 안니카도 미소로 화답했다.

* * *

비는 멈춰 있었다. 그래도 숨 쉴 때마다 폐로 들어오는 공기는 눅눅하기 그지없었다. 안개가 너무 자욱해서 렌터카가 잘 보이지 않았다.

장관은 자갈길로 나서면서 잡고 있던 육중한 현관문을 놓았 다. 문은 수건에 싼 것처럼 아주 작고 부드러운 소리를 내며 닫 혔다.

그는 건물을 돌아가 후문으로 나섰다. 별장에서 불과 2~300미 터 떨어진 곳에 호수가 있다는 사실이 놀라웠다. 오전 중에 안개 가 걷힐 테니, 신선한 공기를 마시며 산책이라도 하려면, 지금밖 에 시간이 없었다.

자동차 한 대가 달려가는 소리가 났지만 차는 보이지 않았다.

완벽한 은신처란 바로 이런 데를 두고 하는 말이로군.

공원 벤치에 앉자 바지의 엉덩이 부분이 금방 축축해졌지만, 그는 개의치 않았다.

희뿌연 공기를 깊이 들이마시는 동안 자신의 인생이 완전히 실패작이라는 생각이 들어 마음이 쓰라렸다. 호수 풍경은 그의 미래만큼이나 희미했다. 총리는 이 일이 끝나고 나서 어떻게 할 건지 말해 주지 않았다. 지금 총리는 총선 승리에만 총력을 기울이고 있었다. 그 어떤 일도 총선에 영향을 주어서는 안 된다고 굳게 믿고 있었다. 총리는 오늘 공개 처형식에서 날조한 이유를 대며 그를 제거할 것이고, 기자들에게 굽신굽신 머리를 조아릴 것이다. 총리는 자기가 아메바라고 부르는 기자들이 총선을 좌지우지할 수 있었기 때문에, 기자들의 비위를 맞추는 것을 다른 어떤 일보다 우선시했다.

그래도 제일 중요한 건 진실이야.

이 깨달음이 마치 두꺼운 구름을 뚫고 갑자기 나타난 해가 짙은 안개를 한순간에 걷어 버린 것처럼 그의 미래에 대한 느낌도 바꿔놓았다.

이렇게나 간단한데!

그는 갑자기 큰 소리로 웃음을 터뜨렸다.

그는 자신이 원하는 일이면 무엇이든 아주 잘해낼 수 있었다.

누구에게도 들키지 않는 한.

갑자기 웃음소리가 멎었고, 안개가 그 웃음소리를 집어삼켰다.

"사임했어!"

안네 스납하네가 소리쳤다.

"방금 전에 TT 홈페이지에 뉴스 속보가 떴어."

안니카는 가방을 바닥에 던졌다.

"그래?"

안네가 모니터에 뜬 기사를 읽었다.

"총리는 기자 회견에서 크리스테르 룬드그렌 통상장관이 사임했다고 발표했다. 총리는 룬드그렌 장관의 결정에 대해 깊은 유감을 표시했지만 그가 그런 결정을 내리게 된 이유를 이해한다고 말했다.'"

"이유가 뭔데?"

안니카는 책상 앞에 앉아 컴퓨터를 켜면서 물었다.

"가정 문제."

"당연히 그렇게 말하겠지. 다들 항상 그러잖아. 하지만 그렇게 간단한 문제가 아니지."

"아이고, 또 상상의 나래를 펼치시는구만."

안네가 말했다.

"아니면 어떤 이유를 대겠어? 살인범이라서 사임한다고?"

"이젠 그렇게 생각하는 사람이 많아질걸."

안니카는 대답하지 않았다. TT통신사 홈페이지의 인터넷 기사 목록을 클릭했다. 장관 사임 기사가 벌써 5보까지 나와 있었다. 크리스테르 룬드그렌 본인과 연락이 닿은 기자는 하나도 없었다.

이번에도 총리는 장관이 어떤 범죄 혐의도 받지 않았다고 지적했고 경찰의 조사는 통상적인 절차였다고 말했다.

"그렇다면 사임은 왜 한 거야?"

안니카는 혼잣말로 중얼거렸다.

기사에는 현재 정부 내부에서 진상 조사원회가 구성되어 전직 장관의 스튜디오 69 영수증에 대해 조사를 벌이고 있다고 적혀 있었다.

안니카는 마우스를 놓고 의자에 등을 기대고 앉아 편집국 안을 둘러보았다.

"아니, 높으신 분들은 다들 어디 가셨어?"

"채용 회의."

안네가 말했다.

안니카의 심장이 쿵 하고 내려앉았다.

"커피 좀 사올게."

안니카가 불쑥 말하고 나서 의자에서 일어섰다.

세상에, 왜 이렇게 떨리지?

그녀는 신문을 한 부 가지러 가서 집어 들고, 6~7면을 펼쳐들다가 웃음을 터뜨렸다.

작은 고양이 한 마리가 감방 안 진초록색 플라스틱 매트리스 위에 앉아 있는 사진이 실려 있었다. 카메라 플래시 때문인지 놈은 눈이 휘둥그레져 있었다. 앞발 위에 꼬리 끝이 예쁘게 놓여 있었다.

'사형수 고양이'라는 표제가 7면 윗머리에 크게 실려 있었다.

"아주 오랜만에 한 번이기는 해도 언론이 진짜 중요한 문제들을 다루어서 정말 다행이야."

웃음이 멎고 진정이 되자 안니카가 말했다.

"독자들한테서 사형이라니 말도 안 된다는 항의 전화가 빗발치고 있어. 이놈의 새집을 찾아주는 게 오늘 내가 맡은 일이야."

안네가 말했다. 그러고는 두꺼운 전화메시지 쪽지 뭉치를 흔들어 보이면서 말을 이었다.

"교환실에서 외스테리에틀란드 밖에 사는 독자들은 걸러낼 거야. 아르셰순드는 어떨까? 이놈이 여생을 섬 고양이로 살 수 있을 것 같니?"

안네가 몸을 앞으로 숙이고, 몇 초 동안 사진을 들여다보더니, 자문자답을 했다.

"아냐. 청어를 좋아하는 놈 같지는 않군. 쥐와 새를 좋아할 것 같아. 하베르스뷔가 쥐가 많은 동네일 것 같은데, 안 그래? 그리로 보낼까?"

안니카는 초조해서 가만히 있지 못하고 다시 일어섰다.

크리스테르 룬드그렌은 왜 자신이 직접 기자 회견을 열지 않았을까? 왜 총리가 대신 나서서 그의 사임을 발표했을까? 룬드그렌이 사임을 원치 않았나? 아니면 총선 전략가들이 총리가 나서는 게 좋겠다고 조언한 것일까?

둘 다겠지. 어느 쪽이든 정부가 뭔가 숨기는 게 있다는 뜻이겠고.

안니카는 게시판 앞으로 걸어가 공지문을 보았다. 채용 회의는 오전 10시에 시작되었다. 그렇다면 곧 끝날 것이다. 그녀는 다시 화장실에 가고 싶어졌다.

화장실에서 돌아와 보니 베르틸 스트란드가 사진부 옆에 서서 펠레 오스카르손 사진부장과 대화를 하고 있었다. 안니카는 베르틸 스트란드 사진 기자가 언론노조 지부 운영위원이라는 것을 알고 있었다. 이번 채용 회의에 이들도 분명히 참석을 했을 것이었다. 안니카는 자기도 모르게 반은 뛰다시피 해서 그들에게 다가갔다.

"어떻게 됐습니까?"

안니카가 숨을 헐떡이며 물었다.

베르틸 스트란드가 천천히 돌아섰다.

"언론노조 운영 위원회는 의견의 일치를 봤어. 우린 당신이 즉시 《크벨스프레센》을 떠나야 한다고 생각해. 당신의 경솔한 행동으로 인해 우리 신문사의 신뢰가 크게 떨어졌으니까."

그가 냉정하게 말했다.

안니카는 그 말을 제대로 알아듣지 못했다.

"그래도 남게 되는 건가요?"

베르틸 스트란드가 눈을 가느다랗게 뜨고 안니카를 노려보며 얼음처럼 차가운 목소리로 말했다.

"못 알아들었어? 지금 당장 떠나는 거야."

순식간에 안니카의 얼굴에서 핏기가 사라졌다. 그녀는 쓰러지지 않기 위해 두 손으로 사진부 책상을 잡았다.

"떠나라고요?"

베르틸 스트란드가 돌아섰고 안니카는 책상을 잡은 두 손을 놓았다. 오, 하느님, 여기에서 나가게 해주세요. 오, 하느님, 제발, 어떻게 나가야 하지? 토할 것 같아. 편집국 바닥이 들썩였고, 벽이 흔들리고 있었다.

갑자기 안니카의 마음속에서 극도의 분노가 치밀어 올랐다.

빌어먹을! 이런 얼간이들하고 일하는 것도 이젠 넌덜머리가 난다. 어리석은 짓을 한 건 내가 아니야. 신문사가 망한다고 해도 내 잘못이 아냐. 내 노조 대표라는 사람들이 어떻게 나한테 그런 말을 할 수가 있어!

"어떻게 나한테 이럴 수가 있어요?"

안니카가 베르틸 스트란드를 향해 쏘아붙였다.

남자의 등이 굳어졌다.

"당신들 운영 위원회 사람들의 저녁식사 값을 낸 게 누구예요? 바로 나 같은 일반 노조원들이라고요! 당신들은 내 편을 들어줘야 하는 사람들이에요. 그런데 어떻게 이렇게 내 등을 찌를 수가 있어요?"

안니카가 소리쳤다.

베르틸 스트란드가 돌아섰다.

"당신은 이 노조 지부의 정식 조합원이 아니잖아."

그가 퉁명스럽게 말했다.

"그건 내가 정규직이 아니기 때문이죠. 하지만 회비는 다른 사람들이랑 똑같이 낸다고요. 그런데 권리는 왜 똑같이 못 누리는 거죠? 도대체 어떻게 노조가 조합원의 해고를 권고할 수가 있어요? 다들 완전히 정신 나간 거예요?"

"나중에 후회할 말은 하지 마."

사진 기자는 안니카의 머리 위로 시선을 돌리면서 말했다.

안니카가 그에게로 한 걸음 성큼 다가서자, 그는 놀라서 한 걸음 뒤로 물러섰다.

"말조심을 해야 할 사람은 바로 당신이에요. 내가 그동안 몇 번 실수를 저지르긴 했지만, 지금 당신이 저지르는 것만큼 큰 실수는 아니었어요."

안니카가 낮은 목소리로 말했다.

그녀의 눈가로 안데르스 쉬만 부국장이 머그 컵을 들고 어항 같은 부국장실로 걸어가는 것이 보였다. 그의 뒤통수를 노려보던 그녀는 그를 향해 걸어가기 시작했다. 그녀는 컴퓨터와 사람들과 책꽂이들과 화분들을 휙휙 지나쳐 가서 그를 마주보고 섰다.

"저를 내보내고 싶으신가요?"

안니카가 물었다. 지나치게 날카로운 목소리가 나와 버렸다.

부국장은 그녀를 자기 사무실로 들이더니 커튼을 쳤다. 그녀는 담배 냄새가 진하게 밴 소파에 풀썩 주저앉아 그를 노려보았다.

"물론 아니야."

"노조에서는 그렇다는데요."

안니카가 떨리는 목소리로 말했다. 아냐, 지금 울음을 터뜨려서는 안 돼.

쉬만이 고개를 끄덕이더니 안니카 옆에 앉았다.

"그 사람들을 이해할 수가 없어. 자기네 조합원에 대해서 신경도 쓰지 않더군. 원하는 건 오직 권력뿐이더라고."

"왜 그런 이야기를 저한테 하시죠?"

안니카가 의심스러운 눈초리로 쉬만을 바라보며 물었다.

그가 침착하게 그녀를 바라보았다.

"이번 건에서는 그게 요점이니까."

그녀는 눈을 깜박거렸다.

"불행히도 지금 당장은 당신에게 내줄 자리가 없어. 능력 있는 기자를 전부 고용할 형편은 못 되고, 이번 가을에는 채울 자리가 딱 한 개밖에 없거든."

"아, 누가 그 자리를 채울지 알아맞혀 볼까요? 칼 벤네르그렌이죠?"

"맞아."

부국장이 바닥을 내려다보면서 대답했다.

안니카는 웃음을 터뜨렸다.

"축하합니다! 이 신문사는 정말 자격 조건이 충분한 사람만을 고용하는군요."

그녀가 벌떡 일어섰다.

"앉아 봐."

"왜 그래야 하나요? 저는 단 1초라도 이 건물에 더 머무를 이유가 없는데요. 노조가 바라는 대로 지금 당장 떠나드리죠."

"하지만 계약 만료일까지 아직 한 주 반이나 남았잖아. 그건 지켜야지."

그녀가 다시 짧은 웃음을 터뜨렸다.

"엿을 더 먹으라고요?"

"적절한 시기에 조금씩 적당량을 먹으면 품성 향상에 도움이 될 수도 있어."

안데르스 쉬만이 미소를 지으면서 말했다.

"보상 휴가를 쓰겠습니다."

안니카가 얼굴을 일그러뜨리며 말했다.

"그래도 되겠지. 하지만 난 당신이 그때까지 출근해서 일을 해졌으면 좋겠어."

안니카는 문을 향해 걸어가다가 멈춰 섰다.

"한 가지만 말씀해 주세요. 이 신문사는 테러 단체의 제보를 돈을 주고 삽니까?"

"무슨 말이야?"

쉬만이 자리에서 일어서서 물었다.

"말씀드린 그대로예요. 테러 현장을 취재하는 대가로 돈을 지불하느냐고요."

쉬만은 가슴에 팔짱을 끼고 안니카를 탐색하듯 바라보았다.

"뭔가 알고 있나?"

"전 절대로 취재원을 공개하지 않습니다."

안니카가 빈정거리듯 말했다.

"당신은 이 신문사의 고용인이고, 난 당신의 상관이야."

그녀는 주머니에서 기자증을 꺼내 그의 책상 위에 놓았다.

"이젠 아니죠."

"왜 그런 질문을 했는지 알고 싶군."

"제 질문에 대답부터 해 주시죠."

그녀가 맞받았다.

부국장은 몇 초 동안 조용히 안니카를 바라보다가 대답했다.

"물론 아니야. 그건 말도 안 되는 소리지. 전혀."

"부국장님께서 부임하신 후에 이 신문사가 그런 짓을 저질렀다면, 부국장님도 그 사실을 당연히 알고 계시겠죠?"

"당연히 그렇지."

"그러면 그런 일이 없었다고 확신하시나요?"

쉬만이 천천히 고개를 끄덕였다.

"알겠습니다. 그렇다면 다행이고요. 자, 그러면……. 짧았지만 즐거웠습니다."

안니카가 밝은 어조로 말했다. 그러고는 태연하게 손을 내밀었다.

그는 그녀의 손을 잡지 않았다.

"이제부터 뭐 할 거야?"

안니카는 약간 경멸어린 눈으로 부국장을 바라보았다.

"그건 왜 물으시죠?"

"그냥 궁금해서."

그가 침착하게 대답했다.

"카프카스 지역에 갈 거예요. 사실, 내일 떠나요."

쉬만이 눈을 깜박였다.

"그건 좋은 생각 같지 않은데. 그곳에선 지금 내란이 한창이잖아."

"아, 제 걱정은 마세요. 반군들과 함께 있을 거니까 괜찮을 거예요. 정부군은 무기가 전혀 없거든요. 대량 학살이 한쪽 편에서만 자행되도록 국제 사회가 관리를 아주 잘해주고 있어서요. 자 그럼, 이 신문사를 다시 제 궤도에 올려놓으실 수 있도록 행운을 빕니다. 정말 힘든 일을 맡으셨어요. 여기 간부들은 자기네들이 무슨 일을 하는지도 잘 모르고 있거든요."

그녀는 문손잡이를 잡고 섰다.

"그 소파는 버리셔야겠는데요. 악취가 정말 심하네요."

안니카는 문을 활짝 열어둔 채로 자리를 떴고, 안데르스 쉬만은 그녀가 휘청거리면서 편집국을 걸어가는 것을 지켜보았다. 그녀는 단 한 번도 멈춰 서서 다른 사람과 이야기를 나누지 않고 자기 자리를 향해 씩씩거리며 성큼성큼 걸어갔다.

* * *

안네 스납하네는 자기 자리에 없었다.

차라리 잘됐어. 쓰러지기 전에 빨리 여기를 벗어나야 해. 이 사람들한테 재미난 구경거리를 제공할 수는 없지.

안니카는 펜 몇 상자와 가위 한 개, 호치키스 한 개를 가방에 챙겨 넣었다. 이 거지같은 신문사가 그녀에게 주는 선물이라곤 이게 전부였다.

그녀는 한번 주위를 둘러보지도 않고 편집국을 나섰다. 내려가는 엘리베이터 속에서 갑자기 가슴이 심하게 답답한 것을 느꼈다. 힘들게 숨을 헐떡이며 벽에 달린 거울을 보니 과연 핏기 하나 없는 창백한 얼굴이 그 안에 있었다.

조명이 형편없어서 그래. 게다가 여름이잖아. 그녀는 스스로를 위로했다. 겨울에 이 엘리베이터에 타면 어떤 모습일지 궁금했다.

다음 순간 그 모습은 절대로 볼 수 없을 거라는 생각이 들었다. 이 엘리베이터를 타는 것도 이번이 마지막이었다.

엘리베이터가 늘 그렇듯 덜컹거리며 멈춰 섰다. 그녀는 납덩이처럼 무거운 엘리베이터 문을 힘겹게 밀어 열고 나와서 안개가 자욱한 거리가 내다보이는 현관문을 향해 걸어갔다. 토레 브란드 수위는 휴가 중인가 보았다. 모르는 여자가 접수창구에 앉아 있었다. 현관문이 안니카 뒤에서 스르륵 닫혔다.

안니카는 한동안 신문사 앞마당에 서서 습한 공기를 들이마셨다. 눅눅하고 불쾌했다.

쉬만에게 한 말을 떠올려보았다.

카프카스로 간다는 생각은 도대체 어디서 튀어나왔을까? 하지만 외국으로 떠난다는 것도, 아무 비행기나 잡아타고 어디로라도 떠난다는 것도 그리 나쁜 생각 같지 않았다.

거리의 짙은 안개 속에서 사람이 나타났다. 칼 벤네르그렌이 병이 가득 든 무거운 봉투 두 개를 들고 걸어오고 있었다. 축하주를 돌리려는 모양이었다.

"축하해."

안니카가 곁을 지나쳐가는 그에게 퉁명스럽게 말을 던졌다.

그는 걸음을 멈추고 봉투를 땅에 내려놓았다.

"그래. 기분 최고야."

그가 활짝 웃었다.

"6개월 계약이야. 계약직에게 주는 최장기 기간이 6개월이거든. 더 데리고 있으면, 정규직으로 임용해야 하는 거고."

"자기 돈까지 쓰면서 기를 쓰고 노력해서 남게 되니까 기분 최고겠네."

남자의 웃음이 애매한 미소로 바뀌었다.

"무슨 뜻이야?"

"아버지가 부자라서 좋겠다. 그만한 돈이 수중에 있었어, 아니면 주식을 좀 팔았어?"

그의 얼굴에서 미소가 금세 사라지고 비웃음이 떠올랐다.

"잘려서 열 받았나?"

칼 벤네르그렌이 태연하게 말했다.

"나라면 테러 단체에게 돈을 주고 직장을 사느니 고양이 사료를 먹고 살겠다."

안니카가 날카롭게 맞받았다.

그가 업신여기는 눈길로 그녀의 몸을 훑어보았다.

"그래, 그래, 많이 먹어라. 사료라도 많이 먹어야겠다. 비쩍 말랐다, 야."

칼 벤네르그렌은 봉투를 집어 들고 신문사 안으로 들어가기 위해 돌아섰다. 두 개의 봉투 안에는 샴페인 병이 가득 들어 있었다.

"당신, 특종과 직장을 돈 주고 샀을 뿐만 아니라 취재원까지 배신했더라. 정말 대단해."

그가 걸음을 멈추고 안니카를 돌아보았다.

"개소리 집어치워."

안니카는 칼 벤네르그렌의 눈에 불안한 기색이 떠오르는 것을 놓치지 않았다.

그녀가 그에게로 다가갔다.

"닌자 바비가 그 시각에 그곳을 칠거라는 걸 경찰이 어떻게 알았을까? 그 특정한 거리 전체의 주민을 대피시켜야 한다는 걸 어떻게 알았을까? 그리고 닌자 바비가 숨을 곳을 어떻게 그렇게 족집게 같이 집어냈을까?"

"그걸 내가 어떻게 알아."

칼이 입술에 침을 묻혔다.

안니카는 그에게 한걸음 더 다가서서 그를 노려보며 낮은 목소리로 쏘아붙였다.

"당신은 취재원을 팔았어. 검거 현장 사진을 찍으려고 경찰에 밀고를 한 거야, 안 그래?"

칼은 눈을 치켜뜨고 고개를 뒤로 젖히더니 경멸하는 눈으로 안니카를 내려다보았다.

"그래서……?"

안니카는 분별력을 잃고 소리를 지르기 시작했다.

"망할 놈의 자식! 엿 먹어라, 새끼야!"

칼 벤네르그렌은 돌아서서 현관을 향해 비틀거리며 걸어갔다. 그러다가 어깨 너머로 안니카를 돌아보며 소리쳤다.

"미친년!"

그는 유리문 안으로 사라졌고 안니카는 눈물이 북받쳐 올랐다. 엿 먹어라, 나쁜 놈들아! 나를 거리로 내몰고 지들끼리 샴페인을 퍼마신다 이거지. 많이들 퍼 마셔라.

"어이, 벵트손, 탈래?"

안니카가 획 돌아보니 거리 출입구 앞에 세워진 낡은 볼보 안에 얀손 야간 편집장이 앉아 있었다.

"낮에 어쩐 일이세요?"

안니카가 얀손에게 소리쳤다.

"채용 회의."

얀손은 시동을 껐다. 안니카가 자동차를 향해 걸어가자 그가 차에서 내렸다.

"피곤해 보이시네요."

그녀가 말했다.

"응. 어젯밤에 근무였거든. 하지만 이 회의에 꼭 참석하고 싶었어. 당신을 위해 로비 좀 하려고."

안니카가 의심스러운 눈초리로 얀손을 쳐다보았다.

"왜죠?"

그가 담뱃불을 붙였다.

"올 여름 계약직들 중에 당신이 제일 나은 것 같아서. 6개월 계약직이 당신한테 가야 한다고 생각했어. 부국장도 그렇게 생각했고."

안니카가 눈을 치켜떴다.

"정말이요? 그런데 왜 그렇게 안 된거죠?"

"편집국장이 반대했어. 진짜 멍청한 인간이야. 비판받는 걸 죽기보다 더 무서워하는 사람이지. 게다가 노조도 등을 돌렸던데."

"네, 알고 있어요."

그들은 한동안 침묵하며 서 있었고, 얀손은 담배를 피웠다.

"지금 당장 떠나는 거야?"

안니카가 고개를 끄덕였다.

"괴로움을 연장할 필요는 없으니까요."

"곧 다시 돌아올 수 있을 거야."

그녀가 조용히 웃었다.

"그 예상에는 한 푼도 못 걸겠는데요."

야간 편집장이 어깨를 으쓱했다.

"태워다 줄까?"

안니카는 얀손의 지친 얼굴을 바라보다가 고개를 저었다.

"괜찮아요. 좀 걸으려고요. 환상적인 날씨를 즐겨야죠."

둘은 안개가 자욱한 거리를 둘러보며 웃음을 터뜨렸다.

* * *

옷에서 퀴퀴한 담배 냄새가 났다. 안니카는 옷을 모두 벗어서 거실 복도 바닥에 모아놓았다. 그러고는 잠옷 가운을 입고 소파에 앉았다.

파트리시아는 외출하고 없었다. 다행이었다. 안니카는 전화번호부를 집어 들었다.

"그런 식으로 언론노조를 탈퇴할 수는 없습니다."

노조 본부의 행정관이 나무라는 투로 말했다.

"안 된다고요? 그럼 어떻게 해야 탈퇴가 되죠?"

"먼저 탈퇴 신청서를 해당 노조 지부에 제출해 명단에서 이름을 삭제한 후, 여기 본부에도 탈퇴 신청서를 보내셔야 합니다. 그러고 나서 6개월 후에 지부와 본부에 탈퇴의사 확인서를 보내셔야 하고요."

"농담이시죠?"

"유예기간은 다음 달 1일부터 계산이 됩니다. 그러니까 빨라도 내년 3월 1일이나 되어야 노조에서 탈퇴하실 수가 있겠군요."

"그리고 그 때까지 회비 전액을 꼬박꼬박 내야 하고요?"

"물론이죠, 언론인 생활을 그만두지 않는 한은요."

"바로 그거예요. 지금 이 순간부터 언론인 생활을 그만둘 생각이거든요."

"그러니까 현재, 직장이 없다는 말씀이신가요?"

안니카는 한숨을 쉬었다.

"아뇨, 《카트리네홀름스 쿠리렌》의 정규직으로 있어요."

"그렇다면, 이런 식으로는 탈퇴하실 수가 없습니다."

안니카는 전화 줄을 잡아당겨 이 여자를 확 목 졸라 죽이고 싶어졌다.

"내 말 잘 들으세요. 난 지금 노조를 탈퇴할 거예요. 오늘부로 요. 영원히. 내가 지금 하고 있는 일은 당신이 상관할 바가 아니고 요. 이제부턴 단 한 푼도 안낼 거예요. 그러니까 지금 당장 명단에 서 지워줘요."

상대방 여자도 화를 냈다.

"그렇게는 할 수가 없다니까요. 그리고 이 노조는 우리의 노조 가 아니고 당신의 노조예요."

안니카가 큰 소리로 웃음을 터뜨렸다.

"진짜 웃기시네! 알았어요. 노조 탈퇴가 안 된다면, 회비 전액 을 내진 않고 실업 수당 기금 개인 분담금만 낼 게요. 서류를 보 내 주세요."

"그건 올바른 절차가 아닌데요."

안니카는 눈을 감고 마른침을 꿀꺽 삼켰다. 분노가 곧 폭발할 것만 같았다.

"알았어요. 그럼 이렇게 하죠. 다 포기할 게요. 실업 수당 기금 도 탈퇴할게요. 잘 먹고 잘 사세요."

안니카는 전화를 끊고, 전화번호부를 뒤져서, 생디칼리슴(국가 를 포함한 자본주의 사회 질서를 철폐하고, 생산 단위로 조직된 노

동자 조직에 바탕을 두고 사회 질서를 수립하기 위해 노동 계급의
직접 행동을 주장하는 운동.—옮긴이) 노조인 스웨덴 노동자 연
합에 전화를 걸었다.

"실업 수당 기금에 가입을 하고 싶은데요……. 아, 네, 좋아요!
네, 당장 서류를 보낼게요."

일이 이렇게 쉽게 풀릴 수도 있다니.

안니카는 부엌으로 들어가서 샌드위치를 만들어 반은 먹고 반
은 버렸다. 그러고 나서 메모장을 꺼내 식탁 앞에 앉았다. 눈을 감
고 깊은 심호흡을 한번 한 후, 편지를 두 통 썼다. 편의점에 가서
봉투와 우표를 사서 보낼 생각이었다.

* * *

저녁 때 집에 돌아온 파트리시아는 아무 생각 없이 걸어가다
가 거실 복도에 놓인 옷더미를 모르고 밟았다.

"언니? 술집에 갔다 왔어요?"

파트리시아가 소리쳐 물었다.

"아니, 왜?"

안니카가 부엌문 밖으로 고개를 내밀고 되물었다.

"옷에서 담배 냄새가 진동해서요."

"나, 신문사에서 잘렸어."

파트리시아는 자기 재킷을 옷걸이에 걸고 나서 부엌으로 들어
왔다.

"뭐 좀 먹었어요?"

안니카는 고개를 저었다.

"배가 안 고파."

"그래도 먹어야죠."

"안 먹으면, 나쁜 업보를 쌓는 건가?"

파트리시아가 미소를 지었다.

"업보는 현생에 영향을 미치는 전생의 죄를 말하는 거예요. 언니 경우는 그냥 허기라고 부르는 거고요. 그렇게 안 먹다간 굶어 죽을 수도 있어요."

파트리시아는 가스레인지 앞에 가서 계란을 깨기 시작했다. 안니카는 창밖을 내다보았다. 어두운 거리에서 후두둑 후두둑 떨어지는 빗소리가 들렸다.

잠시 후 안니카가 입을 열었다.

"곧 가을이 오겠네."

파트리시아가 그녀의 맞은편에 앉았다.

"여기, 먹어 봐요, 버섯 오믈렛이에요."

놀랍게도 안니카는 오믈렛을 다 먹었다.

"자, 말해 봐요, 잘렸다니 어떻게 된 거예요?"

안니카는 빈 접시를 바라보았다.

"계약을 다시 하자는 제의를 안 하더라고요. 노조는 나를 당장 쫓아내고 싶어 했고."

"바보 같은 놈들."

파트리시아가 너무 힘을 주어 말을 하는 바람에 안니카가 웃음을 터뜨렸다.

"맞아, 진짜 바보 같은 놈들이야. 그래서 노조에서 탈퇴했어."

파트리시아는 식탁을 치우고 설거지를 했다.

"그럼 이젠 뭘 할 거예요?"

안니카는 마른침을 삼켰다. 그러고는 조용히 말했다.

"모르겠어. 조금 전에 《카트리네홀름스 쿠리렌》도 그만두고, 헬레포르스네스의 아파트 집주인한테도 집을 빼겠다고 알렸어. 아까 오후에 두 군데에 편지를 써서 부쳐 버렸지."

파트리시아의 눈이 휘둥그레졌다.

"그럼 뭐 해서 돈을 벌려고요?"

안니카는 어깨를 으쓱거렸다.

"한 달 후부턴 실업 수당을 받게 돼. 그때까진 은행에 넣어둔 돈이 좀 있으니까 그걸로 살면 되겠지, 뭐."

"어디서 살 건데요?"

안니카는 두 팔을 벌렸다.

"당분간은 여기서 살 거야. 단기 임대지만, 잘하면 1년까지 더 살 수도 있을 것 같아. 그 다음엔 또 알아봐야지."

"우리 클럽에선 항상 사람을 뽑는데."

안니카는 날카로운 웃음을 터뜨렸다.

"난 주요 자격조건을 다 갖췄네. 가슴과 성기. 게다가 예전에 룰렛 휠을 돌린 적도 몇 번 있고."

"정말요?"

"대학 다닐 때 카트리네홀름 호텔에서 룰렛 딜러 아르바이트를 했거든. 휠이 11번이나 돌아가게 할 수 있었지. 0번에서 룰렛 볼을 제대로 탁 쳐서 돌리면 볼이 34번에 들어가게 할 수도 있었고."

"와, 대단하네요, 언니. 우리 룰렛 테이블에 딜러가 필요한데."

"당분간은 여행을 가려고 생각 중이라서."

"어디로요?"

안니카는 어깨를 으쓱해 보였다.

"도시 이름은 기억이 안 나. 터키인데, 지중해 옆."

"멋지다, 언니."

그들은 오랫동안 말 없이 앉아 있었다.

"가는 곳에 대해 잘 알고 가야 해요."

파트리시아가 말했다.

"그래야지."

"잠깐만, 카드 좀 가져올게요."

파트리시아는 일어서서 조용히 자기 방으로 들어갔다. 가방 지퍼를 여는 소리가 들리더니 잠시 후 작은 갈색 상자를 들고 나타났다.

파트리시아는 상자를 식탁에 내려놓고 뚜껑을 열었다. 그러고는 상자 안에서 검은 천에 싼 작은 뭉치를 꺼내 천천히 풀었다.

"뭐야?"

파트리시아는 카드 한 벌을 식탁 위에 올려놓으면서 대답했다.

"타로카드예요. 타로는 예로부터 내려오는 지식의 보물창고죠. 카드에 그려진 신비로운 그림 속에 심오한 철학이 담겨 있어요. 더 큰 깨달음으로 나아가는 도구예요."

"미안하지만 난 이런 거 안 믿는데."

파트리시아가 의자에 앉았다.

"이건 믿음의 문제가 아니에요, 언니. 귀 기울임의 문제죠. 마음의 문을 열고 마음속 깊은 곳을 들여다보는 거예요."

안니카는 웃음을 참을 수가 없었다. 파트리시아가 엄숙하게 말했다.

"웃지 말아요. 진지한 건데. 타로에는 78장의 카드가 있어요. 메이저 아르카나, 마이너 아르카나, 그리고 코트 카드로 이루어져 있죠. 카드마다 각기 다른 인생의 의미와 전망을 담고 있어요."

안니카는 고개를 내젓고는 자리에서 일어섰다.

"그러지 말고 앉아 봐요. 언니 운세를 봐 줄게요."

파트리시아가 안니카의 손목을 잡으면서 말했다.

안니카는 망설이다가 한숨을 쉬고 나서 다시 앉았다.

"알았어. 그럼, 어떻게 해야 되지?"

"여기요. 이걸 섞어서 나눠요."

파트리시아는 타로카드 한 벌을 안니카의 손에 쥐어주었다.

안니카는 카드를 섞어서 나눈 후 두 무더기를 파트리시아에게 내밀었다.

"아니, 먼저 세 무더기로 나눈 후에 다시 섞어서 두 무더기로 나누는 거예요."

안니카가 의심스러운 눈초리로 그녀를 쳐다보았다.

"왜?"

"기(氣)를 모으기 위해서요. 해 봐요."

안니카는 속으로 한숨을 쉬면서 카드를 섞어서 나누고 또 섞어서 나눴다.

"좋아요. 이젠 두 무더기를 한데 모으지 말고 왼손으로 하나를 선택한 후 그 무더기만 다시 섞어요."

파트리시아가 말했다.

안니카는 눈을 치켜뜨고 시키는 대로 했다.

"잘했어요. 이젠 해답을 얻고 싶은 질문에 정신을 집중해요. 지금 언니는 커다란 변화에 직면해 있어요?"

"젠장, 그렇다는 거 파트리시아도 잘 알잖아."

안니카가 날카롭게 말했다.

"알았어요. 그럼 켈틱 크로스로 배열해 봐야겠다."

파트리시아는 식탁 위에 카드를 배열하기 시작했다.

"그림 참 희한하네. 기괴한 모습이야."

안니카가 말했다.

"이 카드는 알리스터 크로울리의 스케치를 바탕으로 프리에다 하리스가 그린 토트 타로카드예요. 한 벌을 완성하는 데 5년이 걸렸죠. 여기 그림의 상징들은 비의교단 황금새벽회가 체계화한 거예요."

"뭔 말인지 모르겠지만, 하여튼, 이제 내 미래가 보여?"

안니카가 못 믿겠다는 표정으로 물었다.

파트리시아는 엄숙한 얼굴로 고개를 끄덕이더니 가운데에 가로로 놓인 카드 밑에 세로로 세워져 있는 카드를 가리켰다.

"이게 첫 번째 카드, 언니의 현재 상황을 보여주는 카드예요. 번개를 맞은 탑 카드네. 메이저 아르카나의 열여섯 번째 카드죠. 보다시피, 탑이 무너지고 있어요. 이게 언니의 현재 상황이에요. 언니의 세계를 안전하게 지켜주었던 모든 것이 무너져 내리고 있어요. 이건 더 설명할 필요도 없겠네."

안니카는 관찰하는 눈으로 파트리시아를 바라보았다.

"또 다른 건?"

파트리시아는 손가락으로 탑 카드 위에 가로로 놓인 카드를 가리켰다.

"파이브 디스크 카드가 현재 상황을 보여 주는 카드 위를 가로지르고 있네요. 언니의 현재 상황을 방해하거나 부추기는 거예요. 파이브 디스크 카드는 황소자리에 있는 수성(水星), 낙담과 두려움을 상징하죠."

"그래서?"

"언닌 변화를 두려워하고 있어요. 하지만 두려워할 필요는 없어요."

"알았어. 그럼, 또 다른 거는?"

"현 상황에 대한 언니의 시각은, 예상대로 메이저 아르카나의 스무 번째 카드인 영겁(다른 타로카드에서는 '심판'이라고 불리기도 한다. ― 옮긴이)이에요. 자기비판과 성찰을 상징하죠. 언니는 자기가 인생에서 실패했다고 생각하고 그 원인을 자신에게서 찾고 있어요. 그런데 언니의 잠재의식이 훨씬 더 흥미롭다. 여길 봐요, 검을 든 기사야. 검을 든 기사는 창조력의 상징이거든요. 편협한 얼간이들과의 관계를 끊으려고 애를 쓰고 있는 거예요."

안니카는 의자에 등을 기댔고, 파트리시아는 말을 이었다.

"언니는 세븐 디스크 카드, 즉 제약과 실패를 벗어나서, 에이트 소드, 즉 참견을 향해 나아가고 있어요."

안니카는 한숨을 쉬었다.

"어려운 길을 가고 있구만."

"이게 언니의 자아예요. 달. 재밌다. 지난번에 내 운세를 봤을 때도, 달 카드가 나왔는데. 달 카드는 여성(女性), 마지막 시련을 상징하죠. 안타깝게도, 별로 좋은 카드는 아니에요."

안니카는 아무 말도 하지 않았다. 조용히 나머지 카드들을 바라보던 파트리시아가 말을 이었다.

"이건 언니가 가장 두려워하는 거예요. 매달린 남자. 강직성, 완고함의 상징이죠. 언니는 자신의 영혼이 상처 받을 것을 제일 두려워하고 있어요."

"그래서 결국에는 어떻게 돼?"

안니카의 목소리가 진지해져 있었다.

파트리시아는 주저하다가 열 번째 카드를 가리켰다.

"이게 결과예요. 겁내지 말아요. 상징일 뿐이니까. 말 그대로 받아들일 필요는 없어요."

안니카는 몸을 숙였다. 카드에는 큰 낫을 휘두르는 검은 해골 그림이 그려져 있었다. '죽음.'

"반드시 물리적인 죽음을 상징한다기 보다는 급진적인 변화를 상징하는 거예요. 오랜 인간 관계가 끝이 난다는 뜻일 수도 있어요. 죽음은 두 개의 얼굴을 갖고 있거든요. 갈가리 찢고 파괴한다는 뜻이 있는가 하면, 오랜 속박에서 벗어나게 해 준다는 뜻도 갖고 있어요."

안니카가 벌떡 일어섰다.

"이런 카드 점에는 관심 없어. 미신에 불과해."

그녀가 퉁명스럽게 말하고는 성큼성큼 자기 방으로 걸어 들어가 문을 닫았다.

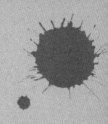

제3부

9월

## 세상에 태어난 지 19년 2개월 18일째

나는 생명력이 대단한 사람인 것 같다. 나는 내 삶이 아주 황상하다고 상상한다. 내 호흡은 아주 가볍고, 내 다리는 아주 유연하고, 내 마음은 활짝 열려 있다. 난 행복을 느끼는 재능이 있는 것 같다. 나는 살아 있다는 느낌을 아주 좋아한다. 바로 저 너머 어딘가에, 아주 가까운 곳에, 희미한 불빛이 반짝이는 것을 느끼는데, 보이지가 않는다.

알고 보면 행복한 삶이란 얼마나 단순한 것인지. 사소한 일상에서도 얼마나 행복해질 수 있는지.
태양. 바람. 목표. 글. 헌신. 사랑. 자유.
자유…….

하지만 그는

절대로 나를

놓아주지 않을 거라고 말한다.

# 9월 3일 월요일

비행기가 착륙하기 1분 전까지만 해도 육지의 풍경이 모습을
드러내지 않았다. 숲 바로 위에 걸쳐 있는 구름이 안개비를 뿌리
고 있었다.

날씨가 항상 이렇게 구질구질했으면 좋겠네. 개자식들한텐 딱
좋잖아.

여객기는 알란다 국제공항 제2터미널을 향해 천천히 달려갔다.
출국할 때도 이 터미널에서 이륙했었다. 출국할 때 안나카는 제2
터미널이 국제공항에 붙은 부속 건물 수준이고 면세점도 제대로
없는 것을 보고 굉장히 실망했었다. 이곳은 군소 항공사들이 국
제선과 국내선, 전세기와 일반 여객기를 띄우고 내리는 곳이었다.
초라하기 그지없었다.

적어도 세관원들이 성가시게 굴지는 않겠군. 그게 어디야. 안니

카는 게이트로 이어지는 초록색 통로를 걸어가면서 생각했다.

이번에도 안니카의 짐이 맨 나중에 나왔다. 공항버스에는 승객이 꽉 차 있어서, 그녀는 스톡홀름 시내 터미널까지 45분을 서서 가야 했다. 클라라베리 고가교에서 내렸을 땐 제법 굵은 비가 내리고 있었다. 천으로 된 여행 가방들은 금방 흠뻑 젖어버렸다. 그녀는 낮은 목소리로 욕을 내뱉고는 볼린데르스플란에서 52번 버스에 올라탔다.

아파트는 조용했고, 아침 햇살 속에 커튼이 평화롭게 드리워져 있었다. 안니카는 가방을 현관 앞 깔개 위에 내려놓고 거실로 들어가서 소파에 풀썩 주저앉았다. 완전히 녹초가 되어 있었다. 비행기는 어제 오후 4시에 터키 국제공항을 이륙할 예정이었지만, 무슨 이유인지 발표도 해 주지 않은 상태로 공항에서 여덟 시간이나 대기를 시켰고, 탑승하고 나서도 다섯 시간이나 기다리게 한 후에야 겨우 이륙했다. 예약 없이 막판에 비행기 표를 사서 여행을 다닐 때는 꼭 이런 일이 생겼다. 그러나 사실 어딘가에 급히 가야 하는 것도 아니었다.

안니카는 소파에 등을 기대고 눈을 감은 채 불안감의 엄습을 순순히 받아들이고 있었다. 터키에서 보낸 무더웠던 며칠 동안에는 그 불안감을 애써 억누르고, 아시아의 소리와 빛과 냄새를 받아들이는 데에만 열중했었다. 샐러드와 케밥 등 음식도 잘 챙겨먹었고, 점심을 먹을 땐 와인도 마셨다. 그러나 집으로 돌아오니 배가 뒤틀리고 목구멍이 막히는 것 같은 느낌이 들었다. 앞날을 생각하자 아무것도 보이지 않았다. 백지였다. 아무런 윤곽도 보이지 않았다.

지난 일은 다 잊어버려. 이제부터 시작이야. 안니카는 스스로를 다독였다.

안니카는 소파에서 잠이 들었다가 젖은 옷 때문에 한기를 느껴 10분 후에 잠이 깼다.

그녀는 젖은 옷을 벗고 지하실에 있는 공동 화장실로 달려 내려갔다.

잠시 후 아파트로 올라온 그녀는 발끝으로 걸어 부엌으로 들어가 파트리시아의 방 안으로 살짝 고개를 들이밀었다. 아무도 없었다. 당황스럽고 놀라웠다. 스톡홀름으로 돌아오면서, 집에 가면 파트리시아가 있을 거라는 생각이 들어서 짜증이 났고 혼자 있고 싶었었다. 그런데 아니었다. 흑인 친구의 부재에 지독한 상실감을 느꼈다. 좋은 느낌이 아니었다.

안니카는 초조하게 이 방 저 방을 서성거렸다. 커피를 끓였지만 목으로 넘어가지가 않았다. 그녀는 바닥에 놓인 젖은 옷들을 집어 들어 의자와 문손잡이에 걸었다. 아파트 안에 눅눅하고 시큼한 냄새가 진동을 하는 것 같아 창문을 열었다.

이젠 뭐하지?

이젠 뭐 하고 살까?

뭘 해서 돈을 벌지?

안니카는 다시 소파 위에 풀썩 주저앉았다. 근심이 뭉쳐져 작은 혹 덩어리가 된 듯 가슴뼈 아래가 묵직했고, 여독까지 겹쳐 숨을 쉬기가 힘이 들었다. 열린 창문 앞에 달린 커튼이 펄럭이다가 가라앉았다. 그녀는 빗물이 들이쳐 창문 아래가 젖어가는 것을 보고 바닥을 닦기 위해 소파에서 일어섰다.

곧 개조를 한다잖아. 뭐 하러 닦아? 곧 개조를 한다는데. 바닥이 썩든 말든 누가 신경이나 쓰겠어? 힘들게 닦을 필요가 뭐냐고. 갑자기 그런 생각이 들었다.

마룻바닥이나 자기 신세나 똑같다는 생각이 들자 자기연민의 파도가 안니카를 덮쳤다. 그녀는 다시 소파에 주저앉았다. 그러고는 양 무릎을 세워 턱을 괴고 앞뒤로 몸을 흔들며 울었다. 두 팔로 다리를 어찌나 꽉 감싸 안았던지 팔이 아팠다.

이제 다 끝났어. 어디로 가지? 누가 날 도와줄까?

갑자기 수정처럼 맑은 깨달음이 찾아왔다.

할머니.

안니카는 헬레포르스네스에 있는 할머니의 아파트 전화번호를 누른 후 눈을 감고 할머니가 뤼케보에 가 계시지 않고 아파트에서 전화를 받기를 간절히 바랐다.

"소피아 헬스트룀입니다."

할머니가 전화를 받으셨다.

"아, 할머니!"

안니카가 울먹이며 할머니를 불렀다.

"우리 이쁜이, 왜 그러니?"

할머니가 너무 깜짝 놀라시는 바람에 안니카는 억지로 울음을 그쳤다.

"너무 외롭고 비참해서요."

할머니가 한숨을 쉬셨다.

"사는 게 다 그런 거란다. 너무 힘들 때가 종종 있지. 중요한 건 그래도 절대로 포기하지 않아야 한다는 거야. 듣고 있니?"

"그래봤자 무슨 소용이 있겠어요?"

안니카가 곧 울음이 터질 것 같은 목소리로 말했다.

"안다. 외로움은 견디기가 참 힘들지. 인간은 인간들 속에 섞여 살아야 해. 넌 네가 속하고 싶은 무리에서 내쳐졌지. 발을 딛고 있던 땅을 뺏긴 기분일 거야. 그렇게 외롭고 비참한 것도 무리가 아니야, 안니카. 괜찮다면 오히려 그게 더 이상한 거지. 그 괴로움을 받아들이고 많이 괴로워하고 슬퍼해라. 그러고 나면 다시 일어설 수 있게 될 거야."

할머니의 목소리가 좀 지쳐 있었다.

안니카는 손등으로 뺨의 눈물을 닦았다.

"죽고 싶어요, 할머니."

"안다, 하지만 죽지 않을 거야. 오래 오래 잘 살면서 나중에 내가 죽으면 네가 묻어줘야지."

"무슨 말씀이세요? 어디 편찮으세요? 돌아가시면 안돼요!"

안니카가 수화기에 대고 속삭였다.

할머니가 소리 내어 웃으셨다.

"아냐, 아무 데도 아프지 않아. 하지만 누구나 언젠가는 죽을 거잖니. 네 자신을 잘 돌보고, 경솔한 짓은 하지 마라, 애야. 느긋하게 마음먹고 고통을 있는 그대로 받아들여. 한동안은 너무 괴롭고 고통스럽겠지만, 서서히 괜찮아질 거야. 고통이 온몸을 씻어 내게 해라. 고통을 있는 그대로 느끼고 받아들여. 그런다고 죽지는 않는다. 잘 견뎌낼 거야. 그러고 나면 더 강한 사람이, 더 나이를 먹고 더 지혜로운 사람이 될 거야."

"할머니처럼 말이죠."

안니카가 미소를 지으며 말했다.

할머니가 웃으셨다.

"코코아 한 잔 마셔라, 안니카. 소파에 편안히 앉아서 재미있는 TV 토크쇼라도 하나 보렴. 난 힘들 때마다 그렇게 하거든. 다리에 담요를 덮어. 따뜻하고 편안하게 있어야 해. 모든 것이 괜찮아질 거야, 두고 보렴."

둘은 잠시 말이 없었고, 안니카는 자신이 이기적이라는 생각이 들었다.

"요즘 어떻게 지내세요?"

안니카가 물었다.

"네가 떠난 뒤로 날마다 비가 내렸다. 쇼핑을 좀 하고 집 청소를 하러 잠깐 들렀는데, 마침 네가 전화를 했구나."

내가 운이 좋았던 거죠. 정말 하느님이 계신가 보네요.

"잉에게르드랑 통화를 했는데, 요즘 하르프순드가 아주 바쁘다더라."

할머니의 어조가 수다 모드로 바뀌어 있었다.

안니카는 미소를 지었다.

"총리의 다이어트는 계획대로 잘 진행되고 있대요?"

"아니, 전혀. 무기한 연기됐대. 요즘 그곳엔 먹는 게 영 신통찮은 사람들이 들락거린다더라."

"그래요? 누군데요?"

안니카는 할머니가 하르프순드 총리 별장의 새 가정부랑 떨었던 수다 내용에 대해서는 별 관심이 없었지만, 그래도 예의상 물어보았다.

"크리스테르 룬드그렌. 사임한 장관 말이야. 사임 발표가 나가기 전날 그곳에 와서는 1주일 동안 머물다가 갔다더라. 전국의 기자들이 모두 그 사람을 찾아 헤매고 다녔지만, 아무도 찾아내지 못했잖니."

안니카가 웃음을 터뜨렸다.

"세상에 그렇게 중요한 정보를 갖고 계시다니! 할머니가 이 나라 정국의 핵심에 계셨네요!"

둘은 함께 소리 내어 웃었고, 안니카는 가슴에 뭉쳐 있던 혹덩어리가 스르르 녹아 사라지고 있는 것을 느꼈다.

"감사해요, 할머니."

안니카가 낮은 목소리로 말했다.

"너무 힘이 들면 언제라도 와라. 휘스카스도 널 많이 그리워하고 있단다."

"설마요. 할머니가 그렇게 잘해 주시는데. 휘스카스한테 안부 전해주세요."

할머니와 통화하며 느꼈던 따뜻한 느낌이 전화를 끊고 나서도 한동안 남아 있었다. 그러나 다시 눈물이 흐르기 시작했다. 슬프지만 절망적이진 않았고, 마음이 무거웠지만, 아까보다는 한결 가벼웠다.

갑자기 날카로운 전화벨 소리가 들려서 안니카는 소스라치게 놀랐다.

"돌아왔어? 와, 너무 오래 있다 왔다, 야. 여행은 어땠어?"

안니카는 손등으로 눈물을 닦았다.

"아주 재미있었어. 터키는 참 멋진 나라더라."

"다행이네. 언젠가 나도 한번 가 봐야겠다. 거기 의료 서비스는 어때?"

안네 스납하네가 말했다.

안니카는 터져 나오는 웃음을 참을 수가 없었다.

"심기증 환자를 위한 전문 클리닉이 있어. 아침 식사로는 음식 대신에 엑스레이를 찍어 주고, 점심 땐 프로잭(우울증 치료제. ―옮긴이)을, 저녁엔 항생제를 준다."

"멋진데! 그런데 건물 내 라돈(무색, 무취, 무미의 중방사성 기체로 인체에 심각한 해를 입히는 것으로 알려져 있다. 수년 동안 고농도의 라돈 가스에 노출되면 폐암에 걸릴 위험이 크다. ―옮긴이) 가스 배출량은 어느 정도야? 어디서 묵었니?"

안니카는 또 웃음을 터뜨렸다.

"알라뉘아에서 15킬로미터 정도 떨어진 곳에 있는 리조트에. 완공이 안 된 거였어. 거긴 독일인 천지더라. 거기서 이스탄불로 갔지. 이스탄불로 가는 버스에서 만난 여자랑 함께 지내면서 그 여자 호텔에서 1주일 동안 아르바이트를 했어. 그러고 나선 앙카라로 갔는데, 거긴 훨씬 더 현대적인 도시더라구."

이야기를 하는 동안 평화로운 느낌이 온몸으로 번지면서 당기던 다리 근육도 풀리고 편안해졌다.

"앙카라에선 어디서 묵었어?"

"밤늦게 도착했는데, 버스 정류장이 정말 아수라장이었어. 그래서 눈에 띄는 첫 번째 택시를 잡아타고는 '인터내셔널 호텔'로 가자고 했지. 정말로 그런 이름을 가진 호텔이 있더라. 직원들이 아주 친절했어."

"뭐야, 싱글룸 방 값만 지불하고 스위트룸에 묵기라도 한 거야?"

"어떻게 알았어?"

안네가 웃음을 터뜨렸다.

"넌 타고난 행운아야. 그렇지 않니?"

둘 다 유쾌하게 웃었다. 둘은 서로에게 강한 친밀감을 느꼈다. 그 다음에 찾아온 침묵은 편안하고 가벼웠다.

"신문사 그만뒀니?"

안니카가 물었다.

"응, 어제 그만뒀어. 방송국 일은 가을 시즌이 시작되는 12일부터고. 넌? 넌 뭐 할 거야?"

안니카는 한숨을 내쉬었다. 가슴속에서 혹 덩어리가 다시 느껴졌다.

"모르겠어. 아직 거기까진 생각 안 해 봤어. 정 안 되면 이스탄불의 그 호텔에 가서 일하지 뭐."

"피테오에 같이 가자. 오늘 오후 비행기로 갈 거거든."

"고맙지만 사양할게. 지난 24시간을 꼬박 비행기 안에서만 지냈네요."

"그럼 적응이 됐겠네. 같이 가자! 클라르 강 북쪽에 가 본 적 있니?"

"아직 짐도 안 풀었는데."

"더 잘됐네. 부모님이 피툴름에 있는 대저택에서 사시거든. 그러니까 네가 지낼 공간은 충분해. 그리고 원하면 내일이라도 돌아오면 되잖아."

안니카는 곳곳에 널려 있는 젖은 옷을 심란하게 쳐다보다가 결심을 했다.

"비행기 좌석이 남아 있을까?"

전화를 끊고 나서, 안니카는 침실로 달려가 낡은 여행 가방을 찾아내 팬티 두 장과 티셔츠 한 장을 챙겨 넣었다. 그러고 나서 거실 바닥에서 세면도구가 든 가방을 집어 들었다.

쿵스홀름 광장에서 안네를 만나러 집을 나서기 전, 안니카는 걸레로 창문 아래 마룻바닥을 닦았다.

\* \* \*

안니카는 실망스러운 눈으로 주위를 둘러보았다.

"산은 어딨니?"

"스톡홀름 사람 티 좀 내지 마. 여긴 해안가야. 스칸디나비아 반도의 리비에라(프랑스 남동부와 이탈리아 북서부의 지중해 연안 지역. 기후가 따뜻하고 풍경이 아름다워 관광·휴양지로 널리 알려져 있다. ─ 옮긴이) 같은 곳이지. 가자, 공항 택시는 저쪽에 있어."

안네가 말했다.

그들은 칼락스 공항을 둘러싸고 있는 아스팔트 구역을 가로질 렀다. 안니카는 전나무가 울창한 주변 지역을 둘러보았다. 하늘은 구름 몇 점만 빼고는 청명했고 햇살이 비치고 있었다. 꽤 추웠다. 적어도 터키에서 갓 돌아온 사람에게는 그랬다. 전투기 한 대가 포효하며 머리 위를 날아갔다.

"여기가 21 공군기지야. 칼락스 공항은 공군기지 역할도 하고 있어. 난 여기서 낙하산 타는 법을 배웠다."

안네가 짐을 택시 트렁크에 던져 넣으면서 말했다.

안니카는 가방을 들고 탔다. 피테오로 출발하기 전 정장 차림의 남자 두 명이 합승을 했다.

달리는 택시 옆으로 작은 마을과 작은 밭들이 스쳐지나갔지만, 달리고 있는 E4도로는 대부분이 숲에 둘러싸여 있었다. 아직 9월 초순밖에 되지 않았는데 나뭇잎들은 벌써 화사한 가을 옷으로 갈아입고 있었다.

"여긴 언제부터 겨울이 시작돼?"

안니카가 물었다.

"내가 운전면허시험에 합격한 날이 10월 7일이었는데, 이틀 후에 거센 눈보라가 쳤어. 차를 배수로에 처박고 말았지."

택시는 노르피에르덴으로 가는 갈림길에서 남자 한 명을 내려주었다.

20분 후, 안니카와 안네는 피테오 버스터미널에 내렸다.

둘은 안네의 짐을 대합실 안에 있는 유료 수하물 보관함에 넣었다.

"한 시간 후에 아빠가 태우러 오실 거야. 어디 가서 커피 한잔 할래?"

에크베리스 카페에서 안니카는 새우 샌드위치를 먹었다. 터키 여행을 하면서 식욕을 되찾은 상태였다.

"이 샌드위치, 훌륭한 선택이었어."

"금단 증상이 있었니?"

안네가 물었다.

안니카가 놀란 눈으로 고개를 들었다.

"뭐에 대해서?"

"삶. 뉴스. 장관."

안니카는 새우 샌드위치를 한입 크게 베어 물었다.

"완전히 신경 껐다."

그녀가 뚱하게 대답했다.

"일이 어떻게 됐는지 알고 싶지 않아?"

안니카는 고개를 저었고 열심히 샌드위치를 씹었다.

"알았어. 그건 그렇고, 네 성(姓) 벵트손(Bengtzon)에 왜 제트 (z)자를 쓰니?"

안니카는 어깨를 들썩였다.

"잘 모르겠어. 1850년대 말에 곳프리에드라는 내 고조할아버지가 헬레포르스네스에 와서 정착을 하셨대. 라세 셸싱이라는 제철소 사장이 새 압인기를 설치했는데, 곳프리에드 할아버지를 그 기계 책임자로 임명하셨다대. 내 사촌 하나가 우리 가문의 족보를 만들려고 열심히 알아봤지만, 그렇게 먼 옛날까지 거슬러 올라가지는 못했어. 곳프리에드 할아버지에서 멈출 수밖에 없었지. 할아버지가 어디 출신인지는 아무도 몰라. 독일에서 오셨을 수도 있고 체코에서 오셨을 수도 있을 것 같아. 어쨌든 주민등록부에 당신 성을 벵트손이라고 올리셨더라구."

안네는 마지팬 케이크를 크게 한입 베어 물었다.

"외가 쪽은?"

"엄마는 헬레포르스네스에서 가장 유서 깊은 주조공 가문에서 태어났어. 내 이마에 용광로 문장(紋章. 국가나 단체 또는 집안 따위를 나타내기 위하여 사용하는 상징적인 표지. ―옮긴이)이 찍혀 있는 거나 마찬가지지. 넌 어때? 어떻게 라플란드 출신이면서 스납하네라는 성을 가지게 됐니?"

안네는 끙 하고 앓는 소리를 내더니 숟가락을 핥았다.

"아까도 말했지만 여긴 해안 지방이야. 여기 사람들은 사미족을 제외하고는 전부 다른 곳에서 이주해 온 사람들이지. 벌목꾼, 철도 노동자, 왈론족(벨기에 남부 왈로니아 지방에 사는 켈트계의 한 종족. ─옮긴이), 그리고 유랑민들이 들어와 섞여 살았어. 우리 가문의 전설에 따르면, 스납하네라는 성은 처음에는 손버릇이 나쁜 덴마크계 조상 할아버지를 욕하는 별명이었대. 그 할아버진 18세기에 노르피에르덴 외곽에 있는 교수대 언덕에서 절도죄로 교수형을 당했대. 다른 사람들에게 경종을 울리기 위해, 그의 자손들도 스납하네라고 불렸다는데, 그 사람들도 품행이 그리 방정하진 못했나 봐. 이마에 용광로 문장이 찍혔다고? 좋겠다, 야. 내 이마엔 교수대 문장이 찍혀 있는걸."(스납하네(Snapphane)는 '툭 부러지다,' '툭 끊어지다,'라는 뜻의 영어 단어 snap과 관련이 있는 성으로 보인다. '교수대에서 목이 툭 끊어진 사람', '그 사람의 자손'이라는 의미를 가진 듯하다. ─옮긴이)

안니카는 미소를 지으면서 남은 마요네즈를 마저 핥아먹었다.

"재밌는 전설이네."

"그런데 이 이야기엔 사실은 단 한마디도 들어 있지 않은 것 같아. 이제 갈까?"

*　*　*

안네의 아버지는 한스라는 분이었다. 그는 스톡홀름에서 온 안네의 동료를 만난 것이 정말 기쁜 것 같았다.

"이곳엔 볼거리가 정말 많아. 스토르포르스(스웨덴 중서부 베름란드 주에 있는 마을로, 석유 화학 산업에 쓰이는 송유관 제조업으로 유명하다. ─옮긴이), 엘리아스 동굴, 뷜레뷔 무두질 공장, 그란스 농업 박물관이 있지. 호숫가에 있는 알테르스부르크라는 오래된 제철소도 유명하고…….'

그가 볼보를 천천히 몰아 순스가탄 거리를 달리면서 열띤 목소리로 말했다.

"그만하세요, 아빠. 안니카는 나랑 휴가를 보내러 여기 온 건데, 관광객인 줄 아시나 봐. 꼭 관광 가이드처럼 말씀하시네."

한스는 딸의 핀잔에도 주눅 들지 않았다.

"어디 가고 싶은 데가 있으면 말해, 태워다 줄게."

그가 유쾌하게 말하더니 백미러로 안니카를 바라보았다.

안니카는 고개를 끄덕이고는 고개를 돌려 창밖을 바라보았다. 좁은 해협이 보이더니 갑자기 시내 중심가에서 벗어났다.

피테오. 스튜디오 69가 크리스테르 룬드그렌이 스트립 클럽에 갔었다고 폭로한 날 황당 전화로 전화를 걸어온 남자가 산다는 곳이 여기였다. 자기 부인이 장관의 사촌이라고 했었나?

안니카는 본능적으로 가방을 뒤졌다. 메모장이 아직도 가방에 들어 있었다. 그녀는 메모장을 꺼내 뒤쪽을 펼쳤다.

"로게르 순스트룀이라고 여기, 피테오에 사는 남잔데요. 혹시 이런 이름을 가진 남자를 아세요?"

안네의 아버지는 원형교차로에서 좌회전을 하면서 소리를 내어 생각을 더듬었다.

"순스트룀……, 로게르 순스트룀이라……. 직업이 뭐지?"

"모르겠는데요."

안니카는 메모장을 넘겼다.

"부인 이름이 브리트잉에르라는데요."

"이 동네 마누라들 이름이 전부 브리트잉에르일걸. 미안하지만 도움이 못 되겠는데."

한스가 말했다.

"그건 왜 물어?"

안네가 물었다.

"통상장관이 사임하기 전날 밤에 이상한 제보를 받았어. 피테오에 사는 로게르 순스트룀이라는 남자한테서."

"내가 아는 누구는 이제는 기자 일을 완전히 때려치웠다고 했는데."

안네가 달콤한 목소리로 말했다.

안니카는 메모장을 가방에 밀어 넣고 가방을 자동차 바닥에 내려놓으며 말했다.

"나도 그런 사람 아는데."

안네의 부모님 집은 피툴름에 있는 올리 얀스 거리에 있었다. 널찍한 현대식 주택이었다.

"아가씨들은 2층으로 올라가서 좀 쉬어요. 저녁 준비는 내가 할 테니. 브리트잉에르는 야간 근무거든."

안네의 아버지가 말씀하셨다.

안니카가 놀란 표정을 지었다.

"우리 엄마 이름도 브리트잉에르야. 아까 아빠 말씀이 농담인 줄 알았구나."

안네가 말했다.

2층은 탁 트이고 밝았다. 왼쪽 창가에는 책상이 한 개 있었고 그 위에 컴퓨터와 프린터, 스캐너가 놓여 있었다. 오른쪽으로 손님방이 두 개 있었다. 안니카와 안네가 하나씩 쓰기로 했다.

한스가 저녁 준비를 하는 동안, 안니카와 안네는 아직도 거실 하이파이 스테레오 옆에 놓여 있는, 안네가 그동안 수집해 온 레코드판들을 구경했다.

"어머나, 이것도 있어?"

안니카가 짐 스타인만(미국의 유명한 음반 제작자이자 작곡가 작사가. ―옮긴이)의 솔로 앨범 「배드 포 굿」을 꺼내들며 놀란 목소리로 말했다.

"수집가라면 꼭 가지고 있어야 할 앨범이지."

안네가 말했다.

"이 음반을 들었다는 사람 처음 본다. 나만 빼고."

"환상적이야. 그가 여기 나온 멜로디를 미트 로프(미국의 유명 팝가수. ―옮긴이) 음반과 「스트리트 오브 파이어(1984년에 제작된 미국의 액션영화. 짐 스타인만이 음악을 맡았다. ―옮긴이)」에도 사용한 거 아니?"

"그럼. 이 앨범 타이틀곡의 주요 멜로디가 그 영화에 나오는 「노웨어 패스트」에 삽입됐잖아."

안니카가 음반을 꼼꼼히 살피면서 대답했다.

"맞아. 「러브 앤드 데쓰 앤드 언 아메리칸 기타」는 미트 로프의 「백 인투 헬」 앨범의 첫 곡으로 들어가 있지. 제목은 「웨이스티드 유스」로 바뀌었지만."

"정말 경탄이 절로 나오게 하는 사람이야."

"신과 같은 존재지."

둘은 잠시 아무 말 없이 각자 짐 스타인만의 위대함에 대해 생각했다.

"스타인만이 제작한 보니 타일러(영국 출신의 유명 록가수. ─옮긴이) 음반도 있니?"

안니카가 물었다.

"그럼. 어떤 거 들을래? 「시크릿 드림즈 앤드 포비든 파이어」?"

안네가 음반을 찾아 레코드판 위에 올려놓았고, 둘은 노래를 따라 불렀다.

한스가 들어와서 볼륨을 낮췄다.

"여긴 주택가야. 안니카, 팔트(감자, 양파, 저민 쇠고기, 돼지고기, 혹은 소나 돼지의 피 등을 밀가루나 보리가루와 섞어 동그랗게 만두처럼 만들어 끓여먹는 스웨덴의 전통요리. ─옮긴이) 먹어 본 적 있어?"

"아뇨."

안니카는 소나 돼지의 피와 호밀가루를 섞어 만든 빵 같은 건 전혀 구미가 당기지 않았다. 그런데 한스가 만든 팔트는 튀긴 거였고 굉장히 맛이 있었다. 감자를 넣은 만두 같기도 했다.

"영화 보러 갈래?"

식기세척기가 덜커덩거리며 돌아가기 시작했을 때 안네가 물었다.

"극장도 있어?"

안니카는 이런 작은 마을에 극장이 있을 거라고는 상상도 못했다.

안네가 아버지를 쳐다보며 물었다.

"아직 문을 연 극장이 있을까요?"

"글쎄, 모르겠는데."

"전화번호부 있어요?"

안니카가 물었다.

"2층 컴퓨터 옆에."

한스가 대답했다.

극장을 찾은 후, 안니카는 로게르 순스트룀도 찾아봐야겠다고 생각했다. 밑져야 본전이지 싶었다. 로게르 순스트룀이라는 이름을 가진 남자가 두 명 있었는데, 그중 한 명의 부인 이름이 브리트잉에르였다. 그들은 솔란데르가탄 거리에 살았다.

"유프비켄이네. 여기 반대편에 있는 동네야."

"산책 안 갈래?"

안니카가 물었다.

\* \* \*

제지 공장 뒤로 해가 뉘엿뉘엿 넘어가고 있었다. 안니카와 안네는 스트룀네스를 지나쳐 인민궁전 뒤의 놀리아 지역을 가로질러 갔다. 순스트룀 가족은 지하실이 있는 60년대식 노란 벽돌 단층집에 살았다. 아이들의 노랫소리가 들렸다.

"하고 싶은 대로 해. 난 산책차 따라온 거니까."

안네가 말했다.

안니카는 초인종을 눌렀다. 로게르 순스트룀은 집에 있었다. 그는 안니카가 자기소개를 하자 깜짝 놀라더니 곧 의심스러운 표정으로 바뀌었다.

"자꾸만 선생님 말씀이 생각나서요. 마침 여기 피테오에 있는 친구 집에 왔다가 들렀습니다."

어린 사내아이와 여자아이가 현관 복도로 달려오더니 아빠 다리 뒤에 숨어서 호기심이 가득한 표정으로 안니카를 훔쳐보았다.

"가서 잠옷으로 갈아입어."

남자가 아이들에게 말하더니 왼쪽 방으로 아이들을 몰았다.

"노래는 나중에 부를 거야, 아빠?"

"그래, 그래. 가서 양치질 해."

"잠깐 들어가도 될까요?"

안니카가 물었다.

남자는 잠시 망설이더니 안니카와 안네를 거실로 안내했다. 거실 한 구석에 소파가 놓여 있었고, 그 앞에는 유리로 된 탁자가 있었으며, 책장에는 도자기 장식품들이 아기자기하게 진열되어 있었다.

"브리트잉에르는 야간 수업이 있어요."

"집이 참 좋은데요."

안니카는 일부러 노를란드 억양을 섞어서 말했다.

"그래, 무슨 일이죠?"

로게르가 고급스러운 안락의자에 앉았다.

안니카는 소파 끝에 걸터앉았다.

"이렇게 불쑥 찾아와서 죄송합니다. 제가 선생님 말씀을 제대로 기억하고 있는 건지 궁금해서요. 알란다 공항에서 트랜스위드 항공편을 타셨다고 하신 것 같은데 맞나요?"

남자는 까칠하게 자란 턱수염을 쓱쓱 긁었다.

"그래요, 맞아요. 커피 한잔할래요?"

예의상 물어보는 것 같았다.

"아뇨, 감사합니다. 금방 갈 건데요, 뭐."

안네가 대답했다.

"그럼 제2터미널에서 타셨겠네요? 작은 터미널이요."

안니카가 말했다.

"어떤 거요?"

남자가 되물었다.

"커다란 국내선 터미널이 아니라, 좀 멀리 떨어져 있는 작은 터미널이요."

로게르는 신중하게 고개를 끄덕였다.

"맞아요. 짐을 전부 가지고 셔틀버스를 타고 이동해야 했죠. 스톡홀름에서 짐을 모두 내려서 세관검사를 하는 바람에요."

안니카도 고개를 끄덕였다.

"맞아요! 그리고 선생님과 부인이 장관을 보신 곳이 그 작은 터미널이었다는 말씀이시죠?"

로게르가 잠시 기억을 떠올려보더니 대답했다.

"그래요, 틀림없이 거기였던 것 같군요. 탑승 수속을 하고 있을 때였으니까."

안니카는 마른침을 꿀꺽 삼켰다.

"혹시 몇 번 게이트로 나가셨는지 기억하세요?"

그는 고개를 저었다.

"기억 안 나네요."

안니카는 속으로 한숨을 쉬었다. 어려울 줄 알고 있었다.

"하지만 그때 아이들이 짐 싣는 카트 위에 올라타고 있어서, 볼 만했었죠. 브리트잉에르가 비디오카메라로 찍었을 거예요. 비디오를 틀어보면 나올 것도 같은데."

안니카의 눈이 휘둥그레졌다.

"정말요?"

"한번 봅시다."

로게르가 책장으로 걸어가더니 칵테일장 문을 열고 비디오테이프들을 훑어보기 시작했다.

"마요르카, 여기 있네요."

로게르는 테이프를 VCR에 넣고 재생버튼을 눌렀다. 화면이 켜지더니 아이들이 수영장 옆에서 놀고 있는 모습이 나타났다. 그림자가 짧은 것을 보니 해가 높이 떠 있는 게 틀림없었다. 로게르의 것으로 보이는 털이 북실북실한 두 다리가 화면 왼쪽에 보였다. 화면 아래 구석에는 '24. 07. 2:27 p.m.'이라고 날짜와 시각이 보였다.

"저 시계가 정확한가요?"

안니카가 물었다.

"그럴 거예요. 조금 더 앞으로 돌려볼게요."

비행기 안에서 금발의 여자가 고개를 숙이고 자고 있었다. 날짜와 시각은 '27. 07. 4:53 p.m.'으로 바뀌어 있었다.

"내 아내예요."

그러고 나선, 검게 탄 로게르가 미소를 지으면서 짐을 가득 싣고 아이들을 태운 카트를 밀고 있었다. 7월 27일 오후 7시 43분. 아들은 카트 손잡이를 붙잡고 카트 위에 서 있었고, 딸은 쌓인 여행 가방 위에 앉아 있었다. 둘 다 카메라를 들고 있는 엄마를 향해 손을 흔들고 있었다. 카메라가 홀을 빙 둘러가며 찍으면서 화면이 약간 흔들렸다.

"저기요! 보이세요? 64번이요!"

안니카가 소리쳤다.

"네?"

로게르가 되물었다.

"조금만 뒤로 돌려보세요. 일시정지 되죠?"

안니카가 말했다.

로게르는 리모컨으로 되감기 버튼을 누른 후 재생 버튼을 눌렀다.

"너무 돌아갔네요."

안네가 말했다. 그러고는 안니카를 보면서 물었다.

"게이트 번호는 어떻게 알아봤어?"

"오늘 내가 거기 있었어. 그리고 이 생각을 하고 있었고."

안니카가 대답했다. 그러고는 로게르에게 말했다.

"다시 보죠. 뭐가 더 있을 거예요."

화면에서는 갑자기 사람들이 카메라 앞을 어지러이 오가고 있었다. 누군가가 카메라와 부딪혔고 잠시 후엔 로게르의 모습이 보였다.

"크리스테르!"

화면에서 로게르가 손을 번쩍 들고 흔들면서 소리쳤다.

이제 로게르가 발끝으로 서서 왼쪽에 있는 아내를 돌아보며 말하는 모습이 정면으로 비쳐졌다.

"봤어? 안나레나의 남편 크리스테르야! 우리랑 같은 비행기를 탈 건가 봐."

"가서 인사라도 나누지 그래?"

보이지 않는 여자의 목소리가 말했다.

로게르가 돌아섰고, 쉴 새 없이 좌우로 지나가는 사람들에게 가려지고 멀리 있어서 흐릿하지만 크리스테르 룬드그렌이 게이트를 향해 달려가는 것이 보였다. 크리스테르 룬드그렌 통상장관이 틀림없었다.

"보이세요? 탑승권을 들고 있어요! 비행기를 타려는 거예요!"

안니카가 소리쳤다.

화면에서 로게르는 인파 속에서 장관을 놓쳤고, 다른 쪽을 바라보며 "크리스테르!"를 외쳤다. 그러고는 화면이 하얘졌다. VCR이 자동 되감기를 시작했다.

안니카는 갑자기 아드레날린이 솟구치는 것을 느꼈다.

"비행기 안에서 그를 보지 못하신 게 당연해요. 크리스테르 룬드그렌 장관은 64번 게이트가 아니라 65번 게이트에서 비행기를 탔거든요."

"목적지가 어딘데?"

안네가 혼란스러운 표정으로 물었다.

"그건 이제부터 알아봐야지."

안니카가 말했다. 그러고는 로게르를 향해 말을 이었다.

"어려운 시간 내주셔서 정말 감사합니다, 선생님."

안니카는 재빨리 로게르 순스트룀과 악수를 하고는 서둘러서 집을 나갔다.

"봤지?"

밖으로 나오자마자 안니카는 기쁨에 찬 목소리로 소리쳤다.

"무슨 이런 일이 다 있어! 그는 그날 밤에 어딘가에 갔어. 하지만 어디 갔었는지는 밝힐 수가 없는 거야!"

안니카는 거리에서 승전 축하 춤을 추었다.

"어디 가긴 어디 가. 섹스 클럽에 갔지."

안네가 비꼬는 투로 말했다.

"아니, 거긴 안 갔어. 다른 어딘가로 여행을 갔었는데, 목적지는 일급비밀인 거야."

안니카가 한 발 끝으로 서서 빠르게 팽그르르 돌았다. 그러고는 말을 이었다.

"차라리 살인 혐의를 받고 사임하는 걸 택할 만큼 중대한 비밀인 거지."

"뭐 하기보다?"

안니카가 춤을 멈추고 섰다.

"진실을 밝히기보다."

# 세상에 태어난 지 19년 4개월 7일째

난 무엇이 중요한가를 결정해야 한다. 내가 어떤 사람인가에 대해 결론을 내려야 한다. 그를 통해서가 아니라면, 나는 존재하는가? 그의 입을 통해서가 아니라면, 나는 숨을 쉬는가? 그의 세상 밖에서, 나는 생각을 할 수 있는가?

그에게 이 이야기를 해 보았다. 그의 논리는 간단명료하다.

너를 통해서가 아니라면, 나는 존재하는 거니? 그가 묻는다. 네가 없다면, 나는 살고 있는 거니? 그가 묻는다. 너의 사랑을 받지 않고 내가 사랑을 할 수가 있을까?

그러고는 그 스스로 대답한다.

아니.

그는 나를 필요로 한다. 나 없이는 살 수가 없다. 그는 말한다. 절대로 날 떠나지마, 우리는 서로에게 가장 중요한 존재야.

그는 말한다,
절대로 나를 놓아주지 않겠다고.

나는 오래 전부터 혼자였다.

# 9월 4일 화요일

두세 시간 잠을 잔 파트리시아는 뭔가 이상한 기분이 들어 눈
을 떴다. 매트리스에서 일어나 앉아, 얼굴에 붙은 머리카락을 떼
어내다가, 남자를 보고 비명을 질렀다.

"당신 누구야?"

문 앞에서 남자가 물었다. 쭈그리고 앉아서 그녀를 보고 있었
다. 꽤 오래 그러고 있었던 것 같았다.

파트리시아는 침대 커버를 턱까지 바싹 잡아당기고 벽에 몸을
기댔다.

"그러는 당신은 누구세요?"

"스벤. 안니카는 어딨지?"

파트리시아는 마른침을 삼키면서 상황을 정리해 보려고 애를
썼다.

"난……, 언니가……, 몰라요."

"여행에서 어제 돌아오지 않았어?"

파트리시아는 목소리를 가다듬었다.

"네……, 맞아요, 그런 것 같아요. 집에 들어오니까 언니 옷이 사방에 걸려 있었어요."

"집?"

파트리시아는 눈을 내리깔았다.

"언니가 당분간 여기서 지내도 된댔어요. 난 다른 친구랑 함께 살았는데……. 어제 언니 얼굴도 못 봤어요. 어디 갔는지도 모르겠구요. 어젯밤에 집에 들어오지 않았어요."

그녀의 말이 허공에 머물러 있었다. 파트리시아는 끔찍한 기시감(지금 자신에게 일어나는 일을 전에도 경험한 적이 있는 것 같이 느끼는 것. ― 옮긴이)이 들어 몸서리를 쳤다.

"지금 어디 있을까?"

파트리시아는 전에도 똑같은 질문을 받은 적이 있었다. 방 전체가 핑핑 돌아가는 것 같은 느낌이 들었다. 그녀는 그때와 똑같은 대답을 했다.

"몰라요. 장을 보러 갔는지도 모른다고 생각했어요. 어쩌면 당신과 함께 있는 건지도 모른다고……."

남자는 탐색하는 눈으로 그녀를 살폈다.

"그러니까 언제 돌아올 지도 모르겠네?"

파트리시아는 고개를 끄덕였다. 눈썹 속에서 솟아나고 있는 눈물 때문에 눈이 따가웠다.

스벤이 똑바로 일어섰다.

"자, 내가 누군지, 뭘 원하는지 알았겠고. 이젠 당신 차례야. 당신은 도대체 누구야?"

그녀는 마른침을 삼켰다.

"파트리시아예요. 언니가 《크벨스프레센》에서 일할 때 알게 됐어요. 당분간 여기서 살아도 된다고 해서 들어왔어요."

남자는 그녀를 뚫어지게 쳐다보았다. 그녀는 침대 커버를 턱에 대고 꽉 눌렀다.

"그럼 당신도 기자야? 어느 부서에서 일하는데? 안니카랑 알고 지낸 지 오래됐어?"

파트리시아는 불안감에 온몸이 떨렸다. 그동안 너무나 많은 질문을 받았고, 자신과 전혀 상관없는 수많은 일에 대해 책임을 져야 했었다.

남자가 다가와 그녀 앞에 섰다.

"안니카는 요즘 정상이 아니었어. 여기 대도시에서 기자로서 커 보겠다고 생각했지만, 애당초 가망이 없는 일이었지. 그런 생각을 안니카의 머리에 넣어준 게 당신이었어?"

파트리시아가 발끈해서 맞받았다.

"난 누구도 어떤 일에도 끌어들이지 않았어요! 말도 안 되는 소리 말아요!"

파트리시아가 스벤을 사납게 노려보자, 그는 돌아서서 걸어가기 시작했다.

"안니카는 곧 헬레포르스네스로 이사갈 거야. 그 전에 당신은 갈 만한 데를 찾아보는 게 좋을 거야. 난 며칠간 여기 있을 예정이야. 안니카에게 오늘 밤에 돌아오겠다고 전해줘."

스벤이 아파트를 나가고 현관문이 닫히는 소리가 들렸다. 파트리시아는 울음이 북받쳤다. 그녀는 작은 공처럼 몸을 웅크리고 두 손을 꽉 붙잡고 흐느껴 울었다.

* * *

안니카가 부엌으로 조용히 걸어 들어갔을 때 한스 스납하네는 커피를 마시면서 지방 신문을 읽고 있었다.

"가스레인지 위에 삶은 계란이 몇 개 있다."

그가 말했다.

안니카는 한 개를 꺼내 찬물을 틀고 식혔다.

"안네는 아직 자고 있니?"

안니카는 고개를 끄덕이고는 미소를 지었다.

"오랫동안 굉장히 열심히 일을 했거든요."

"신문사에서 나와서 다행이야. 안네한테는 좋은 직장이 아니었어. 새로 들어간 방송국이라는 데는 그래도 근무시간이 적절한 것 같더라. 간부들 중에 여자가 더 많고."

안니카는 은밀히 그를 살펴보았다. 뭘 좀 아는 사람 같았다.

그가 일어서서 서류 가방을 집어 들자 안니카가 물었다.

"전화 좀 써도 될까요?"

"그럼. 그리고 한동안은 짐 스타인만은 살살 들어줘. 안네 엄마가 오늘 밤도 야간 근무라 자고 있으니까."

그는 차를 몰고 떠나면서 안니카에게 손을 흔들었다.

안니카는 계란을 재빨리 먹어치운 후 2층으로 뛰어 올라갔다.

우선 알란다 국제공항 민간 항공국 비행 정보 센터로 전화를 걸었다.

"여보세요, 뭐 좀 물어보려고 하는데요. 비행기 출발 시각을 알고 싶은데요."

"네. 항공기 번호를 말씀해 주시겠습니까?"

남자 상담원이 말했다.

"그게 좀 곤란한데요. 탑승 게이트만 알고 있거든요."

"오늘이나 어제 비행편이라면, 문제없습니다."

"어……, 아니요, 그런 게 아니라서요. 그러면 알아내기가 많이 힘들까요?"

"출발 시각을 알고 계십니까? 하루 전 비행편과 앞으로 6일 동안의 비행편이라면 알아봐 드릴 수가 있습니다."

안니카는 낙담했다.

"5주 전 건데요."

"그리고 알고 계시는 건 탑승 게이트 번호뿐이고요? 그러면 좀 어렵습니다, 고객님. 죄송하지만, 그렇게 오래 전 비행편은 확인해 드릴 수가 없습니다."

"항공기 시각표 안 갖고 계세요?"

"그건 항공사에 문의해 보셔야 할 것 같습니다. 무슨 일 때문에 그러십니까? 보험 문젭니까?"

"아뇨, 아닌데요."

둘은 잠시 말이 없었다.

"어쨌든 항공사에 문의해 보시기 바랍니다."

상담원이 말했다.

안니카는 한숨을 쉬었다.

"어떤 항공사였는지 몰라요. 제2터미널을 이용하는 항공사는 어떤 것들이 있나요?"

그녀가 풀 죽은 목소리로 말했다.

상담원은 항공사를 열거했다.

"주로 덴마크 유틀란드로 가는 항공편을 제공하고 있는 덴마크의 마에르스크 항공이 있고요, 브뤼셀로 취항하는 사베나 항공, 알리탈리아 항공, 미국으로 가는 델타 항공, 에스토니안 항공, 오스트레일리안 항공, 그리고 핀에어 항공이 있습니다."

안니카는 항공사 이름을 받아 적었다.

"그리고 그 항공사들이 모두 번갈아가면서 모든 탑승 게이트를 이용해서 출발하고요?"

"그런 건 아니고요. 국제선은 보통 65번에서 68번까지의 탑승 게이트를 이용합니다. 70번부터 73번까지는 버스를 이용해 이동해가서 타는 비행편을 위한 것으로 아래층에 있고요."

"65번 게이트는 국제선용인가요?"

"그렇습니다. 세관신고대와 보안검색대가 안에 있습니다."

"그러면 64번은요? 64번 게이트는 어떤 비행편을 위한 거죠?"

"주로 국내선용입니다. 탑승 게이트는 둘씩 짝을 지어 있습니다. 하지만 항공사나 공항 사정으로 게이트가 변경되는 경우도 있……."

"도와주셔서 대단히 감사합니다."

안니카는 재빨리 말하고 나서 전화를 끊었다.

국제선이라……. 크리스테르 룬드그렌은 7월 27일 밤에 출국했다가 28일 새벽 5시가 조금 넘은 시각에 돌아왔다.

"그러니까 미국에 갔다 오진 않았겠네."

안니카는 혼잣말을 하면서 델타 항공을 지웠다.

크리스테르 룬드그렌은 유틀란드, 핀란드, 브뤼셀, 탈린(에스토니아의 수도. ―옮긴이), 혹은 비엔나로 날아갔다가 돌아왔을 수 있었다. 그런 지역들은 하룻밤 안에 갔다 올 수 있을 만큼 거리가 가까웠다. 이탈리아는 가능성이 적었다.

문제는 그 야밤에 어떻게 스톡홀름으로 돌아왔느냐 하는 점이었다. 그가 출국한 것은 대단히 중요한 회의 때문이었을 것이 틀림없었다. 그리고 회의 시간도 어느 정도 있었을 것이다.

안니카는 손가락을 접어가며 계산을 했다.

그가 밤 8시에 출국했다고 치자. 어디로 갔건 그곳에 도착해서 세관을 통과하려면 적어도 9시 30분은 되었겠지. 그리고 회의가 공항에서 열리지 않는 이상, 택시나 자동차를 이용해 다른 장소로 이동해야 했을 거야.

회의 시작 시각이 밤 10시였다고 치자. 그리고 11시에 회의가 끝났다고 치자. 공항으로 돌아와서 탑승 수속을 하고……. 아무리 빨라도 자정 전에는 스톡홀름으로 돌아오는 비행기에 몸을 싣지 못했을 거야.

이런 군소 항공사들은 그런 야심한 시각에 운항하는 비행편이 그리 많지 않을 텐데. 그리고 마에르스크 항공은 뭐였더라?

안니카는 한숨을 쉬었다.

비행기가 아니라 자동차나 배 같은 다른 교통편을 이용해 스톡홀름으로 돌아왔을 수도 있었다. 그렇다면 비엔나와 브뤼셀, 이탈리아는 아닐 것이다.

안니카는 메모장을 내려다보았다. 그렇다면 유틀란드와 핀란드, 탈린이 남았다. 그녀는 전화번호부에서 핀에어의 발권국 전화번호를 찾아 수신자 부담 전화번호를 눌렀더니 헬싱키에 있는 핀에어 콜센터로 연결되었다.

"아뇨, 그런 식으로는 제 컴퓨터로 조회가 안 됩니다. 항공기 번호를 모른다고 하셨습니까? 알아야 조회해 드릴 수가 있겠는데요."

남자 상담원이 친절하게 말했다. 토베 얀손의 동화에 나오는 무민 트롤(핀란드의 여성 작가, 만화가인 토베 얀손의 여러 동화책, 만화책에 등장하는 캐릭터. 트롤은 괴물 혹은 거인을 말하지만 무민 트롤은 색깔이 희고 포동포동하고 하마를 닮은 순하고 귀여운 모습이다. ─옮긴이) 같은 목소리였다.

안니카는 눈을 감고 한 손으로 이마를 비볐다.

"핀에어는 스톡홀름에서 어느 도시로 운항을 하죠?"

남자가 컴퓨터 자판을 두드리는 소리가 났다.

"물론 헬싱키가 있고요. 오슬로, 코펜하겐, 비엔나, 베를린, 그리고 런던입니다."

막다른 골목. 이런 식으로는 룬드그렌이 탄 비행기의 목적지가 어디였는지 알아낼 수가 없었다.

"마지막으로 하나만 더요. 스톡홀름 행 마지막 비행기는 언제 출발합니까?"

"헬싱키에서 말씀이십니까? 헬싱키에서 21시 45분에 출발해서 스톡홀름에 21시 40분에 도착합니다. 스톡홀름이 여기 헬싱키보다 한 시간 뒤져 있으니까요."

안니카는 감사 인사를 한 후 전화를 끊었다.

정기 항공편이 아닌 다른 방법으로 돌아왔던 것이 틀림없었다. 전용기. 스톡홀름으로 돌아오기 위해 전세기를 이용했을 수도 있었다.

비용이 많이 들 텐데. 안니카는 생각했다. 총리의 전세기 이용에 대해 국민의 비판 여론이 뜨겁다는 사실이 기억났다. 전세기를 쓰려면 돈을 내야할 텐데, 크리스테르 룬드그렌이 자기 호주머니를 털었을 것 같지는 않았다. 그건 그의 신념에 위배되는 일일 테니까.

안니카는 고개를 들고 한스 스납하네의 서재에서 창밖을 바라보았다. 오른쪽으로는 피테오에서 가장 일반적인 주택 형태인 70년대식 붉은색 조립식 단층주택이 서 있었다. 정면으로 거리 맞은편에는 갈색 벽판을 댄 커다란 흰색 벽돌 집이 있었고, 그 뒤로는 삼림 지대가 펼쳐지고 있었다.

어딘가에 청구서가 있을 것이다. 어떤 교통편을 이용해 돌아왔든, 전 통상장관은 어느 부처나 정부관서에 출장비 청구서를 제출했을 것이 틀림없었다.

안니카는 자신이 통상 분야가 어느 부처 소속인지조차 모르고 있다는 것을 깨달았다.

안니카는 안네의 방으로 가서 안네를 깨웠다.

"나 스톡홀름으로 돌아가 봐야겠어. 할 일이 많아졌거든."

안니카가 안네에게 말했다.

안네는 기자 직업에 대한 안니카의 열정이 되살아난 것에도 별로 놀라지 않고, 안니카가 돌아갈 준비를 하는 것을 도와주었다. 스톡홀름으로 돌아온 안니카는 버스터미널에서 곧장 구스타브 아돌프스 광장에 있는 외교부로 달려갔다. 그런데 짙은색의 번쩍이는 고급 승용차들이 외교부 건물 주변을 에워싸고 있었다. 검은 정장을 차려입은 남자들이 경계하는 눈초리로 주위를 둘러보며 서 있었고, 카메라를 든 기자들이 곳곳에 보였다. 안니카는 그 사람들 때문에 불안감을 느끼면서 건물 현관을 향해 걸어갔다. 희한하게도 왕관 모양을 한 번호판을 단 검은색 고급 승용차가 현관문 앞을 막고 있었다. 안니카가 그 자동차를 돌아가고 있는데 칙칙한 황록색 제복을 입은 뚱뚱한 경호원이 앞을 가로막았다.

"어디 가십니까?"

"안으로요."

안니카가 대답했다.

"보시다시피 기자들은 지금으로서도 충분합니다."

빌어먹을.

"민원 접수하러 가는 건데요."

"그렇다면 나중에 오십시오."

경호원이 위압적인 동작으로 두 손을 바지 앞섶 위에 교차시켜 놓으면서 말했다.

안니카는 물러서지 않았다.

"왜죠?"

경호원의 눈길이 약간 흔들렸다.

"국빈 방문 때문이죠. 남아프리카공화국 대통령이 이곳을 방문 중이시거든요."

"그래요?"

안니카는 자신이 요즘 얼마나 세상과 담을 쌓고 있었는지 깨달았다.

"3시 이후에 오세요."

안니카는 발길을 돌려 노르브로를 가로질러 걸어갔다. 시계를 보니 3시까지는 한 시간도 더 남아 있었다. 비가 그쳐 있어서 그녀는 사우스 아일랜드까지 빠른 걸음으로 걸어갔다 오기로 했다. 터키에서 규칙적으로 조깅을 하면서 운동의 필요성을 느꼈고 몸이 가뿐해진 것 같아 기분이 좋았었다. 이제 그녀는 빠른 걸음으로 활기차게 걸어 구시가지를 통과해 모세바케 광장 주변의 계단을 향해 갔다. 그녀는 맥박이 빨라지고 땀으로 흠뻑 젖을 때까지 가방을 둘러메고 계단을 뛰어 올라갔다 내려오기를 반복했다. 클레브그렌드 꼭대기에서 잠시 걸음을 멈추고 스톡홀름 시가지를 내려다보았다. 셉스브로의 건물들 사이로 좁은 골목들이 구불구불 이어지고 있었고, 바다에서는 아프 샤프만 함선(과거에 군함으로 쓰던 것을 개조해 요즘에는 유스호스텔이 되었다. — 옮긴이)의 하얀 선체가 반짝이고 있었으며, 그뢰나 룬드 놀이공원의 하늘색 롤러코스터는 헝클어진 실공처럼 초록색 나뭇잎들 사이에 놓여 있었다.

이 도시에 정착할 방법을 찾아야 해. 그녀는 생각했다.

* * *

안니카가 2시 55분에 도착했을 땐, 아르브푸르스텐스 궁전(18세기 후반에 지어진 궁전으로 처음에는 소피아 알베르티나 공주의 사저였으나, 20세기 초반부터 외교부 건물로 쓰이고 있다. ― 옮긴이) 앞에 있던 차들이 전부 사라지고 없었다.

"내각 각료들의 출장 절차에 대해 알고 싶어서 왔습니다."

안니카가 접수창구 뒤에 앉은 외교부 여직원에게 정중하게 말했다. 안니카는 코끝으로 땀방울이 흐르는 것을 느끼고 재빨리 닦았다.

"누구신지 여쭤 봐도 될까요?"

여자가 눈을 약간 치켜뜨고 무시하는 어조로 물었다.

안니카는 미소를 지었다.

"신원을 밝힐 의무가 없는데요. 당신이 내게 신원을 밝히라고 요구할 권리도 없고요. 하지만 당신이 내 질문에 대답할 의무는 있지요."

여자의 얼굴이 굳어졌다.

"장관이 출장을 가고자 할 땐 절차가 어떻게 되죠?"

안니카가 최대한 부드러운 목소리로 다시 물었다.

"장관의 비서가 정부와 계약을 맺고 있는 여행사를 통해 비행기표를 예매합니다. 현재는 뉘만 앤드 슐트스 여행사가 맡고 있죠."

여직원이 약간 쌀쌀맞은 목소리로 대답했다.

"장관들의 출장비는 예산에서 지급이 되나요?"

여자가 조용히 한숨을 쉬었다.

"그럼요, 당연하죠."

"알겠습니다. 그럼 공문서 조회를 요청하고 싶은데요. 올해 7월 28일 크리스테르 룬드그렌 전 통상장관이 제출한 신용카드 영수증을 포함한 출장비 청구서요."

"저런, 그건 불가능할 것 같은데요."

여자는 기쁜 기색을 잘 감추지 못했다.

"그래요? 왜죠?"

"현 총리께서 취임하시기 전까지는 통상장관이 외교부 소속이 었지만, 지금은 산업고용통신부 소속이거든요. 총리께서 수출무역 진흥에 관한 제반 업무를 외교부에서 산업고용통신부로 이관시키셨어요. 대신 외교부는 망명과 이민 업무를 맡았고요."

안니카는 눈을 깜박였다.

"그러니까 통상장관은 청구서를 이곳으로 제출하지 않는다는 말인가요?"

"네, 그렇습니다."

"접대비 같은 것들의 청구서도요?"

"물론이죠."

안니카는 혼란스러웠다. 스튜디오 69의 프로그램 진행자는 스트립 클럽 영수증을 외교부에서 발견했다고 주장했었다. 똑똑히 기억하고 있었다. 안니카가 원하든 원하지 않든 그날 그 라디오 프로그램에서 나온 말들이 전부 그녀의 귀에 못이 박힌 듯 새겨져 있었다.

"산업고용통신부는 어디 있죠?"

안니카는 가는 길을 전해 듣고 나서 지중해 박물관을 지나 프레스가탄 거리 8번지로 갔다.

"올해 7월 28일자 출장 경비 청구서와 접대비 청구서를 조회하고 싶은데요. 오래 걸릴까요?"

안니카가 산업고용통신부에 앉아 있는 접수창구 직원에게 말했다.

직원은 친절하고 빠릿빠릿한 여자였다.

"아뇨, 오래 걸리지 않을 겁니다. 한 시간 후에 다시 오시면 준비해 놓겠습니다. 하지만 더 늦게 오시면 안 됩니다. 문을 닫을 거니까요."

안니카는 드로트닝가탄 거리로 걸어가 시가지를 구경했다. 보슬비가 내리고 있었고, 의사당 건물 뒤로 먹구름이 몰려오는 것을 보니 저녁때쯤이면 비가 거세질 것 같았다. 그녀는 천천히 거닐면서 상점에 진열된 음반과 포스터와 싸구려 옷들을 무심히 구경했다. 어떤 것도 살 수가 없었다. 충동적인 피테오 여행 때문에 완전히 거덜 난 상태였다.

안니카는 상가를 걸어 내려가 클라라베리스가탄 거리로 향했다. 별로 내키진 않았지만, 아메리칸 커피 전문점에 들어가 얼음 냉수를 주문했다. 수돗물 한 잔에 5크로나씩이나 받았다. 안니카는 욕이 튀어나오는 걸 억지로 참고 주머니를 뒤졌다. 빗줄기가 거세어져서 흠뻑 젖지 않으려면 5크로나를 쓸 수밖에 없었다.

그녀는 바에 자리를 잡고 앉아 주위를 둘러보았다. 카페 안은 카푸치노와 에스프레소를 마시는 최신 유행족들로 가득 차 있었다. 안니카는 물을 한 모금 마신 후 얼음 조각을 씹었다.

지금까지는 생각하지 않으려고 애를 쓰고 있었지만, 이젠 피할 수가 없었다.《카트리네홀름스 쿠리렌》을 자발적으로 그만두었기 때문에 앞으로 한 달간 실직 수당을 받지 못할 것이었고,《크벨스 프레센》에서 들어올 돈도 없었다.

하지만 생활비가 그렇게 많이 들진 않을 거야. 안니카는 생각했다. 그러고는 돈이 들어갈 데를 열거하기 시작했다.

집세는 한 달에 1970크로나밖에 되지 않았고, 이젠 룸메이트가 있으니까 반으로 줄어들었다. 식비도 그렇게 많이 들지 않을 거였다. 파스타만 먹고 살 수도 있으니까. 한 달 교통카드도 필요 없었다. 필요할 때마다 할인표를 구입할 수도 있었고, 걸어 다니거나 지하철에 몰래 무임승차를 할 수도 있었다. 휴대 전화는 꼭 필요한 거니까 가지고 있어야 했다. 새 옷과 화장품 구입을 포기하는 건 적어도 당분간은 큰 문제가 아니었다.

아르바이트 자리를 구해야겠어.

"이 의자, 주인 있습니까?"

머리를 두 가지 색으로 염색하고 눈에 마스카라를 칠한 남자가 그녀 앞에 서 있었다.

"아뇨, 쓰세요."

안니카가 중얼거렸다.

그녀는 기회다 싶어 일어나 화장실에 갔다. 화장실은 돈을 받지 않았다.

* * *

50분 후, 안니카는 프레스가탄 거리에 있는 산업고용통신부로 돌아와 있었다. 접수 여직원은 서류를 가져오기 위해 안으로 들어가더니 미안한 표정으로 돌아왔다.

"그 날짜의 출장 경비 청구서는 하나도 찾을 수가 없었고요, 접대비 청구서는 여기 있습니다."

여직원은 안니카에게 청구서 사본을 건넸다. 스튜디오 69 클럽이 발행한 영수증에는 결제금액이 5만 5600크로나로 적혀 있었고 '접대비'라고 지출항목이 적혀 있었다.

"우와."

안니카가 탄성을 내뱉었다.

"회계감사 때 문제가 좀 생길 것 같죠?"

접수 여직원이 고개를 들지 않고 말했다.

"이 청구서 조회를 요청한 사람이 많았어요?"

여직원은 잠시 망설이다가 대답했다.

"실은, 그렇게 많지는 않았어요."

그녀가 고개를 들더니 말을 이었다.

"우리는 조회 요청이 쇄도할 거라고 예상했는데, 실제 요청건수는 네다섯 건에 지나지 않았어요."

"그런데 출장 경비 청구서는 없단 말씀인가요?"

여직원이 고개를 끄덕였다.

"그 전주 것과 그 다음 주 것도 다 찾아봤는데도요."

안니카는 신용카드 영수증에 있는 갈겨 쓴 서명을 바라보면서 다른 가능성에 대해 생각해보았다.

"다른 부서에 청구서를 제출했을 수도 있지 않을까요?"

"통상장관이요? 아닐걸요. 그렇다고 해도 결국에는 여기로 오게 되어 있고요."

"다른 공공기관에는요? 그는 여러 기관과 기업을 위해 로비를 하러 출장을 많이 다니잖아요."

"그럴 수도 있겠죠. 어쩌면 기업이 경비를 제공할 수도 있겠네요. 확실히는 모르겠지만요."

안니카는 끈질기게 물고 늘어졌다.

"하지만 그가 정부를 대표해서 출장을 간 거고, 청구서가 여기에 제출되지 않았다면, 어디로 갔을까요?"

여직원의 전화벨이 울렸다. 안니카는 그녀의 얼굴이 굳어지는 것을 보았다.

"죄송합니다만, 정말 모르겠네요. 사본은 가지셔도 됩니다. 복사비도 필요 없고요."

여직원이 말했다.

안니카는 감사 인사를 한 후 수화기를 집어 드는 여직원을 뒤로 하고 건물을 나왔다.

\* \* \*

아파트 안은 쥐죽은 듯 고요했다. 안니카는 곧장 파트리시아의 방으로 걸어가 고개를 들이밀고 방 안을 들여다보았다.

"안니카 언니!"

놀랍게도 파트리시아가 방 안에서 소리를 질렀다. 안니카는 방으로 들어갔다.

"왜 그래?"

안니카가 미소를 지으며 물었다.

파트리시아는 벌떡 일어서서 안니카의 목을 끌어안고 엉엉 울었다.

"어머나, 왜 이래? 무슨 일 있었어?"

안니카가 걱정스럽게 물었다.

파트리시아는 속눈썹에 달라붙어 있는 머리카락을 조심스럽게 떼어냈다.

"어젯밤에 왜 집에 들어오지 않았어요? 잠은 집에서 자야지, 어디 가서 잔 거예요? 언니 남자 친구가 와서 어디 갔냐고 물었어요. 난……, 난 무슨 일이 생긴 줄 알았어요."

안니카는 파트리시아의 머리를 부드럽게 쓰다듬었다.

"무슨 일이 생기긴. 나한테 무슨 일이 생기겠어."

파트리시아는 안니카를 놓아주고 입고 있는 티셔츠로 코를 닦았다.

"그러게 말예요."

그녀가 속삭였다.

안니카가 미소를 지으면서 말했다.

"난 요세핀이 아니야. 나 때문에 그렇게 속을 끓일 필요는 없어. 기운 내, 파트리시아, 괜한 걱정일랑 하지 마! 우리 엄마보다 더 하네. 커피 마실래?"

파트리시아는 고개를 끄덕였고 안니카는 부엌으로 갔다.

"토스트는?"

"좋아요, 부탁해요."

파트리시아가 운동복으로 갈아입는 동안 안니카는 커피를 끓였다. 식탁 앞의 분위기는 좀 가라앉아 있었다.

"미안해요."

파트리시아가 토스트 식빵에 마멀레이드를 바르면서 말했다.

"괜찮아. 요즘 좀 예민해진 것 같아, 파트리시아."

둘은 조용히 빵을 먹고 커피를 마셨다.

"이사 갈 거예요?"

꽤 시간이 흐른 후 파트리시아가 물었다.

"지금 당장은 아니고. 왜?"

파트리시아가 어깨를 으쓱거렸다.

"그냥 궁금해서……."

안니카는 커피를 더 따랐다.

"내가 없는 동안 신문에 요세핀에 대한 기사가 더 나왔었어?"

안니카는 뜨거운 커피를 후후 불었다.

파트리시아는 고개를 저었다.

"거의 안 나왔어요. 경찰은 용의자 한 명을 주목하고 있다면서도 누구도 체포하지는 않을 거라고 했어요. 적어도 당분간은."

"그럼 다들 장관이 범인이라고 생각하고 있는 건가?"

"그런 것 같아요."

"장관에 대해서는 기사가 많이 나왔어?"

"요세핀 기사보다 훨씬 더 적었어요. 꼭 사임한 게 아니라 죽은 것처럼."

안니카는 한숨을 쉬었다.

"쓰러진 사람을 발로 차지는 않는 법이거든."

"네?"

"기자들의 윤리 같은 거야. 누군가가 자기 행동의 결과를 인정하고 사임하면 파헤치고 돌 던지는 행위를 중단해야 한다는 거야. 그럼 내가 없는 동안 어떤 기사들이 있었어?"

"라포르트가 투표를 포기하는 유권자가 늘고 있다는 내용을 보도했어요. 정치인들에 대한 믿음을 잃었기 때문에 투표를 하지 않겠다는 사람이 많다는 거예요. 이러다간 사민당이 질 수도 있겠어요."

안니카는 고개를 끄덕였다. 그럴 수 있었다. 선거 운동이 한창일 때 각료가 살인 혐의를 받는다는 건 집권당으로선 말 그대로 악몽 같은 일일 것이다.

파트리시아가 종이수건에 손을 닦더니 식탁 위를 치우기 시작했다.

"최근에 경찰하고 얘기해 봤어?"

파트리시아의 표정이 굳어졌다.

"아니요."

"당신이 여기서 지낸다는 거 경찰도 알아?"

파트리시아는 의자에서 일어서서 조리대로 걸어갔다.

"모를걸요."

안니카도 일어섰다.

"경찰에 알려줘. 파트리시아를 만나고 싶은데 어디 있는지 모를 수도 있잖아. 그리고 클럽에서는 당신이 여기서 지낸다는 거 아무도 모르지, 그치?"

"부탁인데, 나한테 이래라 저래라 하지 말아요."

파트리시아가 퉁명스럽게 말했다.

그녀는 돌아서서 설거지할 물을 데우려고 가스레인지에 냄비를 올려놓았다.

안니카는 다시 식탁 의자에 앉아 한동안 파트리시아의 등을 바라보고 있었다.

쳇, 삐지고 싶으면 계속 삐지라지. 안니카는 자기 방으로 들어갔다.

\* \* \*

거센 빗줄기가 타다닥 창턱을 때리고 있었다. 저놈의 비는 대체 언제쯤 멈출까? 안니카는 속으로 투덜거리면서 침대에 걸터앉았다. 그러고는 불을 켜지도 않고 침대에 누웠다. 방 안은 어두컴컴했다. 그녀는 회색 무늬가 누렇게 변한 오래된 벽지를 노려보았다.

어떤 식으로든 그림이 하나로 맞춰질 거야. 안니카는 생각했다. 7월 27일 직전에 무슨 일이, 통상장관이 알란다 공항 제2터미널에서 출국하게 만든 일이 일어났던 게 틀림없어. 친척들이 부르는 소리도 듣지 못할 만큼 초조하고 긴장해 있었다는 걸 보면 분명히 엄청나게 큰일이었을 거야. 어쩌면 친척들이 부르는 소리를 듣고도 못 들은 척 했을지도 모르지. 어쨌든 사민당은 심각한 공황 상태에 빠져 있었던 게 틀림없어.

아니, 사적인 일이었을 수도 있잖아. 갑자기 그런 생각이 들었다. 그가 정부나 사민당 대표로 출장을 간 게 아니었을 수도 있었다. 어딘가에 정부(情婦)를 숨겨놓고 있는 건지도 모른다.

일이 그렇게 단순할까?

갑자기 할머니가 떠올랐다.

하르프순드. 크리스테르 룬드그렌이 사적인 문제로 출국을 한 거였다면, 총리가 그에게 자신의 여름 별장을 은신처로 내어주진 않았을 것이다. 분명히 정치적인 문제였다.

안니카는 침대에 똑바로 누워 팔베개를 하고 숨을 깊이 들이마신 후 눈을 감았다. 부엌에서 덜그럭 거리는 소리가 들렸다. 파트리시아가 심통을 부리고 있었다.

체계적으로 생각해야 해. 알고 있는 사실을 다시 살펴봐. 처음부터 다시 시작하는 거야. 사적인 바람이 들어간 생각은 던져 버리고 논리적으로 생각해야 해. 실제로 무슨 일이 일어난 거지?

장관이 살인 의혹을 받고 난 후 사임한다. 그것도 그냥 살인이 아니라 묘지에서 벌어진 강간 살인. 그가 결백하다고 가정해 보자. 피해자가 강간당하고 살해된 그 새벽에 그는 전혀 다른 곳에 있었다고 가정해 보자. 그가 빈틈없는 알리바이를 갖고 있다고 가정해 보자.

그렇다면 그는 도대체 왜 자신의 누명을 벗으려 하지 않지? 자신의 삶이 완전히 파괴됐잖아. 정치 생명이 끝이 났고, 사회적으로도 독버섯 같은 존재로 인식되고 있어.

이유는 한 가지뿐일 거야. 내가 처음에 생각했던 게 맞을 거야. 그의 알리바이가 살인이라는 범죄보다 훨씬 더 중대한 문제라는 거지.

훨씬 더 중대해? 누구에게? 그 자신에게? 아닐 거야. 그건 불가능에 가까워.

그렇다면 대답은 한 가지. 사민당의 사활이 걸린 문제라는 거겠지.

그래, 그거야.

안니카는 결론에 도달했다.

그렇다면 그게 뭘까? 선거 운동이 한창일 때 집권당 소속 각료가 살인 혐의를 받는 것보다 훨씬 더 중대한 문제라는 게 도대체 뭘까?

안니카는 초조해서 몸을 꼼지락대다가 옆으로 돌아누워 방을 노려보았다. 파트리시아가 현관문을 열고 아래층으로 내려가는 소리가 들렸다. 샤워를 하러 가는 모양이었다.

해답이 한줄기 바람처럼 나타났다.

더 중대한 문제라면 권력의 상실밖에 없었다. 크리스테르 룬드그렌은 사실이 세상에 알려지면 사민당이 실권하게 될 어떤 일을 한 거였다. 대단히 근본적이고 중대한 일일 것이다. 집권당의 발 아래 놓인 카펫을 끌어낼 수 있는 일이란 게 도대체 무엇일까?

갑자기 안니카가 벌떡 일어나 앉았다. 머릿속으로 떠오른 그 말들을 재생시켜 보았다. 그녀는 전화기가 있는 거실로 나가서 소파에 앉아 전화기를 무릎에 올려놓았다. 그러고는 눈을 감고 몇 번 깊은 심호흡을 했다.

안니카가 신문사에서 쫓겨났지만 안네 스납하네는 여전히 그녀를 친구로 대했다. 안니카가 《크벨스프레센》을 그만두었다고 해도 베리트 함린도 그녀를 동료로 생각해 줄지도 몰랐다. 시도해 보지 않으면, 결코 알아내지 못할 것이다.

결심을 굳힌 안니카는 《크벨스프레센》 교환실 번호를 눌렀다. 교환원이 자신이 누군지 알아챌까 봐 가늘고 날카로운 목소리로 베리트를 바꿔 달라고 했다.

"안니카, 목소리 들으니까 정말 반가워! 어떻게 지내?"

전화를 받은 베리트가 다정하게 말했다.

안니카는 긴장이 좀 풀어지는 것 같았다.

"감사합니다. 잘 지내고 있어요. 2주 동안 터키에 갔다 왔어요. 정말 재미있었어요."

"쿠르드 족 취재 간 거야?"

역시 직업은 못 속였다.

"아뇨, 그냥 여행이었어요. 저기, 정보국 사건과 관련해 몇 가지 여쭤볼 게 있는데요. 잠깐 만나주실 수 있으세요?"

베리트가 놀랐는지는 모르겠지만, 내색은 전혀 하지 않았다.

"그럼. 언제?"

"오늘밤에 뭐 하세요?"

그들은 30분 후에 신문사 근처에 있는 피자집에서 만나기로 했다.

파트리시아는 운동복 차림에 머리에는 수건을 감고 들어왔다.

"잠깐 나갔다 올게."

안니카가 소파에서 일어섰다.

"잊은 게 있어요, 언니. 스벤이 여기서 며칠 묵는다고 했어."

안니카는 옷걸이로 걸어갔다.

"오늘 밤에 근무해?"

안니카가 외투를 입으면서 물었다.

"네. 왜요?"

* * *

비가 억수같이 쏟아 붓고 있었다. 우산이 바람에 휘어져서, 안니카는 흠뻑 젖은채로 비틀거리면서 피자집으로 들어섰다. 베리트가 벌써 와서 기다리고 있었다.

"만나서 정말 반가워. 좋아 보이네."

베리트가 미소를 지으며 말했다.

안니카가 소리 내어 웃으면서 젖은 외투를 힘겹게 벗었다.

"《크벨스프레셴》을 떠났더니 건강에 기적이 일어나더라구요. 요즘 신문사는 어떤가요?"

베리트는 한숨을 쉬었다.

"사실, 좀 어수선해. 쉬만 부국장이 편집국 시스템을 정비하려고 하고 있는데, 다른 간부들의 저항이 상당하거든."

안니카는 젖은 머리카락을 흔들다가 뒤로 넘겼다.

"어떻게요?"

"쉬만은 편집의 일상 절차를 개편하고, 신문사의 나아갈 방향에 대해 정기적으로 세미나를 하고 싶어 해."

"어떤지 알겠네요. 다른 간부들은 왜 스웨덴 TV를 따라하라고 그러냐면서 핏대를 세우고 있겠군요, 그렇죠?"

베리트가 미소를 지으며 고개를 끄덕였다.

"바로 그거야."

종업원이 다가오자 둘은 커피 한 잔과 생수 한 병을 시켰다. 하잘 것 없는 주문을 받은 그는 심드렁한 표정으로 걸어갔다.

"그건 그렇고, 요즘 사민당이 선거전에서 얼마나 고전을 하고 있나요?"

안니카가 물었다.

"아주 많이. 지난 봄 여론조사에서는 45%였던 지지율이 35% 밑으로 떨어졌어."

"정보국 사건 때문인가요, 스트립 클럽 문제 때문인가요?"

"두 개가 합쳐져서 그렇겠지."

종업원이 다가와서 생수가 든 유리컵과 커피 산을 딱 소리 나게 내려놓았다.

"정보국 국내외 문서 보관소 얘기 했던 거 기억하세요?"

종업원이 자리를 뜬 후 안니카가 물었다.

"그럼, 기억하지. 왜?"

"선배님은 파기됐다는 대외 문서가 아직도 존재한다고 믿고 계셨는데요. 그렇게 믿으시게 된 이유가 뭐죠?"

안니카가 물어본 후 생수를 한 모금 마셨다.

베리트는 잠깐 생각을 정리한 후 대답했다.

"몇 가지가 있지. 2차 세계대전 이전과 전쟁 중에는 정부가 시민의 정치적 성향을 사찰해 기록해 놓았어. 전쟁 후에는 사찰이 금지되었고, 세월이 한참 흐른 후엔 스벤 안데르손 국방부 장관이 전시 문서들이 '사라졌다'고 주장했지. 하지만 실제로는 그 문서들이 국방부 참모본부 문서 보관소에 있었어. 이 사실은 몇 년 전에 세상에 알려졌고."

"그러니까 사민당은 문서가 사라졌다고 거짓말을 했던 거로
군요."

"맞아. 그러고 나서 1~2년 후에는 안데르손이 정보국이 작성
한 문서들은 1969년에 파기되었다고 주장했어. 가장 최근에 나온
주장은 그 문서들이 1973년에 정보국의 실체가 폭로되기 전에 소
각되었다는 거야. 하지만 국내외의 어떤 공식 기록에도 문서가 소
각됐다는 내용은 나와 있지 않았어."

"맞아요. 기록이 소각되었다면, 그 사실이 기록되어 있어야 하
잖아요?"

베리트는 커피를 한 모금 마시더니 얼굴을 찌푸렸다.

"웩. 끓인 지 열흘은 된 것 같은데. 그래, 맞아. 정보국은 스웨덴
의 전형적인 관료 조직이었어. 국방부 참모본부의 기밀문서 보관
소에는 정보국 문서가 많이 보관되어 있어. 정보국 내에서 일어난
모든 일이 일지에 기록되었고. 문서가 파기되는 일이 있었다면 당
연히 일지에 기록되었겠지. 그런데 그런 내용이 전혀 없어. 그 말
은 그 문서들이 아직도 존재한다는 뜻이지."

"또 다른 건요?"

베리트는 잠깐 생각을 정리했다.

"그들은 항상 대외 문서들과 국내 문서들이 동시에 파기되었
고, 사본은 전혀 없다고 주장했어. 사본이 발견됐으니, 적어도 그
주장의 반은 사실이 아닌 게 이미 밝혀졌지."

안니카는 베리트를 유심히 바라보았다.

"어떻게 의회 의장이 정보국과의 관계를 인정하도록 유도하셨

어요?"

베리트는 이마를 비비면서 한숨을 쉬었다.

"이성(理性)의 힘이지."

그녀가 부끄러운 듯이 말했다.

"어떻게요?"

베리트는 한동안 말이 없었다. 커피에 각설탕을 두 개 넣고 저었다. 그러고는 낮은 목소리로 말했다.

"의장은 정보국 국내 정보부 책임자였던 비르게르 엘메르와 아는 사이였다는 사실을 줄곧 부인해 왔어. 그를 만난 적도 없다고 주장했지. 하지만 난 그 말이 사실이 아니라는 걸 알고 있었어."

그녀가 말을 멈췄고, 안니카는 기다렸다.

마침내 베리트가 다시 입을 열었다.

"1966년 봄, 현재 의회 의장인 잉바르 칼손과 비르게르 엘메르가 나카에 있는 의장의 자택에서 만났어. 그 자리엔 의장 부인도 함께 있었고. 그들은 저녁 식사를 하면서 대화를 나눴고 의장 부부에게 자녀가 없다는 사실로 화제가 옮겨갔지. 엘메르는 입양을 권했고, 나중에 의장 부부는 정말 입양을 했어. 내가 의장한테 이 만남에 대해 알고 있다고 얘기했더니 그때부터 술술 이야기를 하기 시작하더라구."

안니카는 베리트를 뚫어지게 쳐다보았다.

"도대체 그 사실은 어떻게 아셨어요?"

"그건 말할 수 없어. 이해해줘."

안니카는 의자에 등을 기댔다. 어떻게 알게 됐을까? 전혀 감이 안 오네. ……아하! 사민당 지도부 내에 취재원이 있는 거야, 틀림없어.

둘 다 오랫동안 말이 없었다. 밖에서는 비가 억수같이 퍼붓는 소리가 들렸다.

"문서들은 사라지기 전에 어디 있었나요?"

안니카가 물었다.

"국내 문서 보관소는 그레브가탄 거리 24번지에 있었고, 대외 문서 보관소는 발할라베겐 거리 56번지에 있었어. 그건 왜 물어?"

안니카는 펜과 종이를 꺼내 주소를 받아 적었다.

"어쩌면 문서를 사라지게 만든 게 사민당이 아니었을 수도 있을 것 같아서요."

"무슨 뜻이야?"

안니카는 대답하지 않았고, 베리트는 가슴에 팔짱을 끼고 말했다.

"그런 문서들이 존재한다는 것을 알았던 사람이 거의 없었어. 어디에 있는지는 말할 것도 없고."

안니카가 상체를 테이블 위로 숙였다.

"대외 문서 사본이 국방부 참모본부의 수신 우편함에서 발견되었다고 하셨죠?"

"응. 소포가 그곳 우편물 취급실로 왔더래. 수령대장에 등록이 되고, 일지에 기입되고, 분류됐지. 문서는 기밀서류로 분류되진 않았어."

"도착 날짜가 언제죠?"

"7월 17일."

"발송지는요?"

"소포 겉면에는 발송지가 적혀 있지 않았어. 발신인은 익명이었고. 어느 정부 부처가 먼지를 털어내고 대청소를 하다가 발견하고 보낸 것일 수도 있겠지."

"그런데 왜 익명으로 보냈을까요?"

베리트는 어깨를 으쓱거렸다.

"창고 깊숙한 곳에서 발견하고는 그 오랜 세월을 썩혀뒀다는 사실이 알려질까 봐 겁이 난 건지도 모르지."

안니카는 끙 하고 신음을 했다. 또다시 막다른 골목.

그들은 한동안 말없이 앉아서 다른 손님들을 바라보았다. 작업복을 입은 남자 두 명이 피자로 저녁 식사를 하고 있었다. 여자 둘은 시끄럽게 떠들면서 맥주를 마시고 있었다.

"선배님이 그 문서들을 보셨을 때 그 문서들은 어디에 있었나요?"

안니카가 물었다.

"문서 보관소에 도착한 직후에 봤지."

안니카가 미소를 지었다.

"곳곳에 친구를 두고 계시네요."

베리트도 미소로 화답했다.

"교환원, 비서, 접수 직원, 문서 보관소 직원한테 항상 잘 보여놔야 해."

안니카는 물을 마저 마셨다.

"문서의 발신지를 알 만한 단서는 전혀 없었고요?"

"전혀. 커다란 자루 두 개에 담겨 배달이 됐더라고."

안니카가 눈을 치켜떴다.

"자루요? 감자 포대 같은 거요?"

베리트는 살짝 한숨을 쉬었다.

"자루에는 별로 신경을 쓰지 않았어. 내용물에만 관심이 있었 거든. 내 기자 생활 중 최고의 제보였으니까."

안니카는 미소를 지었다.

"이해해요. 자루는 어떻게 생겼던가요?"

베리트는 몇 초 동안 안니카를 바라보았다.

"그러고 보니, 자루에 뭔가 인쇄된 문구가 있었어."

"어떤 문구인지 읽진 못하셨고요?"

베리트는 눈을 감고, 엄지손가락과 집게손가락으로 콧날을 꽉 꼬집더니, 한숨을 쉬었고, 이마를 비비더니 입술에 침을 발랐다.

"왜 그러세요?"

"외교 문서 배달 가방이었던 것 같아."

"외교 문서 배달 가방이요?"

"외교 관계에 관한 비엔나 조약에는 국가와 그 국가의 외교사 절단간의 교신의 불가침성에 관한 조항이 있어. 27조인 것으로 기 억하는데. 외교 문서 우편물은 우편물 검사를 면제받는 특별한 가방에 넣어 배달을 하기로 되어 있어. 외교 문서 배달원이 그 가 방을 들고 세관을 통과하는 거지. 그 자루도 그런 가방이었던 것 같아."

안니카는 목의 솜털이 곤두서는 것을 느꼈다.

"그런데 그게 어떻게 국방부 참모본부로 배달됐을까요?"

베리트는 고개를 저었다.

"스웨덴 정부의 외교 문서 배달 가방은 절대로 그곳으로 배달이 될 수가 없어. 그 가방들은 항상 외교부와 전 세계 각국의 스웨덴 대사관들을 오갈 뿐이지."

"그럼 그게 외국 정부의 가방이라면요?"

베리트는 고개를 저었다.

"아냐, 내가 뭔가 착각하고 있는 것 같아. 스웨덴의 외교 문서 배달 가방은 파란색 바탕에 노란색 글씨로 '외교 문서'라고 적혀 있거든. 그런데 내가 봤던 가방은 회색 바탕에 빨간색 글씨였어. 뭐라고 쓰여 있는지는 살펴보지 않았어. 문서가 얼마나 포괄적인가, 그중에 원본이 섞여 있는가 하는 것에만 신경을 썼지. 불행히도 문서 원본은 한 장도 없었지만."

그들은 한동안 말이 없었다.

안니카는 전 동료를 바라보았다.

"조약과 그 세부 조항들까지 어떻게 그렇게 잘 알고 계세요?"

베리트는 그녀를 바라보며 미소를 지었다.

"기자 일을 하다보면 별별 일을 다 취재하게 돼. 그러면 일부 내용은 머릿속에 새겨지지."

안니카는 눈을 돌려 창밖을 바라보았다.

"그런데 그 자루들이 외국의 외교 문서 배달 가방이었을 가능성도 있을까요?"

"그렇지. 그리고 감자 포대였을 가능성도 있고."

"이제 이 일이 어느 쪽으로 흘러가리라고 생각하세요?"

"어느 쪽으로?"

베리트는 특별히 어느 쪽으로도 흘러가지 않을 거라고 생각하고 있었다.

"뭔가 확실한 걸 알게 되면 연락드릴게요. 좋은 정보 주셔서 감사합니다!"

안니카는 베리트를 살짝 끌어안고 나서, 우산을 펴고 용감하게 빗속으로 걸어 나갔다.

# 세상에 태어난 지 19년 4개월 30일째

그는 어둠 속에서 총을 쏠 때와 같은 날카로운 감각으로 우리 둘 사이의 틈을 예민하게 감지해 낸다. 그는 바로 옆에 절벽이 있다는 것을 알지 못한 채 절벽 가장자리를 걷고 있다. 광적인 요구와 너무도 열심히 움직이는 입술을 보면 알 수 있다. 그는 내 클리토리스가 자두처럼 부풀어 오를 때까지 나를 핥고 빨아대면서, 고통이 아니라 쾌락의 비명을 지르라고 내게 요구한다. 부풀어 오른 곳은 며칠이 지나도 가라앉지 않고, 움직일 때마다 쓸려서 따갑다.

나는 내가 갈 길을 더듬어 찾고 있다. 어둠이 너무 광대하다. 내 안에는 우울이 눅눅한 습기처럼 존재하고 있고, 숨을 내쉬어도 우울을 쫓아낼 수가 없다. 내 눈물은 바로 눈 밑에 숨어 있고, 언제나 존재하고 있으며, 시도 때도 없이 밖으로 나오고, 갈수록 참기가 힘들어진다. 현실은 압력과 냉기 때문에 점점 더 쪼그라들고 있다.


내 유일한 온기의 원천이 잔인한 냉기를 뿜어내고 있다.


그는 말한다,

절대로 나를 놓아주지 않겠다고.

# 9월 5일 수요일

"도대체 이런 데서 어떻게 사니? 뜨거운 물도 안 나오고, 화장실도 없고! 언제 집으로 돌아올 건데?"

스벤이 팬티 차림으로 식탁에 앉아 요거트를 먹으면서 말했다.

"옷 좀 입어. 파트리시아가 저 안에서 자고 있어."

안니카는 잠옷 가운 허리끈을 꽉 조이면서 말했다.

그녀는 가스레인지 앞으로 가서 자신이 마실 커피를 따랐다.

"그래, 알아. 그런데 걘 왜 여기 있는 거야?"

"지낼 곳이 필요하대서. 마침 방도 한 개 여유가 있었고."

"그 레인지, 그거 얼마나 위험한지 알아? 불이 나서 건물 전체를 태워버릴 수도 있어."

안니카는 속으로 한숨을 쉬었다.

"가스레인지야. 위험도는 가스레인지나 전기레인지나 거기서 거기야."

"말 같잖은 소리."

스벤이 공격적으로 말했다.

안니카는 아무 대꾸도 하지 않고 커피만 마셨다.

2~3분이 지난 후, 스벤이 달래는 목소리로 말했다.

"자기야, 지금 하고 있는 일 접고 헬레포르스네스로 가자. 여기서 터를 잡으려고 시도해 봤지만 안 됐잖아. 넌 대기자가 아니야. 이 도시에 어울리지도 않고."

그는 일어서서 안니카의 의자 뒤로 가서 그녀의 어깨를 어루만지기 시작했다.

"그래도 난 널 사랑해."

그가 속삭이더니 윗몸을 숙여 그녀의 귓불을 살짝 깨물었다. 그의 두 손이 그녀의 목을 따라 미끄러져 내려가 그녀의 젖가슴을 부드럽게 감싸 쥐었다.

안니카는 일어서서 싱크대 앞으로 걸어가 커피를 버렸다.

"아직은 안 돌아가."

그녀가 조심스럽게 말했다.

스벤이 안니카를 노려보았다.

"직장은 어떡하고? 총선이 끝나면《카트리네홀름스 쿠리렌》으로 복귀할 거잖아, 아냐?"

안니카는 재빨리 숨을 들이쉬고 마른침을 삼켰다.

"여기 일을 계속 해야 돼. 할 일이 많아."

그녀는 서둘러서 부엌을 나가 옷을 갈아입었다.

스벤은 문간에 서서 그녀가 청바지와 스웨터를 입는 것을 지켜보았다.

"낮엔 뭐하니?"

"알아볼 일들을 알아보러 다니지."

"다른 놈 만나는 거 아냐?"

안니카는 체념한 듯 두 팔을 늘어뜨렸다.

"제발 그러지 마. 자긴 내가 형편없는 기자라고 생각하겠지만, 그런대로 괜찮은 기자로 봐 주는 사람들도 있어."

그가 그녀를 와락 끌어당겨 안았다.

"널 형편없는 기자라고 생각하지 않아. 그 반대야. 네가 얼마나 훌륭한 기잔지 내가 다 아는데, 라디오에서 너를 씹어대는 걸 들으면 화가 나서 돌아버리겠어."

둘은 열정적으로 키스를 했고, 스벤이 그녀의 바지 지퍼를 내리기 시작했다.

"안 돼. 나가봐야 돼……."

안니카가 말했다.

그는 키스로 그녀의 입을 막았고 그녀를 침대로 데려갔다.

\* \* \*

브로드시트 일간지의 문서 보관소는 《크벨스프레센》 건물 현관 옆에 있었다. 안니카는 아는 사람과 마주치고 싶지 않아서 눈을 내리간 채 재빨리 문서 보관소 안으로 들어갔다. 접수창구를 지나 서고로 들어갔다. 마이크로필름 책상과 커다란 탁자 옆에 남자 세 명이 서 있었다. 안니카는 가방을 작은 탁자 위에 올려놓았다.

《폴케트 이 빌드 쿨투르프론트*Folket i Bild Kulturfront*》 1973년 9호(號). 베리트는 그 잡지가 5월 초에 나왔다고 했다. 안니카는 같은 해 4월에 발행된 브로드시트 신문부터 들어 있는 파일함을 꺼내 뒤지기 시작했다. 찾기 어려울 것 같았다. 그녀는 국내외 문서 보관소의 주소를 적어둔 페이지를 메모장에서 찢어서 앞에 놓았다.

국내 문서 보관소, 그레브가탄 거리 24번지.

국외 문서 보관소, 발할라베겐 거리 56번지.

지면은 누렇게 변하고 곳곳이 찢어져 있었다. 글씨 크기는 기껏해야 7포인트 정도로, 작아서 읽기가 어려웠다. 편집도 깔끔하지 못했다. 패션광고를 본 안니카는 터져 나오는 웃음을 억지로 참아야 했다. 70년대 초반 사람들의 옷차림은 정말로 우스꽝스러웠다.

그러나 기사 내용들은 놀라울 정도로 요즘 것들과 비슷했다. 아프리카에서는 수백만 명이 기아로 죽어가고 있었고, 스웨덴에서는 청년들이 노동 시장에 합류하기가 아주 힘이 들었다. 라세 할스트룀(「개 같은 내 인생」으로 유명한 스웨덴의 영화감독. ─ 옮긴이) 감독은 「내 집에 갈까, 네 집에 갈까, 아니면 각자 자기 집으로 갈까?」라는 TV영화를 만들었다.

아이스하키 세계 선수권 대회가 열리고 있었고, 올로프 팔메 총리가 쿠니엘브에서 연설을 했다. 베트남과 캄보디아에서는 전쟁이 한창이었고, 워싱턴에서는 워터게이트 사건 파문이 확산되고 있었다. 안니카는 한숨을 쉬었다. 찾고 있는 내용은 단 한 줄도 보이지 않았다.

안니카는 4월 16일에서 30일까지의 신문을 다 확인하고 나서 4월 1일부터 15일 것이 들어 있는 파일을 살펴보기 시작했다.

4월 2일 월요일자 신문에는 여느 때와 별반 다르지 않는 기사들이 실려 있었다. 프놈펜에서는 캄보디아 반군이 정부군을 공격했다. 덴마크에서는 변호사 출신의 모겐스 글리스트루프가 창당한 진보당이 총선에서 다수의 의석을 차지했다. 미국의 전직 법무장관 존 미첼은 워터게이트 사건과 관련해 상원 위원회 앞에서 증언을 하겠다고 선언했다. 안니카는 17면 왼쪽 하단에 있는 '스톡홀름 전역에 밝은 북극광(北極光)'이라는 표제의 기사 옆에서 찾고 있던 기사를 발견했다.

'의문의 사무실 침입 사건'.

안니카의 맥박이 빨라지더니 천둥소리처럼 울려 퍼졌다.

그 짧은 기사에 따르면, 누군가가 주말에, 아마도 일요일 밤인 것으로 추정되는데, 그레브가탄 거리 24번지에 있는 한 사무실에 침입하여 사무실을 뒤진 사건이 일어났다. 그런데 이상하게도 사라진 것은 아무것도 없었다. 사무집기는 전혀 건드리지 않은 상태였고, 캐비닛과 서랍만 뒤진 흔적이 있었다.

뭘 잃어버렸는지 난 알지. 뭐가 사라졌는지 난 안다고!

안니카는 34면 왼쪽 상단에서 또 다른 기사를 발견했다. 주말에 발할라베겐 56번지에 있는 사무실에 침입 사건이 일어났다는 기사였다. 뇌룸강에서 송어 두 마리를 잡아들고 있는 칼 구스타프 황태자의 사진과 빌레스홀름에 있는 굴피베르 AB공장 폐쇄 소식을 담은 기사 사이에 끼어 있는 짧은 기사였다.

이 신문의 편집장 어느 누구도 이 두 건의 침입 사건이 관련이 있다는 사실을 눈치채지 못했다. 물론 경찰도 눈치채지 못한 것 같았다.

안니카는 두 기사를 복사하고 나서 파일함을 선반 위 제자리에 올려놓았다.

제대로 잡은 거야. 안니카는 생각했다.

그녀는 문서 보관소를 나와 62번 버스를 타고 한트베르카리아탄 거리에 있는 자기 집으로 향했다.

* * *

스벤은 나가고 없었고 파트리시아는 자고 있었다. 안니카는 메모장과 전화기를 들고 거실 소파에 앉았다.

통상장관의 임무는?

그녀는 메모를 했다.

무역과 수출이겠지. 그녀는 생각했다. 외국과의 무역 진흥. 그런 업무로 출장을 갈 때 경비를 부담하는 정부 부처는 어디지?

스웨덴 무역진흥공사.

그녀는 다시 메모를 했다.

스웨덴의 수출 품목은? 자동차. 목재. 종이. 철광석. 전기. 원자력?

원자력발전소감독청.

또 다른 건? 의약품.

국립보건복지위원회.

전자제품. 무기.

무기? 맞아, 무기 수출도 통상장관 소관이었어.

*군수품감독청.*

안니카는 메모를 끝내고 나서 목록을 살펴보았다. 장관의 출장 경비를 댈 만한 기관들이었다. 그녀가 미처 생각해내지 못한 다른 부처들도 많을 것이었다.

"이제 뭘 생각해 봐야 하지?"

그녀는 혼잣말을 했다. 잠시 후 그녀는 전화번호부에서 무역진흥공사를 찾아보았다.

무역진흥공사의 상담직원은 자리에 없었고, 다른 여직원이 전화를 받았다.

"여기는 공공기관이 아닙니다. 어떤 서류도 시민에게 공개할 수 없습니다."

여직원이 쌀쌀맞게 대답했다.

"확실합니까? 상담 직원에게 전화 부탁한다고 전달해 주시겠어요?"

안니카는 자기 이름과 전화번호를 말했다.

"말씀은 전하겠지만, 그쪽에서도 같은 대답일걸요."

*깐깐하기는.*

전화번호부에서 원자력발전소감독청을 찾았더니 주소가 클라라베리스비아둑텐 90번지였다. 오후 12시 30분부터 문을 열었다. 군수품감독청은 전화번호부에 나와 있지 않아서, 전화번호 안내로 전화를 걸었다.

"군수품감독청은 국립전략상품감독청으로 이름이 바뀌었습니다, 고객님."

교환원이 말했다.

그곳 접수창구 직원은 점심 식사를 위해 자리를 비우고 없었다. 안니카는 한숨을 쉬며 펜을 내려놓고 소파에 등을 기댔다.

나도 뭘 좀 먹어야겠다. 그녀는 생각했다.

\* \* \*

클라라베리스비아둑텐 90번지는 다리를 사이에 두고 쿵스홀름 쪽에 있는 비교적 최근에 건축된 유리로 된 고층 건물 단지였다. 안니카는 출입문 밖에 서서 그곳에 입주한 회사와 기관 명단을 훑어보았다. AMU그룹, 국립환경보호청, 원자력발전소감독청, 국립전략상품감독청.

두 마리 토끼를 잡을 수 있겠네.

안니카는 원자력발전소감독청의 인터폰을 눌렀지만 아무도 대답이 없었다. 그래서 새로 바뀐 국립전략상품감독청의 인터폰을 눌렀다.

"A관, 5층입니다."

여자 목소리가 스피커를 통해 들려왔다. 내키지 않는 듯한 말투였다.

5층으로 올라가 엘리베이터 밖으로 나가니 사방이 윤을 낸 철거울 벽으로 되어 있어서 안니카 자신의 모습이 수도 없이 많이 보였다. 문은 국립전략상품감독청 출입문 한 개밖에 없었다. 안니카는 인터폰을 눌렀다.

"누구십니까?"

문을 연 금발의 여자는 상냥했지만 경계하는 표정이었다.

안니카는 안을 살펴보았다. 두 방향으로 복도가 나 있는 작고 사적인 공간처럼 보였다. 접수대는 없었고, 문을 열어준 여자는 문에서 가장 가까운 방에서 일하고 있는 것 같았다.

"안니카 벵트손이라고 합니다. 공문서를 조회해 보고 싶어서 왔는데요."

안니카가 떨리는 목소리로 말했다.

"우리 문서들 중 90% 정도는 공개가 안 되는 기밀문서입니다."

여자가 미안한 표정으로 변명하듯 말했다.

"하지만 요청을 하시면, 그 문서를 보여드릴 수 있는지 없는지 알아보겠습니다."

안니카는 조용히 한숨을 쉬었다. 예상한 대답이었다.

"여기 접수창구가 있습니까?"

"그럼요."

여자가 복도 끝을 가리켰다. 그러고는 말을 이었다.

"저쪽, 끝에서 두 번째 방이요."

"여기에 문서 보관소는 없죠?"

안니카는 걸음을 내디디며 물었다.

"아, 물론 있죠."

안니카는 발걸음을 멈췄다.

"그러면 5~6주 전의 출장비 청구서 같은 것도 여기 보관이 되어 있나요?"

"네, 하지만 문서 보관소가 아니라 제가 갖고 있습니다. 청구서 관리는 제 업무거든요. 결산을 하기 위해 제 사무실에 두고 있죠.

출장 교통편 예약도 제가 해요. 국립전략상품감독청은 국제회의에 빈번히 참가하기 때문에 그런 청구서가 꽤 많죠."

안니카는 여자를 유심히 바라보았다.

"그 청구서들도 기밀문서인가요?"

"아뇨. 공개 가능한 10% 안에 드는 문서죠."

"내각 각료가 이런 회의에 참석하는 경우가 많습니까?"

"네, 각료가 국립전략상품감독청 대표로 참석하는 경우에는 보통 외교부 예산에서 경비가 나가고요."

"통상장관이 가면요?"

"그때도 외교부 예산에서 지출되죠."

"하지만 통상장관은 산업고용통신부 소속이잖아요."

"아, 참, 그렇죠. 그럼 청구서가 그곳으로 가겠네요."

"항상 그런가요?"

"항상 그런 건 아니고요."

갑자기 여자의 말수가 줄어들었다.

안니카는 마른침을 삼켰다.

"크리스테르 룬드그렌 전 통상장관으로부터 지난 7월 27일과 28일자 경비 청구서를 받았습니까?"

여자는 안니카를 탐색하듯 쳐다보았다.

"네, 그런데 한 장이었어요."

안니카가 눈을 깜박였다.

"한번 볼 수 있을까요?"

여자는 입술에 침을 발랐다.

"먼저 상관한테 보고해야 합니다."

여자가 자기 사무실로 들어갔다.

"왜요? 출장비 청구서는 공개 가능한 문서라면서요."

"맞아요, 하지만 이건 좀 특별한 거라서요."

안니카의 귓속에선 맥박 소리가 천둥소리처럼 들렸다.

"어떤 점에서요?"

여자가 잠시 망설이다가 대답했다.

"이봐요. 어떤 각료의 청구서가 아무런 사전 통지도 없이 어느 날 갑자기 책상 위에 올라와 있으면, 그런 걸 특별한 거라고 하는 거예요."

"그래서 어떻게 하셨어요?"

여자는 한숨을 쉬었다.

"상관에게 넘겼어요. 상관이 각료 소속 부서의 누군가에게 전화를 해서 해결했어요. 1주일 쯤 전에 제가 경비를 지불했고요."

안니카는 마른침을 삼켰다. 입안이 바싹바싹 타들어갔다.

"그 영수증과 탑승권 사본을 얻을 수 있을까요?"

"정말로 상관에게 보고부터 해야 해요."

여자는 사무실 안으로 사라졌다. 한참 후 그녀는 사무실을 나와 잰걸음으로 복도를 걸어갔다. 30초쯤 지나자 돌아와서 안니카에게 사본을 건넸다.

"여깄습니다."

여자가 미소를 지었다.

문서를 받아드는 안니카의 손가락이 떨리고 있었다.

"그가 간 곳이 어디였어요?"

안니카는 사본을 뒤적이며 물었다.

"그는 7월 27일 밤에 에스토니안 항공편으로 탈린에 갔다가 같은 날 밤에 전세기로 돌아왔어요. 전세기는 바르카르뷔에 착륙했고요. 에스토니안 항공 여객기였습니다. 경비를 크로나로 환산해 드릴까요?"

"아뇨, 괜찮아요. 감사합니다."

안니카는 자기 손에 들고 있는 신용카드 영수증 사본을 뚫어져라 바라보았다. 7월 30일 월요일 밤에 벌써 국립전략상품감독청에 제출이 되었다. 장관은 항공료를 정부 신용카드로 결제했다. 안니카는 스트립 클럽 스튜디오 69 영수증에 적힌 것과 같은 휘갈겨 쓴 서명이 있을 거라고 예상했는데, 여기엔 어린이 글씨 같은 둥근 필체의 서명이 있었다.

안니카는 여자를 향해 미소를 지었다.

"정말 감사합니다. 이 일이 제게 얼마나 중요한 일인지 모르실 거예요."

"별 말씀을요. 행운을 빌어요."

\* \* \*

안니카는 두 발이 아스팔트를 밟고 있었지만 전혀 느낌이 없었다. 허공을 둥둥 떠다니는 것 같았다. 그녀는 콩콩 뛰듯 걸어가면서 정신없이 웃어 젖혔다.

우와, 짠돌이! 자기 돈 나갈까 봐 잽싸게 갖다냈군.

안니카는 들뜬 마음으로 한트베르카리아탄 거리의 자기 집으로 돌아갔다. 그녀의 추측이 맞았다! 장관은 출장을 갔었는데, 그 이유를 죽어도 말하지 않으려고 하는 거였다.

짜증나는 인간. 하긴 현재로서는 죽은 거나 마찬가지네.

현관문을 여는데 전화벨이 울리고 있었다. 안니카는 뛰어가서 헐떡거리면서 전화를 받았다.

"무역진흥공사의 접수 직원입니다. 문서 조회를 원하셨다고요."

남자가 상류계급 말씨로 말했다.

안니카는 외투를 입고 가방을 어깨에 둘러멘 채로 소파에 풀썩 주저앉았다.

"네, 그런데 무역진흥공사는 공공기관이 아니라서 조회를 할 수 없다는 대답을 들었는데요."

"무슨 말씀을요. 무역진흥공사는 분명히 공공기관입니다. 조회 신청서를 보내주시면 일지에 입력한 후 문제의 문서를 제공할 수 있을지 결정하겠습니다. 기밀문서라 공개가 불가한 서류도 있어서 그렇습니다."

어, 정말? 아까 여직원 말하고는 완전히 다르네.

"전화 주셔서 감사합니다."

오전에 통화했던 여직원은 허풍을 떨었던 거였지만, 안니카는 공무원들의 횡포와 어리석음에 열을 받고 싶지 않았다. 국민이 공적 기록을 자유롭게 열람할 수 있게 한다는 원칙이 헌법에 명시된 언론의 자유의 일부임을 모르는 공무원이 아직도 너무 많았다. 모든 공공기관의 모든 문서는 법이 기밀서류로 규정하지 않는 이상, 열람을 요청하는 사람에게 즉시 제공되어야 했다.

세상 모든 일이 직접 발 벗고 나서야 제대로 이루어지는군.

안니카는 일어서서 외투와 가방을 걸고 나서, 체리 컴퍼니(스웨덴의 서비스 기업. 식당과 호텔 카지노, 유람선 게임 사업, 온라인 게임 사업에 주력하고 있다. ― 옮긴이)에 전화를 걸어 일자리가 있는지 물었다.

"현재는 빈자리가 전혀 없습니다. 내년 봄쯤에 다시 한 번 연락주세요."

인사 책임자가 말했다.

안니카는 벽돌로 뒤통수를 얻어맞은 것 같은 느낌이 들었다. 그녀는 수화기를 내려놓고 침을 꿀꺽 삼켰다. 이젠 정말 어떡해야 되지?

그녀는 부엌에 들어가 물을 마시고 나서 파트리시아의 방문을 열어보았다. 파트리시아는 입을 벌리고 곤히 자고 있었다. 안니카는 한동안 그녀를 바라보았다.

쟨 내게 말한 것보다 훨씬 더 많은 것을 알고 있어. 쟤가 어디서 지내고 있는지 경찰이 알아야 해. 게다가 이젠 경찰에게 할 말도 있잖아.

안니카는 조심스럽게 문을 닫고 전화기 앞으로 돌아갔다.

Q경감이 전화를 받았다.

"물론 기억나지. 요세핀 릴리에베리에 대해 정보를 캐묻고 다니는 기자잖아."

"예전에는 그랬죠. 지금은 그만뒀어요."

"그래? 그런데 왜 전화했지?"

경감이 즐거운 기색이 역력한 목소리로 물었다.

"파트리시아가 있는 곳을 알아요."

"누구?"

안니카는 자신이 바보가 된 것 같은 기분이 들었다.

"요세핀의 룸메이트요."

"참, 그렇지. 그래, 그 아가씨가 어디 있지?"

"저랑 함께요. 제 아파트에서 같이 살고 있어요."

"어디서 많이 듣던 소리구만. 조심해. 어쨌든 클럽에 가면 그 아가씨를 만날 수 있는데, 뭘. 원하는 게 뭐지?"

"아시면서 왜 그러세요. 수사 진행 상황을 알고 싶어요."

안니카가 맞받았다.

경감이 웃음을 터뜨렸다.

"기자 관뒀다면서."

"그날 밤 장관은 탈린에 있었어요. 그 사실을 공개하지 않는 이유가 뭐죠?"

경감의 웃음소리가 잦아들었다.

"뒷조사의 여왕이시구만. 그건 또 어떻게 알아냈어?"

"경감님은 아시고 계셨죠, 그렇죠?"

"물론 알고 있었. 그거 말고도 언론에 공개하지 않은 정보가 많지."

"장관이 거기서 뭐했는지도 아세요?"

경감은 잠시 망설이다가 대답했다.

"아니, 몰라. 그건 수사할 필요가 없는 사항이었으니까."

"궁금하지도 않으셨어요?"

"뭐, 별로. 정치인 모임 같은 거였겠지."

"금요일 밤에요?"

둘은 잠시 말이 없었다.

"장관이 무슨 짓을 하고 돌아다녔든 난 관심 없어. 내 관심은 오직 범인이 누구냐는 거야."

"그럼 크리스테르 룬드그렌이 아니란 말인가요?"

"그래요."

"그럼 적어도 경찰이 보기에는 장관의 혐의가 풀린 거네요, 그렇죠?"

Q경감이 한숨을 쉬었다.

"파트리시아가 묵는 곳을 알려줘서 고마워요. 그 아가씨를 찾고 있었던 것은 아니지만, 앞일은 모르는 거니까."

"수사에 대해서 좀 더 알려주시면 안 돼요?"

안니카가 간청했다.

"그러자면 당신도 내게 뭔가 더 좋은 정보를 줘야 하지 않겠어. 바빠서 그만 끊을게."

경감이 전화를 끊었다. 안니카는 소파에 누워 눈을 감았다. 생각해볼 것들이 있었다.

* * *

"잠깐 시간 있으세요?"

안데르스 쉬만이 고개를 들었다. 베리트 함린이 문 안으로 고개를 들이밀고 있었다.

"물론이죠. 들어와요."

부국장은 컴퓨터 화면에 떠 있던 문서를 닫았다.

베리트는 조심스럽게 문을 닫고 걸어와 새로 들인 가죽 소파

174

에 앉았다.

"요즘 어떠세요?"

베리트가 물었다.

"뭐 그냥저냥. 이 배는 조종하기가 상당히 힘든 것 같군요."

쉬만이 대답했다.

베리트는 미소를 지었다.

"항로를 바꾸기가 그렇게 쉽겠어요? 제 생각엔 부국장님이 옳은 일을 하고 계신 것 같아요. 우리는 자신이 하고 있는 일을 더욱 면밀히 살펴볼 필요가 있어요."

쉬만은 가벼운 한숨을 쉬었다.

"내 의견에 동의하는 사람이 있다니 기쁘군. 매일 비난만 받는 것 같아 우울했는데."

베리트는 두 손을 맞잡고 비볐다.

"사건팀에 관해 궁금한 게 있는데요. 셸란데르가 시사부로 옮기고 나서 자리가 하나 비어 있어요. 충원하실 건가요?"

쉬만은 책장을 향해 돌아서서, 서류철을 한 개 꺼내들고는 뒤적였다.

"아뇨. 편집장 회의에서 셸란데르는 시사부에 그대로 두고, 사건팀은 당신과 다른 두 기자만으로 꾸려가는 걸로 결정이 났어요. 편집국장은 당분간은 범죄 관련 기사를 자제하고 납작 엎드려 있고 싶어 해요. 스튜디오 69에서 때려 맞은 충격에서 아직도 헤어 나오지 못하고 있죠."

베리트는 입술을 잘근잘근 씹었다.

"전 국장님 생각이 틀렸다고 생각해요. 브레이크를 밟는다고 이 위기에서 벗어나지는 못할 거예요. 오히려 전속력으로, 그러면서도 신중하게 달려가야 한다고 생각해요. 하지만 현재 인원으로는 그럴 수가 없어요."

베리트가 조심스럽게 말했다.

쉬만은 고개를 끄덕였다.

"나도 같은 생각입니다. 하지만 현재 상황에서는 당신이 제안하는 것과 같은 일을 할 수가 없어요. 그건 조직 재정비와 신규 채용을 의미하는 거니까."

"그렇다면 한 가지 제안이 있어요."

부국장이 그녀를 향해 미소를 지었다.

"그럴 거라고 생각했어요."

"안니카 벵트손은 아주 영민한 아가씨예요. 상황판단이 빠르고, 남들과는 완전히 다른 각도에서 논리적으로 판단하는 능력도 가졌어요. 가끔 지나치게 행동하는 면이 있긴 하지만, 그건 서서히 고칠 수 있을 거예요. 난 그 아가씨를 다시 불러들여야 한다고 생각해요."

부국장이 체념한 듯 두 손을 들어보였다.

"미안하지만, 지금으로선 그럴 수가 없어요. 국장이 그 아가씨 이름만 들어도 경기를 일으키거든요. 지난번 채용 회의에서 다들 칼 벤네르그렌에게 표를 던졌을 때도 난 안니카를 채용해야 한다고 상당히 강력하게 주장했어요. 그러다가 내 목까지 날아갈 뻔했죠. 얀손은 나와 같은 입장이었지만, 다른 편집장들은 안니카를 내보내기를 원했어요."

"그래서 내보내셨잖아요."

베리트가 약간 퉁명스럽게 말했다.

쉬만은 어깨를 들썩였다.

"그랬죠. 하지만 안니카가 그 일 때문에 죽진 않을 겁니다. 안니카가 떠나기 직전에 이야기를 나눴어요. 불같이 화를 냈지만, 자기 통제력은 잃지 않고 있더군요."

베리트가 소파에서 일어섰다.

"어젯밤에 안니카를 만났어요. 정보국 사건과 관련해서 뭔가를 파헤치고 다니는 것 같았는데, 그게 뭔지는 잘 모르겠어요."

"프리랜서 기자로 기사를 써 주면 좋겠군요."

베리트가 미소를 지었다.

"다음에 만날 때 그렇게 전할게요."

* * *

파트리시아는 안니카의 침실 문을 두드렸다.

"미안한데, 언니, 냉장고가 텅텅 비었어요. 언니가 장을 볼 차례인 것 같은데요."

안니카는 책을 내려놓고 고개를 들었다.

"어, 미안해. 돈이 다 떨어졌어."

파트리시아는 가슴에 팔짱을 꼈다.

"그럼 직장을 잡지 그래요?"

안니카는 일어나서 파트리시아와 함께 부엌으로 갔다. 냉장고 안에는 정어리캔 한 개만 달랑 들어 있었다.

"빌어먹을. 체리 컴퍼니에 전화했더니 내년 봄까지 기다리래."

"고용 안정 센터에 연락해 봤어요?"

파트리시아가 물었다.

"그 끔찍한 곳에? 아니."

"기자직 일자리가 분명히 있을 텐데."

"난 이제 기자 안 해."

안니카가 퉁명스럽게 대답하고는 물을 한 잔 따랐다. 그러고는 식탁 앞에 앉았다.

파트리시아는 그녀의 맞은편에 앉았다.

"그럼 우리 클럽에 와서 일해 보는 게 어때요? 룰렛 딜러가 필요한데."

"스트립 클럽에선 일 안 해!"

안니카가 소리쳤고, 일어나서 싱크대에 물을 쏟아 부었다.

파트리시아가 눈을 치켜뜨고 경멸의 눈초리로 안니카를 쳐다보았다.

"뭐가 그렇게 잘났어, 언니는? 요세핀과 나보다 낫다고 생각하는 거죠? 고상한 언니한텐 어울리지 않는 직장이다 그거죠?"

안니카는 뺨이 달아오르는 것을 느꼈다.

"그런 뜻이 아니야."

파트리시아가 식탁 위로 윗몸을 숙였다.

"우린 창녀가 아녜요. 발가벗고 일하는 것도 아니고. 난 빨간색 비키니를 입어요. 아주 예쁜 거예요. 언닌 가슴이 빵빵하니까, 요세핀 것을 입으면 될 것 같은데. 파란색이야."

안니카의 두 뺨이 더 빨개졌다.

"지금 진지하게 말하는 거야?"

178

파트리시아가 코웃음을 쳤다.

"그럼요. 뭐 대단한 문제라고 그래요. 하지만 먼저 사장한테 물어봐야 돼요. 물어봐 줄까요?"

안니카는 망설였다. 요세핀이 일했던 곳을 살펴볼 수 있는 기회야. 그녀의 남자 친구이자 사장을 살펴볼 수 있는 기회고. 요세핀의 브래지어와 팬티를 입고 말이야.

요세핀의 브래지어와 팬티를 입게 된다는 생각을 하자 갑자기 아랫도리에서 열기가 느껴졌다. 흥분도 되고 부끄럽기도 했다.

안니카는 고개를 끄덕였다.

"알았어요. 퇴근했을 때 언니가 자고 있으면 식탁 위에 메모를 남겨둘게요."

파트리시아가 말했다.

그리고 나서 그녀는 출근을 했다.

안니카는 오랫동안 식탁 앞에 앉아 있었다.

# 세상에 태어난 지 19년 5개월 2일째

값싼 통찰력이란 건 없다. 저렴한 가격이 매겨져 있는 경험도 없다. 경험을 사고자 할 땐, 언제나 가격은 도저히 감당할 수가 없을 정도로 너무 비싸게 느껴진다. 그러나 우리는 오랜 세월이라는 결제 조건으로 마음의 평화라는 신용카드를 긋는다.

드디어 구매가 이루어지고 빠져나갈 빚이 생기게 되면, 우리는 항상 살 만한 가치가 있는 것을 샀다고 스스로를 위로한다. 지금 나도 그렇다. 오늘 나는 마음을 정했다. 내가 어떻게 해야 할지 깨닫게 되었다. 나는 영혼이라는 신용카드를 꺼내 결제했다.

어젠 정말 큰일 날 뻔 했다. 이유도 잘 모르겠다. 그가 뭔가를 찾을 수가 없다면서 내가 갖다버린 거라고 우겨댔다. 그건 사실이 아니었고, 그도 그걸 잘 알고 있었다.

이제 나는 내가 어떻게 해야 할지 알고 있다. 굳건한 벽에서 돌아서야 한다.

그에게 맞서야 한다. 그건 비싼 대가를 지불해야 하는 경험이 될 것이다.


왜냐하면 그가

절대로 나를 봐주지 않겠다고

말하기 때문이다.

# 9월 6일 목요일

식탁 위에 놓인 접힌 쪽지에는 단 네 글자가 적혀 있었다. '잘
됐어요.'

안니카는 몸서리를 치고 침을 꿀꺽 삼킨 후 재빨리 쪽지를 치
웠다. 스벤이 헝클어진 머리에 벌거벗은 채로 부엌으로 들어왔다.

안니카의 얼굴에 저절로 미소가 피어올랐다.

"어린애 같아."

그가 그녀의 입에 부드럽게 키스를 했다.

"이 근처에 조깅하기 좋은 곳이 있어?"

"조명을 밝힌 트랙은 없지만, 쿵스홀멘 주변 오솔길이 조깅하기
엔 괜찮을 거야."

"앞에 가는 사람 도둑노옴!"

스벤이 어린애처럼 소리를 지르며 운동복으로 갈아입으러 거

실로 달려갔다.

둘은 앞서거니 뒷서거니 경주를 했다. 물론 스벤이 이겼지만, 안니카도 그렇게 많이 뒤처지지는 않았다. 집으로 돌아온 그들은 지하 샤워장에서 섹스를 했다. 열정적이었지만 남들이 들을까 봐 숨을 죽인 섹스였다.

아파트로 올라온 안니카는 커피를 끓였다.

"난 다음 주부터 훈련이야."

스벤이 말했다.

안니카는 두 개의 머그컵에 커피를 따른 후 스벤의 맞은편에 앉았다.

"난 여기 좀 더 머물 거야."

스벤이 몸을 꼼지락거렸다.

"그동안 생각해 봤는데, 헬레포르스네스에서 각자의 아파트에서 따로 사는 게 웃기는 일인 것 같아. 함께 더 큰 아파트를 얻거나 집을 사는 게 어떨까 싶어."

안니카는 일어서서 냉장고를 열었다. 전날 밤과 마찬가지로 비어 있었다.

"장 좀 봐 줄래? 저 아래 광장에 시장이 있는데."

"말 딴 데로 돌리지 마."

안니카는 한숨을 쉬면서 다시 의자에 앉았다.

"말을 딴 데로 돌리는 건 자기야. 말했잖아, 난 여기 좀 더 머물 거라고."

스벤은 자기 머그 컵을 노려보았다.

"얼마나?"

안니카는 몇 초 동안 심호흡을 했다.

"모르겠어. 적어도 2~3주는 더."

"직장은?"

"말했잖아, 휴가라고."

스벤은 식탁 위로 몸을 숙이고 안니카의 손을 잡았다.

"난 자기랑 함께 있고 싶어."

안니카는 잠깐 그의 손을 꽉 잡았다가 놓고 일어서서 싱크대 밑 찬장에 있던 재활용 쓰레기봉투를 꺼냈다.

"자기가 장을 봐 주지 않겠다면, 내가 갈게."

스벤이 일어섰다.

"빌어먹을, 내 말 좀 잘 들어봐! 난 우리가 같이 살았으면 좋겠어. 결혼하고 싶다고. 우리 아이를 낳고 싶단 말이야."

안니카의 양팔이 축 늘어졌다. 그녀는 재활용을 위해 모아둔 깡통들을 노려보았다.

"스벤, 난 아직 준비가 안 됐어."

스벤이 양손을 펴서 들었다.

"도대체 무슨 준비를 해야 한다는 거야?"

그녀는 침착하려고 애를 쓰면서 그를 올려다보았다.

"지금으로선 하던 일을 끝내고 싶다는 말밖에 할 수가 없어. 시간이 좀 걸릴 거야."

그가 그녀에게로 한 걸음 다가섰다.

"난 자기가 집으로 돌아오길 바란다는 말밖에 할 수가 없어. 오늘. 지금 당장."

그녀가 마지막 콜라 캔을 봉투에 넣는 순간 캔 안에 남아 있던 콜라 몇 방울이 바닥으로 튀었다.

"말을 잘 듣지 않는 사람은 내가 아니라 당신이야."

안니카는 부엌을 나왔다. 옷을 갈아입고 나가 쿵스홀름 광장에 있는 슈퍼마켓으로 갔다. 그녀는 이곳을 좋아하지 않았다. 비좁았고, 진열이 체계적이지가 못했고, 비싸고 포장만 그럴듯한 물건만을 들여놓고 있었다. 선반 위에는 수도 없이 다양한 양념에 절인 마늘이 든 예쁜 병들이 늘어서 있었다. 그녀가 빈 캔과 빈 병이 가득 든 봉투들을 보증금 환급대 앞에 내려놓자 직원이 얼굴을 찌푸렸다. 그녀는 개의치 않았다. 식빵 한 개와 계란 한 판을 사기에 충분한 돈을 보증금으로 돌려받았다.

돌아왔을 때 집 안은 조용했고 비어 있었다. 스벤은 나가고 없었다.

안니카는 부엌 찬장에서 식용유와 버섯 한 캔을 찾아내 계란 세 개를 풀어 함께 볶아 커다란 오믈렛을 만들었다. 식탁에 앉아 맞은 편 건물을 바라보며 오믈렛을 먹었고, 다 먹은 다음에는 침대에 누워 천장을 노려보았다.

\* \* \*

파트리시아는 열쇠를 넣어 돌린 후 비밀번호 입력 자물쇠에 비밀번호를 입력하여 스튜디오 69의 출입문을 열었다.

"나중에 언니한테도 열쇠를 따로 줄 거예요."

그녀가 어깨 너머로 안니카를 돌아보며 말했다.

안니카는 마른침을 꿀꺽 삼켰다. 가슴이 두근거렸다. 도대체 왜 따라 온 거냐고 온 몸이 비명을 지르고 있었다.

문 안 저 밑 어둠 속에서 빨간 불빛이 반짝였다. 그 불빛을 향해 나선형의 계단이 이어지고 있었다.

"계단 조심해요. 여기서 목이 부러질 뻔한 손님이 한둘이 아니예요."

안니카는 필사적으로 난간을 움켜잡고 천천히 지하 세계로 내려갔다.

환락의 세계. 이곳은 그런 곳이었다. 그녀는 수치심과 기대감을, 호기심과 혐오감을 동시에 느꼈다.

그녀는 홀 정면에 있는 룰렛 테이블을 보자 약간 진정이 되고 자신감이 생겼다. 둥근 룰렛 테이블 앞에는 검정색 가죽 의자가 두 개 있었고, 출입문 옆 오른쪽에는 전화기와 금전 등록기가 놓인 작고 키 높은 접수대 책상이 있었다.

"여기가 카운터예요. 산나의 자리죠."

안니카는 지저분한 흰색 석고벽을 바라보았다. 쪽모이세공을 한 바닥에는 동양산 카펫을 흉내 낸 값싼 이케아 모조품이 깔려 있었다. 천장에는 불빛이 흐릿한 램프가 달려 있었고, 그 흐린 불빛은 램프 갓조차 뚫을 수 없는 것 같았다.

카운터 뒤로 문이 두 개 보였다.

"라커룸하고 사무실이에요. 우린 들어오면 옷부터 갈아입고 시작해요. 요세핀의 비키니를 빨아놨어요, 언니."

파트리시아가 문을 향해 고갯짓을 해 보이며 말했다.

안니카는 숨을 깊이 들이쉬면서 병적인 흥분감을 억눌렀다. 파트리시아가 라커룸으로 들어가서 스위치를 켜자 천장에 달린 몇 개의 형광등에서 나오는 차가운 푸른색 불빛이 방 안을 채웠다.

"이게 내 거예요. 언니는 14번을 써요."

안니카는 배정받은 철제 라커 안에 가방을 넣었다.

"자물쇠가 없네."

정체를 알려줄 만한 물건을 가져오지 않은 것이 다행이었다.

"사장이 자물쇠가 무슨 필요가 있냐고 그랬어요. 여기. 언니한
테 딱 맞을 거예요."

파트리시아가 하늘색 스팽글이 무수히 달린 브래지어와 가느
다란 끈 같은 지스트링을 내밀었다. 그것을 받아드는 안니카의 손
이 떨리고 있었다. 그녀는 돌아서서 옷을 벗었다.

"여기선 무대쇼와 밀실쇼를 하고, 바도 있어요."

파트리시아는 자기 라커에서 화장품이 든 비닐가방을 꺼냈다.

"난 바에서 일을 하고 쇼는 거의 안 해요. 요세핀은 주로 무대
에서 춤을 췄어요. 사장이 요세핀은 밀실에 들여보내지 않았거
든. 질투심이 대단한 남자예요."

파트리시아가 브래지어를 찼다. 안니카는 그녀가 자기 양말을
돌돌 말아 브래지어 컵 속에 넣는 것을 보았다.

"사장이 내 가슴이 너무 작대서."

파트리시아가 설명하더니 라커를 닫았다. 그러고는 말을 이
었다.

"여기, 이 구두 신어요."

안니카도 브래지어를 찼다.

"모두 이런 걸 입어?"

파트리시아는 화장을 시작하면서 대답했다.

"아뇨, 아가씨들 대부분은 춤을 출 때만 빼고 완전히 벌거벗고 있어요. 춤을 출 땐 지 스트링을 입어야 해요. 나체로 춤을 추는 건 불법이거든요."

안니카는 침을 꿀꺽 삼킨 후, 허리를 숙이고 엄청나게 굽이 높은 하이힐을 신었다.

"여기 오는 손님들은 어떤 남자들이야?"

파트리시아는 속눈썹에 마스카라를 칠하면서 대답했다.

"별별 남자들이 다 오죠. 한 가지 공통점은 모두 돈이 많다는 거예요. 가끔 재미삼아 신용카드를 조회해 보거든요. 변호사, 자동차 딜러, 기업 중역, 정치인, 경찰관, 세탁소 사장, 부동산 중개업자, 광고업자, 기자……."

안니카의 얼굴이 굳어졌다. 기자? 맙소사, 아는 사람이 나타나면 어쩌지? 그녀는 입술에 침을 묻혔다.

"유명한 사람도 많이 와?"

그녀가 물었다.

파트리시아는 화장품 가방을 안니카에게 건넸다.

"여기, 언니. 발라요. 그럼요, 유명한 사람도 많이 오죠. TV진행자 한 명은 여기 단골이에요. 항상 여자 옷을 입고 나타나고 아가씨 두 명을 데리고 밀실로 들어가요. 지난 주에 사장이 계산을 해 봤는데, 그 남자는 올해 들어 지금까지 스무 번쯤 와서 26만 크로나를 썼대요."

안니카는 황당 전화 제보가 생각나서 눈을 치켜떴다.

"그런 돈이 어디서 났을까?"

"자기 주머니에서 나왔을 것 같아요?"

파트리시아는 화장대에서 열쇠꾸러미를 꺼내 들었다.

"좀 있으면 사장이 올 거예요. 서둘러요. 다른 애들이 오기 전에 구경도 시켜주고 가격도 알려줄게요. 사장이 나중에 룰렛에 대해서 물어볼 거예요."

파트리시아는 당당한 자세로 문간에 서서 안니카를 기다렸다. 안니카는 서둘러서 진초록색 아이섀도우를 두껍게 칠하고 볼터치를 한 후 아이라인을 그렸다. 라커룸을 나오면서 전신거울에 비친 자기 모습을 바라보았다. 라스베이거스의 창녀 같았다.

파트리시아가 카운터를 톡톡 두드리면서 말했다.

"입장료는 600크로나예요. 밀실 사용료는 선불이고 1만 2000크로나. 그땐 입장료는 면제고요. 바에 있는 아가씨 중 아무나 골라 잡을 수 있어요."

"여기, 윤락업소야?"

파트리시아가 웃음을 터뜨렸다.

"그럴 리가요! 아가씨들은 손님을 만지고 마사지하고 여러 가지 서비스를 해줄 수 있지만, 절대로 성기를 만져서는 안 돼요. 손님이 자위를 할 때는 아가씨는 적어도 2미터 이상 떨어져 있어야 하고요."

"기껏 자위나 하려고 1만 2000크로나씩이나 쓴다고?"

안니카가 믿지 못하겠다는 표정으로 물었다.

파트리시아는 어깨를 으쓱해보였다.

"나한테 묻지 마요. 관심도 없으니까. 난 밤새도록 바에서 일하느라고 정신이 없어요. 여기가 사무실이에요."

파트리시아는 열쇠꾸러미에 있는 열쇠로 문을 열었다. 사무실은 라커룸과 같은 크기였고, 책상과 의자 같은 사무가구와 복사기 한 대, 금고 한 개가 있었다.

"이 문은 잠그지 않고 둘 거예요. 바에서 나온 8월분 수입을 적어넣어야 하거든요. 사장은 장부를 토요일까지만 여기다 둬요."

파트리시아가 말했다.

둘은 홀로 들어갔고, 안니카는 저도 모르게 숨을 죽였다. 벽과 천장은 검은색이었고, 바닥 전체에는 검붉은 카펫이 깔려 있었다. 가구는 검정색 크롬 금속으로 만들어진 것이었고 80년대 싸구려 가구 티가 팍팍 났다. 왼쪽 벽을 따라서 기다란 바가 있었고, 오른쪽으로는 검은색 페인트를 칠한 밀실 문이 여러 개 보였다. 정면에는 바닥에서 천장까지 이어진 크롬 봉(棒)이 있는 작은 무대가 있었다. 홀에는 창문이 전혀 없었고, 검은색 콘크리트 기둥 몇 개가 낮은 천장을 받치고 있어서, 마치 벙커에 들어온 것 같은 기분이 들었다.

"예전엔 여기 뭐하던 곳이었대? 주차장?"

"어떻게 알았어요?"

파트리시아가 바 뒤로 걸어가면서 대답했다. 그러고는 말을 이었다.

"세차장과 정비소도 있었대요. 자동차 검사용 구덩이였던 곳에 사장이 자쿠지(물에서 기포가 생기게 만든 욕조. — 옮긴이)를 만들었어요."

파트리시아는 술병 몇 개를 바 위에 올려놓았다.

"잘 기억해둬요. 무알콜 샴페인은 한 병에 1600크로나예요. 아가씨들은 판매하는 술에 대해 처음 두 병까지는 판매 금액의

25%를 받아요. 세 병째부터는 50%고."

안니카는 빳빳한 속눈썹으로 눈을 깜박였다.

"정말 놀라운데."

파트리시아는 무대를 바라보면서 말을 이었다.

"요세핀은 술을 진짜 잘 팔았어요. 아가씨들 중에서 제일 예뻤거든요. 걔는 손님들과 밤새도록 술을 마시곤 했지만, 밀실에는 절대로 들어가지 않았어요. 너무 예뻐서 손님들이 자꾸만 술을 사주곤 했죠."

파트리시아의 눈가가 촉촉해졌다. 그녀는 재빨리 병들을 치웠다.

"요세핀이 돈을 많이 벌었겠네."

"그렇지도 않아요. 사장이 가슴 성형 수술비 명목으로 요세핀이 번 돈을 가져갔거든요. 요세핀이 이곳에서 일한 것도 다 그놈의 수술비 때문이었어요. 걔는 주말에만 일했어요. 평일에는 학교 다니느라 바빴으니까."

"사장이 다른 아가씨들 돈도 가져가?"

"아뇨. 다들 돈 때문에 여기 나오는걸요. 밤마다 한몫 단단히 챙길 수 있으니까. 다들 하룻밤에 1만 크로나 정도는 벌어요, 세금도 내지 않고."

안니카의 눈이 가늘어졌다.

"세무당국이 가만히 있어?"

파트리시아는 한숨을 쉬었다.

"모르겠어요. 회계장부는 사장과 산나가 관리하니까."

"하지만 바에서 나온 수익을 장부에 기재하면, 거기에 대한 세금을 물어야할 텐데."

파트리시아는 짜증이 나는 것 같았다.

"장부를 두 개 쓰죠. 자, 이제 룰렛 테이블로 가요."

안니카는 잠시 망설이다가 입을 열었다.

"나는? 나는 얼마나 벌 수 있을까?"

파트리시아는 얼굴을 찌푸리며 현관 쪽으로 걸어갔다.

"글쎄요, 사장 생각이 어떤지……."

안니카는 끔찍하고 어두운 홀에서 등을 돌려 섰다. 하이힐을
신고 뒤뚱거리고 걷는데 하이힐이 카펫에 푹푹 빠져서 위태위태
했다.

룰렛 테이블은 낡았고, 녹색 베이즈 천 곳곳에 담뱃불에 지진
자국이 있었으며, 담뱃재 투성이였다. 낯익은 숫자와 사각형으로
이루어진 테이블 레이아웃(돈을 거는 판. — 옮긴이)을 보니 불안
감이 약간 줄어들었다.

"솔질 한번 해야 되겠네."

안니카가 말했다.

파트리시아가 룰렛 기구를 찾고 있는 동안, 안니카는 테이블
가장자리를 손으로 쓸어내렸다. 괜찮을 것 같았다. 그리 나쁘지
않았다. 밀실에 들어가는 것도 아니고 룰렛 테이블에 있을 건데.
카트리네홀름의 호텔 로비와 별로 달라 보이지 않았다.

파트리시아는 안니카에게 룰렛 기구를 보관하는 곳을 보여 주
었다. 안니카는 테이블을 솔질해서 담뱃재를 털어내고 나서 칩을
꺼냈다.

"왜 칩 색깔이 다 달라요?"

파트리시아가 물었다.

"참가자를 식별하기 위해서."

안니카는 룰렛 휠 주위에 칩을 한 무더기에 스무 개씩 모아 세워놓았다.

"룰렛 볼은 어딨어?"

"공이 두 개 있던데. 큰 거 하나, 작은 거 하나. 난 어느 게 맞는 건지 모르겠어요."

파트리시아는 룰렛 볼이 든 상자를 꺼냈다.

안니카는 미소를 지으며 한 손에 볼 두 개를 들어 보았다. 익숙한 느낌이 들었다.

"스핀 횟수가 달라. 난 큰 공을 좋아하지."

안니카는 룰렛 휠을 시계 반대 방향으로 돌리기 시작했고, 가운데 손가락과 엄지손가락으로 큰 룰렛 볼을 집어 들고, 휠의 안쪽 테두리에 대고 붙잡고 있다가, 시계 방향으로 획 던졌다.

파트리시아는 감명을 받았다.

"어떻게 하면 그렇게 돼요?"

"팔목 조절이 관건이야. 공은 휠 주위를 적어도 일곱 번은 회전해야 해, 안 그러면 무효가 되거든. 난 평균 열한 번 정도 회전시키곤 했어."

볼의 속도가 줄어들다가 19번 홈으로 들어갔다. 안니카는 휠 위로 윗몸을 숙였다.

"다음에 볼을 회전시킬 때는, 지금 공이 들어간 번호에서 시작해야 돼."

"왜요?"

"속임수를 방지하기 위해서."

"위닝은 어떻게 계산해요?"

안니카는 플레인, 쉐발, 트렌스버살 플레인, 시쟁, 앤 칼레, 심플 등 베팅 종류를 간략히 설명해 주었다. 베팅 종류에 따라 지급하는 액수가 달랐다.

파트리시아는 체념한 듯 고개를 저었다.

"도대체 어떻게 그런 걸 다 계산할 수가 있어요?"

"계산법을 이해하면 굉장히 간단해. 처음엔 암산을 잘 하면 도움이 많이 되지. 하지만 금방 다양한 조합법을 배우게 돼."

안니카는 위닝을 계산하는 방법을 시범으로 보여 주었다. 양편에 스무 개씩 쌓여서 놓여 있는 칩을 반으로 나누고 손가락 끝으로 가장자리를 살며시 밀어 칩이 도미노처럼 미끄러져 퍼지게 했다.

파트리시아는 안니카의 민첩한 동작을 홀린 듯 지켜보았다.

"와, 정말 멋지다. 나도 가르쳐줘요."

안니카는 소리 내어 웃으면서 룰렛 볼을 회전시켰다.

바로 그때 다른 아가씨들이 나타났다.

* * *

남자들이 들어오기 시작했을 때, 호스티스 산나는 알몸으로 카운터 옆에 서 있었다. 그녀는 미소를 지으며 장난을 걸고, 추파를 던지고, 아양을 떨면서, 환상적인 시간이 기다리고 있다고 유혹했다. 안니카는 파트리시아의 말대로 자동응답기에 녹음된 목소리가 산나의 목소리인 것을 확인했다. 손님들은 돈을 지불한 후에는 안니카에게로 눈길을 돌리곤 했다. 그들의 눈길이 화살처럼 그녀에게 꽂히자, 브래지어가 자꾸만 줄어들어 점점 더 가슴이 드러나 보이는 것 같은 느낌이 들었다. 안니카는 그들의 눈길을 피해서 테이블에 있는 담뱃불 자국만 노려보았다. 두 손으로 몸을 가리고 싶은 것을 가까스로 참고 있었다. 아무도 룰렛에는 관심이 없었다.

"추파를 던져야지. 섹시하게 굴어, 아가씨."

이탈리아 기업인 일행이 바 안으로 사라지자 산나가 쌀쌀맞게 말했다.

안니카는 마른침을 꿀꺽 삼켰다.

"그런 건 잘 못하는데요."

지나치게 높은 음조로 말이 나왔다.

"못하면 배워야지. 네가 돈을 벌지 못하면 거기 있을 필요가 없잖아?"

안니카의 눈에서 불꽃이 일었다.

"테이블이 여기 있잖아요. 내가 여기 서 있는 게 아니꼬와요? 아니면 내가 마시는 공기에 대해 돈이라도 내라는 거예요?"

안니카가 지지않고 맞받아쳤다.

나선형 계단 쪽에서 남자가 크게 웃음을 터뜨려서 둘은 말싸움을 중단했다.

"우리 클럽에 살쾡이가 한 마리 더 들어왔군."

안니카는 이 남자가 그 유명한 사장, 요아심이라는 걸 즉시 알아차렸다. 그는 긴 금발에 최신 유행의 고급 옷을 입고 있었다. 굵

196

은 금목걸이가 가슴에 늘어져 있었다. 요세핀이 가슴 성형 수술을 받게 만든 남자가 바로 이 남자였다.

안니카는 그에게로 걸어가서 자기소개를 했다.

"안니카예요. 여기서 일하게 되어 기뻐요."

산나는 샐쭉한 표정으로 입술을 오므렸다.

요아심은 안니카를 아래위로 훑어보다가 가슴에 이르러서는 만족한 듯 고개를 끄덕였다.

"무대에 서면 멋질 것 같은데. 원한다면 오늘 밤부터 당장 세워주지."

성(姓)을 물어보는 사람이 아무도 없네, 다행이야. 안니카는 그에게 자연스럽게 미소를 지으려고 애를 썼다.

"감사합니다. 먼저 룰렛부터 해 보고 싶어요."

"산나 말이 맞아. 네가 챙겨갈 돈을 벌어야지, 안 그러면 아웃이야."

안니카의 얼굴에서 미소가 사라졌다.

"노력해 볼게요."

그녀가 바닥을 내려다보며 대답했다.

"먼저 며칠 밤은 다른 아가씨들하고 바에서 일하면서, 여기 돌아가는 상황을 파악해."

요아심이 부담스러울 정도로 가까이 서 있었다. 안니카는 그가 흥분하는 것을 느낄 수 있었다. 매력적인 남자라는 건 인정하지 않을 수 없었다.

안니카는 잠깐 동안 눈을 감았다가 뜨고 그를 올려다보았다.

"네, 좋은 생각이네요. 하지만 떠나는 손님들이 여기 잠깐 들렀다가 가게 할 수 있는지 내 자신을 시험해 보고 싶어요."

바로 그 순간, 양복 차림의 남자 두 명이 거나하게 취한 모습으로 비틀거리면서 바에서 걸어 나왔다. 둘 다 눈썹이 축축했고, 옷은 흐트러져 있었다.

안니카는 그들에게로 걸어가 가슴을 앞으로 내밀면서 두 팔을 벌려 그들을 잡았다.

"안녕하세요, 오빠들. 이제 슬슬 재미 좀 붙였어요? 하지만 진짜 환상적인 밤을 보내려면, 먼저 나랑 오늘 운을 시험해 보고 가세요."

안니카는 최대한 애교 섞인 미소를 지었지만, 다리는 후들거리고 있었다. 요아심이 뒤에서 허벅지를 그녀의 몸에 밀착시키고 있어서, 그녀는 비명을 지르고 싶었다.

"됐어."

남자 한 명이 말했다.

안니카는 요아심에게서 벗어나기 위해 한 걸음 앞으로 나가서 다른 남자를 끌어안았다.

"오빠는? 오빠는 행운의 사나이, 진정한 신사 같아 보이는데. 나랑 게임 한판 어때요?"

남자가 싱긋 웃었다.

"이기면 뭘 줄 건데, 아가씨?"

안니카도 억지로 소리 내어 웃었다.

"뭘 드릴까요? 오빠가 원하는 아가씨라면 누구라도 살 만큼 돈을 왕창 드릴까요?"

"그렇다면 한번 해 볼까?"

남자가 말하더니 지갑을 꺼냈다. 그의 친구도 마지못해 그를 따라 지갑을 꺼냈다.

첫 번째 남자가 100크로나를 테이블 위에 놓았다.

안니카는 난감한 미소를 지었다. 탄산이 들어간 사과주스를 마시고 알몸의 아가씨들을 보는 데는 수천 크로나를 펑펑 써놓고, 그녀에겐 100크로나를 벌려고 땀을 흘리게 할 작정인 거였다.

"그 돈 가지고는 볼을 회전시키지도 못해요. 베팅액을 많이 걸어야 돼요. 베팅액이 많아지면 이겼을 때 상금도 많아지죠. 칩 스무 개에 1000크로나예요."

안니카가 상냥하게 말했다.

남자는 망설이고 있었지만, 안니카는 테이블 위를 손으로 한 번 휘젓는 동작을 했다.

"코너 베팅의 경우 배당액이 5000크로나고요, 스트리트 베팅은 6800크로나예요. 7000크로나 가까이 받는 거죠. 단 15초 만에 오늘 밤 오빠들이 이곳에서 쓴 돈을 모두 돌려받을 수 있는 거예요."

두 남자의 눈이 동시에 반짝였다. 아싸, 걸려들었다. 안니카는 생각했다.

그들은 신용카드로 각각 1000크로나 상당의 칩을 샀고, 각각 11번과 16번에 스트리트 베팅을 했다. 둘의 베팅액을 합하면 총 1200크로나였다. 안니카는 룰렛 휠을 돌린 후 룰렛 볼을 빠르고도 힘차게 돌렸다. 공은 거의 열세 번 가까이 돌더니 속도를 줄이기 시작했다.

"이젠 베팅이 안 됩니다."

안니카는 기억해낸 경기 규칙대로 말했다.

공은 3번 홈에 떨어졌다. 안니카는 숙련된 솜씨로 테이블을 정리하고 칩을 쌓았다.

"베팅하세요."

안니카가 남자들의 실망한 표정을 흘끗 바라보면서 말했다. 그들은 이번에는 좀 더 조심스럽게 베팅했다. 번호는 9번과 18번으로 바꿔서 코너 베팅을 했다. 룰렛 휠과 볼이 다시 돌아갔고, 볼은 16번 홈에 낙착했다. 남자 한 명이 칩 열 개를 땄다.

"여기요."

안니카가 칩 열 개를 그에게로 밀었다.

"500크로나예요. 행운의 사나이라고 그랬죠?"

남자의 얼굴이 환해졌고, 안니카는 자신이 잘하고 있다고 생각했다. 두 남자는 각각 3000크로나를 더 쓰고 나서 산나에게 신용카드로 결제를 하고 클럽을 떠났다. 안니카는 산나가 영수증에 '식사비'라고 쓰는 것을 보았다.

요아심이 카운터 뒤에 서서 안니카를 줄곧 지켜보고 있었다.

"제법인데."

그가 말하더니 그녀에게로 다가왔다.

"휠 돌리는 건 어디서 배웠지?"

"호텔에서요……, 피테오에 있는."

안니카는 미소를 지으면서 마른침을 꿀꺽 삼켰다.

"그럼 페테르 홀름베리를 알겠네?"

사장이 미소를 지으며 물었다.

미소를 짓고 있는 안니카의 입술이 떨리기 시작했다. 제기랄,

일을 시작도 하기 전에 들통이 나서 쫓겨나겠군.

"아뇨, 하지만 솔란데르가탄 거리에 사는 로게르 순스트룀은 알아요. 사장님도 순스트룀을 아세요? 아니면 피톨름 올리얀스가탄 거리에 사는 한스는요?"

요아심은 화제를 딴 데로 돌렸다.

"그건 그렇고, 칩 가격이 너무 비싸. 그건 불법이야. 베팅액이 너무 높다고."

"플레이어에 따라 칩 가격을 조정할 수 있어요. 누가 칩을 얼마 주고 사는지 다른 사람은 모르잖아요. 칩에 적혀 있는 것도 아니고. 전 규칙대로 하는 거예요."

"그러다가 손님이 네 판돈을 싹 쓸어가 버리면 어쩌려고?"

안니카는 미소를 거두고 정색을 했다.

"도박꾼이 룰렛에서 돈을 따는 방법은 딱 하나뿐이에요. 한 번 이겨서 돈을 따면 그걸로 끝내고 배당금을 챙겨서 떠나는 거죠. 하지만 한 번 이긴 사람이 거기서 관두는 경우는 결코 없어요. 그래서 늘 딜러가 유리하죠. 딜러는 손님들이 딴 돈을 모두 날릴 때까지 계속 게임을 하도록 유도하기만 하면 되거든요."

요아심이 묘한 미소를 지었다.

"우리 잘 지낼 수 있을 것 같은데, 너와 나 말이야."

요아심이 안니카의 팔을 쓰다듬었다.

그는 사무실로 들어갔다. 안니카는 산나가 사장의 뒤통수를 째려보는 것을 보고 돌아섰다. 이런, 둘이 그렇고 그런 사이로군. 사장과 산나는 커플이야.

나선형 계단을 내려오는 하이힐 소리에 안니카가 고개를 들었다. 놀랍게도 파트리시아가 말했던 TV 진행자가 미니스커트에 스타킹을 신고 브래지어가 훤히 들여다보이는 시스루 블라우스를 입고 스튜디오 69의 계단을 뒤뚱거리며 내려오고 있었다.

"안녕, 친구들."

남자가 높은 음조의 날카로운 목소리로 말했다.

"안녕하세요, 부인."

산나가 그에게 눈웃음을 치면서 인사를 했다.

"오늘은 어떤 이쁜이들과 놀아보실래요?"

안니카는 아가씨 몇 명의 이름을 대는 남자를 노려보고 있었다. 그녀는 그의 시사토론을, 정치인들과 유명인들을 불러다 놓고 거침없이 벌이던 그의 설전을 즐겨 보곤 했었다. 그녀가 알기로는 그는 결혼해서 가족도 있었다.

그는 산나와 함께 스트립바로 들어갔다. 안니카는 피곤한 한숨을 쉬었다. 하이힐 때문에 발이 너무 아팠다. 벗어 볼까 생각했다. 벗어도 테이블 뒤에 있으니 아무도 알아채지 못할 것이다. 그런데 그때 이탈리아 남자 몇 명이 나타났다. 안니카는 그들에게 걸어가서 영어로 말을 걸었지만, 알아듣질 못했다. 불어로 말해도 소용이 없었지만, 스페인어로 하니까 겨우 의사소통이 되었다.

그들은 룰렛으로 1만 3000크로나를 잃었다. 남자들이 질 때마다 산나의 표정이 점점 더 어두워졌다.

내가 싫은 거야. 내가 파트리시아의 친구라니까, 나를 요세핀의 연장선상에서 보고 있는 거야. 뭐 그리 이상한 일도 아니네. 안니카는 생각했다.

안니카는 자신이 입고 있는 스팽글이 달린 하늘색 천 쪼가리

같은 비키니를, 요세핀의 작업복을 흘끗 내려다보았다.

저녁 시간이 느리게 흘러가고 밤이 깊어졌다. 하긴 이 지하 스트립 클럽은 언제나 밤이었다. 안니카는 라커룸의 푸른빛이 감도는 형광등 불빛 아래에서 눈을 감고 앉아 있었다. 속눈썹 속에서 눈물이 샘솟는 것이 느껴졌다.

내가 여기서 뭐하는 거지? 천천히 이 세계에 적응해서 편안해질 수도 있을까? 밀실에 들어가면 돈을 더 벌 수 있다는데, 한번 들어가 볼까? 칩 가격을 높게 매기는 건 불법이랬지. 걸리면 감옥 갈 수도 있는데.

안니카는 화장을 고쳤다. 화장기가 사라지니 안색이 창백해 보였기 때문이었다.

파트리시아가 라커룸에 들어와서 격려하듯 미소를 지었다.

"잘하고 있단 얘기 들었어요."

안니카는 고개를 끄덕였다.

"뭐 그럭저럭."

파트리시아는 뿌듯한 표정을 지었다.

"언닌 잘할 줄 알았어요."

안니카는 눈을 감고 생각했다. 아악, 이런 말을 귀담아 들으면 안 돼. 여기서 새로운 가능성을 찾으면 안 돼. 난 스트립 클럽에 뿌리를 내리지는 않을 거야. 난 더 나은 직장을 잡을 자격이 있어. 파트리시아도 마찬가지고.

안니카는 립스틱을 살짝 다시 칠하고 나서 라커룸을 나갔다.

* * *

한밤 중, 산나는 나이가 지긋한 남자와 함께 밀실로 들어갔다.

"단골이야."

산나는 남자와 함께 밀실로 가면서 안니카에게 속삭였다.

"남아 있는 손님이 별로 없어. 손님들이 떠날 때 계산을 해 줘. 계산서는 카운터에 있어."

절차를 잘 모르는 안니카는 혼란스러운 기분으로 룰렛 테이블 앞에 서 있었다. 손님을 룰렛 테이블로 유인하면서, 떠나는 손님 계산까지 동시에 할 수는 없잖아. 어떡하지?

안니카는 룰렛을 포기하기로 결심했다. 바로 그때 TV프로그램 진행자가 로비에 나타났다.

"산나는 어딨지?"

TV토론에서 들었던 익숙한 목소리였다.

"바빠요. 제가 도와드릴게요."

안니카가 미소를 지으면서 말했다.

남자가 신용카드를 카운터 위에 놓았고, 안니카는 초조한 마음에 입술에 침을 발랐다. 그녀는 카운터로 걸어가서 위에 놓인 계산서 뭉치를 뒤적였다. 아, 여기 있네. 그녀는 남자의 계산서를 발견했다.

안니카는 카드를 단말기에 긁고 신용카드 영수증이 나오게 했다. 산나는 총액에서 일정 퍼센트를 커미션으로 챙기는 것 같았다. 그녀의 비밀번호가 로그인 되어 있었다. 남자는 영수증에 서명을 했다.

"자기야, 벌써 가?"

바비 인형 같은 아가씨가 문간에서 높은 목소리로 말했다. 알
몸이었고 음모(陰毛)를 완전히 밀어 버렸다. 머리는 두 갈래로 땋
았고, 얼굴에는 그려 넣은 주근깨가 있었다.

"오, 내 이쁜이."

TV진행자가 말하더니 바비 인형을 힘껏 끌어안았다.

"잠깐만 기다리세요."

안니카는 말하고 나서 살짝 사무실로 들어갔다. 아무도 없었
다. 그녀는 신용카드 영수증을 복사기 위에 놓고, 두 눈을 감고
기도했다.

하느님, 너무 시끄러운 소리가 나지 않게 해 주세요, 너무 느리
지 않게 해 주세요, 선반 안에 종이가 있게 해 주세요. 셀레늄을
입힌 알루미늄 회전통이 재빨리 그리고 소리를 내지 않고 움직이
기 시작했고, 종이가 나와 기계로 들어가더니 잉크로 복사가 된
후 종이가 다시 빠져나왔다. 안니카는 안도의 한숨을 쉬었다. 그
런데 이 복사본은 어디에 숨기지?

그녀는 복사본을 재빨리 돌돌 말아 반으로 접은 후 지 스트링
뒤의 좁은 틈에 끼워 넣었다. 피부에 닿아 엄청나게 쓸리고 아플
것 같았다.

"여기요."

안니카가 계산서와 영수증을 카운터 위에 놓으면서 말했다.

남자는 바비 인형의 젖꼭지를 빨고 있었다. 바비 인형은 안니
카를 보자 남자를 밀쳐냈다.

"미안해요."

바비 인형이 겁먹은 목소리로 말했다.

안니카는 당황해서 눈을 깜박였다. 다음 순간 아가씨들이 자기를 같은 동료가 아니라 상관으로 본다는 사실을 퍼뜩 깨달았다. 아마도 요세핀이 그런 위치였기 때문인 것 같았다. 안니카는 이것을 최대한 이용해야겠다고 생각했다.

"다시는 그런 일 없게 해요."

안니카는 엄격하게 말하고 나서 남자에게 영수증을 건넸다.

남자는 떠났고 바비 인형은 바 안으로 사라졌다. 안니카는 몇 초 동안 그대로 서서 안에서 들려오는 소리에 귀를 기울이고 있었다. 무대에서 무자크(상점, 식당, 공항 등에서 배경 음악처럼 내보내는 녹음된 음악. — 옮긴이)가 문을 통해 새어나왔고, 그녀는 갑자기 몸서리를 쳤다. 여긴 좀 쌀쌀했다.

안니카는 살짝 라커룸으로 들어가서, 복사지를 꺼내 하이힐 속에 넣었다. 그러고는 재빨리 돌아와 룰렛 테이블에 기대어 섰다. 산나가 밀실에서 나올 때까지 그렇게 서 있었다.

"문제 없었어?"

호스티스가 물었다.

"그럼요."

안니카는 신용카드 영수증을 가리켰다.

산나는 금액을 보더니 만족스러운 미소를 짓고는 장난꾸러기 같은 표정으로 안니카를 바라보았다.

"TV수신료 납부해?"

산나가 물었다. 그러나 대답을 바라고 물어본 건 아니었다. 그녀는 웃음을 터뜨리더니 영수증을 부채삼아 살랑살랑 부치면서 사무실로 들어갔다.

안니카는 닫힌 사무실 문을 바라보면서 미소를 지었다.

* * *

파트리시아는 차를 끓이고 있었다. 안니카는 거실 소파에 앉아서 먼동이 터 오는 이른 새벽의 방 안을 응시하고 있었다. 원수 같은 하이힐 때문에 곳곳에 물집이 생겼고 너무 피곤해서 엉엉 울고 싶을 정도였다.

"도대체 어떻게 견뎌?"

안니카가 조용히 물었다.

"뭘요?"

파트리시아가 부엌에서 되물었다.

"아무것도 아니야."

안니카는 조용히 말했다.

혐오감 때문에 속이 메스껍고 토할 것 같은 느낌이었고, 감고 있는 그녀의 눈앞에는 바비 인형 아가씨의 뼈만 앙상한 알몸이 떠올랐다.

"여기."

파트리시아가 찻잔을 담은 쟁반을 작은 탁자 위 전화기 옆에 내려놓았다.

안니카는 무겁게 한숨을 쉬었다.

"하룻밤만 더 하면 죽을 것 같아. 이렇게 힘든데 당신은 어떻게 견뎌?"

파트리시아는 살짝 미소를 지으며 차를 따른 후 머그잔을 안니카에게 건네고 나서 안니카 옆에 앉았다.

"벌어먹고 살자면 그렇지 뭐. 다른 곳도 비슷할걸요."

파트리시아가 말했다.

안니카는 뜨거운 차를 마시다가 입을 뎄다.

"아니, 당신 생각이 틀렸어. 클럽이 다른 곳보다 심해. 클럽에서 일하는 아가씨들은, 당신까지 포함해서, 자기 인생에서 넘어서는 안 되는 선을 넘었기 때문에 거기까지 흘러들어간 거잖아. 이제 그런 건 생각도 안 하고 살겠지만."

파트리시아는 자기 머그컵에 든 레몬 조각을 휘저었다.

"그럴지도 모르죠. 그래서 내가 불쌍해 보여요?"

안니카는 그 질문에 대해 잠시 생각했다.

"아니. 당신은 자기가 무슨 일을 하고 있는지 잘 알고 있을 거야. 당신은 자유의지로 선을 넘어가 그곳에 발을 들여놓은 거였어. 용기와 융통성이 있는 사람만이 그럴 수 있지. 당신은 겁을 집어먹고 주저앉을 사람이 아니야. 그건 좋은 성격이지."

파트리시아는 관찰하는 눈으로 안니카를 바라보았다.

"언니는? 언니는 어떤 선을 넘어서 발을 들여놓은 거예요?"

안니카는 씁쓸한 미소만 지을 뿐 아무 대답도 하지 않았다.

파트리시아는 머그컵을 바닥에 내려놓고 조용히 한숨을 쉬더니 자신의 두 손을 내려다보았다.

"그날 새벽, 그 마지막 밤에 말이에요…, 요세핀과 요아심이 아주 심하게 싸웠어요. 서로에게 소리소리 질러댔죠. 처음에는 사무실에서 그러더니 나중엔 계단으로 나가서 싸우더라고요. 요세핀이 화가 나서 뛰쳐나갔고 요아심이 뒤따라갔어요."

안니카는 잠자코 듣고 있었다. 이건 아주 중요한 고백이라는 걸 알고 있기 때문이었다. 파트리시아는 한동안 침묵하다가 다시 말을 이었다.

"요세핀은 클럽을 그만두고 싶어 했어요. 대학 생활을 시작하기 전에 좀 쉬고 싶어 했죠. 대학교 언론학부에 합격했거든요. 하지만 요아심은 요세핀이 떠나는 걸 원치 않았어요. 클럽에 꽁꽁 묶어두고, 대학은 포기하게 만들려고 애를 썼죠. 요세핀은 요아심이 아무리 그래도 자기는 떠날 거라고 말했어요. 가슴 성형 수술 열 번 할 돈을 벌어주었으니까 그만하면 충분하다고. 요아심과 헤어지겠다고, 둘 사이는 이젠 끝이라고 했어요. 그 일 때문에 둘이 싸우고 있었어요."

파트리시아가 다시 말을 멈추자, 도시의 새벽 소음이 열린 창문을 통해 들어왔다. 야간 버스가 한트베르카리아탄 거리 안니카의 아파트 1층 현관문 밖에 멈춰 섰고, 시시때때로 울려 퍼지는 소방차의 사이렌 소리가 요란했으며, 쌀쌀한 가을바람 소리와 함께 창문을 두드리는 빗소리도 들렸다.

"그 둘은 그 묘지에서 섹스를 하곤 했어요."

파트리시아가 속삭였다.

"요아심은 그걸 아주 좋아했지만, 요세핀은 무서워했어요. 둘은 울타리가 그다지 높지 않은 묘지 뒤쪽으로 가서 울타리를 타넘고 묘지로 들어갔죠. 난 정말 섬뜩한 일이라고 생각했어요. 상상해 봐요, 무덤 사이에서……."

안니카는 아무 말도 하지 않았고, 둘은 꽤 오랫동안 침묵을 지키고 앉아 있었다.

"언니가 무슨 생각하고 있는지 알아요."

파트리시아가 먼저 입을 열었다.

"무슨 생각하는데?"

안니카가 조용히 되물었다.

"요세핀이 왜 요아심과의 관계를 지속했을까 궁금해 하고 있잖아요. 왜 그를 떠나지 않았을까 하고 말이야."

안니카는 깊은 한숨을 쉬었다.

"아니, 이유를 알 것 같아. 처음에는 요세핀이 사랑에 빠졌고 요아심이 그녀에게 다정하게 굴었겠지. 그러다가 요구를 하기 시작했을 거야. 애정 어린 작은 요구를 하기 시작했을 거고 요세핀은 재미있다, 귀엽다고 생각했겠지. 요아심은 요세핀이 만나는 사람에 대해, 하는 일에 대해, 말투에 대해 자기 의견을 내세우기 시작했을 거야. 모든 것이 말 그대로 환상이었겠지. 요세핀의 눈에 씌워진 콩깍지가 벗겨지고 다시 세상으로 돌아가고 싶어지기 전까지는 말이야. 이제 요세핀은 공부하고, 영화 보러 다니고, 전화로 친구들과 수다 떨고 하는 평범한 일상이 그리워졌을 거야. 요아심은 그런 일로 불같이 화를 내고, 요세핀에게 그런 짓을 그만두고 자기가 바라는 대로 행동하라고 요구했을 거고. 그리고 요세핀이 말을 듣지 않으면 마구 두들겨 팼을 거야. 그러고 나서는 후회의 눈물을 흘리면서, 미안하다 사랑한다 그랬을 거고."

파트리시아는 고개를 끄덕였다.

"어떻게 그렇게 잘 알아요?"

안니카는 슬픈 미소를 지었다.

"구타당하는 여성들에 대한 책이 많이 나와 있어. 타블로이드 신문들도 폭력에 대한 연재 기사를 많이 싣고 있고. 여성 학대는 보통 일정한 패턴이 있어. 요세핀의 경우도 다르지 않았을 거라고 생각해. 오랜 세월 학대당하면서도 요세핀은 자신이 요아심이 원하는 모습으로 바뀔 수만 있다면 상황이 좋아질 거라고 생각했을 거야. 어떤 날은 아무 일 없이 기분 좋게 흘러갔을 거고 그런 때면 요세핀은 둘이 올바른 방향으로 가고 있는 거라고 생각했겠지. 하지만 요아심이 요세핀을 지배하고자 하는 바람과 질투심은 갈수록 커져만 갔을 거야. 그는 모든 일에 대해서, 남들 앞에서 요세핀을 비난해서 그녀의 자긍심에 깊은 상처를 줬을 거야."

파트리시아는 고개를 끄덕였다.

"서서히 세뇌를 시키는 것 같았어요. 요아심은 요세핀이 자신감을 잃게 만들었죠. 대학에 가더라도 절대로 견뎌내지 못할 거라고 했어요. 넌 더럽고 하찮은 창녀에 불과하다고, 이 세상에서 그런 너를 사랑해 주는 사람은 나 하나뿐이라고 주장했어요. 요세핀은 갈수록 눈물이 많아졌어요. 죽기 전에는 거의 날마다 울었어요. 요세핀은 무서워서 요아심과 헤어지지 못하고 있었고요. 자기를 떠나려고 하면 죽여 버리겠다고 협박을 했거든요."

"요아심이 요세핀을 강간했지? 그런 사이에선 성폭행이 아주 흔하게 일어나거든. 어떤 남자들은 여자가 겁에 질려 떨고 있을 때 성적으로 흥분을 하기도 해……. 왜 그래?"

파트리시아는 양손으로 두 귀를 틀어막고 눈을 꼭 감고 이를 앙다물고 있었다.

"파트리시아, 왜 그래?"

안니카는 파트리시아를 끌어안고 천천히 흔들었다. 파트리시아의 눈에서 눈물이 밖에서 내리고 있는 비처럼 하염없이 흘렀다. 그녀는 심하게 몸을 떨었다.

마침내 눈물이 멈추자 파트리시아가 속삭였다.

"그게 최악이었어요. 요아심이 요세핀을 강간할 때가 제일 끔찍했어요. 요세핀이 지르던 비명 소리는 정말……, 너무 끔찍했어."

## 세상에 태어난 지 19년 6개월 13일째

나는 그가 기억의 안개 속에서 걸어 나오는 것을 본다. 또 이이 반복되고 소리가 커진다. 그는 방을 쿵쿵 울리며 돌아다니면서 화를 내다가, 욕을 퍼 붓고, 나를 밀치고, 소리를 지르기 시작한다. 그러면 난 늘 그래왔듯, 눈앞이 흐려지고, 어깨가 축 늘어지고, 두 손을 들어 올려 머리를 감싼다. 초점이 흐려지고, 소리가 천둥소리처럼 커지고, 서서히 마비가 찾아온다. 나는 한구 석에 서서, 비명도 지르지 못한 채 조용히 자비를 구한다.

그의 외침이 내 머릿속에 울려 퍼지는데, 내 목소리는 들리지 않는다. 공 포, 형언할 수 없는 공포의 노래가 내 마음속에서 흘러나오고 있다. 내가 비 명을 지르려고 하는 것 같다. 아니 모르겠다. 그의 고함소리가 들렸다가 안 들렸다가 한다. 난 딴 곳에 와 있는 것 같다. 온몸에 온기가 퍼지고 혈색이 돌아온다. 이젠 어떤 고통도 느끼지 못한다. 뜨거운 불길이 나를 누르고 있

213

다. 거센 주먹질 속에서 공포의 노래가 찾아들다가, 오래된 레코드의 바늘처럼 튀어 오르더니, 반음 높아진 멜로디로 다시 들린다. 공포, 공포, 두려움과 사랑. 제발 때리지 마! 아, 자기야, 제발, 나를 사랑해 줘!

그는 말한다.

절대로 나를 봐주지 않겠다고.

# 9월 7일 금요일

자명종 시계가 울려 눈을 떴을 때 안니카는 물 먹은 솜처럼 지쳐 있었다. 그녀는 신음을 하면서 자명종을 껐다. 두 다리가 납덩이처럼 무겁고 쑤셨다. 아직도 빗줄기가 불규칙한 리듬으로 창문을 때리고 있었다.

그녀는 거실로 나가 소파에 앉아서 전화를 두 통 걸었다. 다행히도 두 남자가 모두 전화를 받았다. 첫 번째 남자와는 한 시간 후에 만나기로 약속을 했고, 두 번째 남자하고는 다음 날 만나기로 했다. 그러고 나서 다시 침대로 기어들어가 잠이 들지 않으려고 애를 쓰면서 30분을 누워 있었다. 다시 일어나 나왔을 땐 훨씬 더 피곤했다. 몸에서 땀 냄새가 진동을 했지만, 지하로 내려가 샤워를 할 힘이 없었다. 그래서 방취제를 몸에 바르고 두터운 스웨터를 입었다.

남자는 벌써 와서 창가 테이블에 앉아 창문 바깥쪽에서 흘러내리는 비를 물끄러미 바라보고 있었다. 테이블에는 커피 한 잔과 물 한 컵이 놓여 있었다.

"절 알아보시겠어요?"

안니카가 악수를 청하면서 물었다.

남자는 일어서서 장난스럽게 웃었다.

"그럼. 언젠가 몸을 부딪친 적이 있었잖아."

안니카는 얼굴을 붉혔다. 둘은 악수를 한 후 자리에 앉았다.

"왜 나를 보자고 한 거야?"

Q경감이 물었다.

"스튜디오 69 클럽이 회계 비리를 저지르고 있어요. 사장이 두 개의 장부를 만들어 따로 관리하고 있죠. 실제 수입 지출이 기록되어 있는 진짜 장부는 주중에는 클럽에 보관되어 있고요."

안니카는 경감의 물 컵을 들어 단숨에 들이켰다.

Q경감이 눈을 치켜떴다.

"마셔요. 난 어차피 목이 마르지 않았으니까."

"실제 장부는 현재 클럽에 있고, 토요일까지는 거기 있을 거예요."

"그걸 어떻게 알지?"

경감이 차분한 어조로 물었다.

"룰렛 딜러로 거기 취직했거든요. 이젠 기자가 아니에요. 신문사를 그만뒀고 노조에서 탈퇴했어요. 클럽에서 일하는 아가씨들은 임금을 현금으로 받아요. 세금이나 연금 개인 분담금 따위는 한 푼도 내지 않죠."

"그런 건 누구한테 들었어?"

"파트리시아요. 바에서 나오는 수익금을 장부에 기입하는 일을 하더군요. 그리고 오늘 새벽엔 장부를 내 눈으로 똑똑히 봤고요."

경감은 일어서서 카운터로 가더니 커피 한 잔을 사고, 물 두 컵을 따라가지고 돌아와 테이블 위에 놓았다.

"카페인이 필요한 것 같군."

안니카는 커피를 몇 모금 마셨다. 미지근했다.

"그런 이야기를 내게 하는 이유는?"

Q경감이 낮은 목소리로 물었다.

안니카는 대답하지 않았다.

"지금 자신이 무슨 짓을 하고 있는지 알고는 있어?"

그녀는 물을 마셨다.

"무슨 짓을 하는 건데요?"

"경찰에 밀고를 하고 있는 거야. 그건 당신 자존심이 허락하지 않는 일이라고 생각했는데."

"이젠 취재원을 보호하고 말고 할 필요가 없거든요. 기자가 아니니까, 하고 싶은 말이 있으면 경찰에 해도 되는 거잖아요."

그녀가 날카롭게 대꾸했다.

Q경감은 즐거운 표정으로 안니카를 바라보았다.

"허허, 그 성질은 여전하시구만. 내가 아는 당신은 지금 마음속으론 우리의 만남에 대해 기사를 쓰고 있을거야."

"아니에요. 절 전혀 모르시는군요."

안니카가 움찔해서 맞받았다.

"아니, 정확하게 알고 있지. 당신 속에는 기자가 들어 있어."

"내 마음속의 기자는 죽었어요."

"거짓말 하지 마. 그 기자는 상처받고 지쳐 있지. 그래서 당분간 좀 쉬고 있을 뿐이야."

"신문사로 돌아갈 생각 없어요."

"그럼 앞으로 평생 동안 스트립 클럽 딜러 일을 할 건가? 실망이구만."

"저를 눈엣가시로 여기는 줄 알았는데요."

그가 싱긋 웃었다.

"맞아, 정말 성가시기 짝이 없는 눈엣가시지. 그래도 그건 우리가 살아 있다는 증거니까 좋은 거지."

안니카는 의심스러운 눈으로 경감을 바라보았다.

"어째 굉장히 냉소적으로 들리는데요."

경감은 한숨을 쉬었다.

"요즘 좀 냉소적이 됐는지도 모르지."

"사장을 회계 비리로 잡아넣을 수 있을 것 같은데요. 법은 잘 모르지만, 적어도 클럽 문을 닫게 할 만한 죄는 되지 않나요? 사실 저도 법을 어기고 있어요. 룰렛 테이블에서 불법 도박을 진행하고 있거든요. 사장은 법적으로 아무 문제가 없다고 말했지만요."

"그렇다면 당신도 조만간 걸려들겠군."

"오늘 밤에 가서 하룻밤만 더 일하고 관둘 거예요. 어젯밤에 8000크로나를 벌었어요. 하룻밤만 더 일하면 실업수당을 받을 때까지 생활비는 빠질 것 같아요."

"다들 그런 생각으로 일을 하다가 빠져나올 수 없게 되는 거야."

안니카는 아무 대꾸도 하지 않았다. 부끄러움에 얼굴이 확확 달아올랐다. 경감의 말이 맞다는 걸 알고 있었다. 그녀는 자신의 두 손을 노려보았다.

"제 얘기는 다 끝난 것 같네요. 이제 경감님의 이야기를 듣고 싶어요."

경감은 다시 카운터로 가서 치즈롤을 한 개 사가지고 돌아왔다. 그러고는 입을 열었다.

"이건 정말 비밀이야. 한마디라도 기사에 쓰면, 당신을 활활 타는 장작불에서 천천히 구워 먹을 줄 알아."

"헉, 경찰관이 그런 불법적인 협박을 다 하시네요."

그의 얼굴에 미소가 떠올랐다가 금방 사라지고 다시 진지한 표정이 되었다.

"당신 추측이 맞아. 경찰은 요세핀 릴리에베리 살인 사건을 종결했어."

"그런데 왜 범인을 잡아들이지 않는 거죠?"

안니카가 물었다. 지나치게 큰 목소리가 나와 버렸다.

Q경감이 테이블 위로 몸을 숙이더니 숨죽인 목소리로 말했다.

"잡아들일 수 있다면 왜 안 잡아들였겠어? 요아심은 확실한 알리바이가 있어. 그가 새벽 5시까지 스투레콤팡니에트 클럽에 있었다고 남자 여섯 명이 증언을 했어. 그 후엔 리무진 한 대에 함께 타고 다른 파티장으로 갔다고 했고. 다들 똑같은 진술을 하고 있어."

"하지만 거짓말이잖아요."

경감이 마른 롤빵을 씹다가 꿀꺽 삼키고 나서 말했다.

"물론 거짓말이지. 문제는 거짓말이라는 걸 어떻게 증명하느냐 하는 거야. 클럽의 종업원 한 명은 요아심이 그곳에 왔다는 걸 확인해 줬지만, 정확히 몇 시에 들어와서 몇 시에 나갔는지는 모르겠다고 했어. 리무진 운전사는 술 취한 남자들 여러 명을 스투레플란에서 비르카스탄까지 태워다 줬다고 진술했고, 요아심은 리무진 요금 영수증을 증거로 제시했어. 운전자는 그 취객들 속에 요아심이 있었는지는 확인도 부인도 해 줄 수가 없다고 했고. 멀찌감치 뒤에 앉아 있던 남자들은 볼 수가 없었다면서. 적어도 요아심이 앞좌석에 탔거나 돈을 내지는 않았다는 것만은 확실해. 뢰르스트란스가탄 거리의 아파트에 사는 아가씨는 요아심이 아침 6시가 조금 넘은 시각에 자기 집 소파에서 잠이 들었다고 진술했. 그 아가씨 말은 사실인 것 같고."

"요아심은 5시 직전에 자기 클럽에 있었어요. 요세핀하고 싸우고 있었죠. 싸우는 소리를 파트리시아가 들었고요."

안니카가 흥분해서 말했다.

Q경감은 한숨을 쉬었다.

"그래, 알아. 하지만 남자 일곱 명이 파트리시아와는 정반대되는 진술을 하고 있어. 만약에, 정말 만약에, 우리가 이 사건을 법정까지 가져가고, 이 남자들의 진술이 거짓임을 밝혀낸다면, 이 남자들 모두를 위증죄로 기소해야 돼. 그건 현실적으로 거의 불가능한 일이야."

둘은 잠시 말이 없이 앉아 있었다. 안니카는 이제는 완전히 식어버린 커피를 마저 마셨고, 경감은 치즈롤을 다 먹어치웠다.

"한 명이라도 진술을 번복할 수도 있잖아요."

안니카가 말했다.

"그럴 수 있겠지. 문제는 남자들 대부분이 너무 취해 있어서 아무것도 기억이 나질 않는다는 거야. 그들은 다른 친구로부터 이렇게 된 거라고 이야기를 들었고, 그래서 그게 진실이라고 굳게 믿고 있어. 내 생각엔 그들 중 한두 명만 그게 거짓이라는 걸 알고 있는 것 같아. 그런데 다들 요아심과 절친한 사이고, 그 한두 명은 갑자기 엄청난 목돈이 생겼을 거야. 내 추측은 그래. 그런데 진술을 번복하려고 하겠어? 절대 아닐걸."

안니카는 너무 피곤해서 토할 것 같은 느낌까지 들었다.

"그럼 경감님은 실제로는 일이 어떻게 된 거라고 생각하세요?"

안니카가 힘없이 물었다.

"당신 생각과 똑같아. 요아심이 묘비 뒤에서 요세핀을 목 졸라 죽인 거야."

"그러고 나서 그녀를 강간했고요?"

"아니, 그때, 거기서 그런 건 아니야. 요세핀의 몸속에서 정액을 채취해서 DNA검사를 했더니 요아심의 것으로 밝혀졌어. 둘은 한두 시간쯤 전에 섹스를 한 것 같아."

안니카는 눈을 감고 기억을 되살려보았다.

"하지만 처음에 경찰은 성폭행 살인 사건이라고 했잖아요. 성폭행의 흔적이 있었다고 했잖아요."

Q경감은 손으로 이마를 비볐다.

"대개가 오래된 상처였어. 특히 항문에 있는 상처들은. 요아심이 예전부터 강제로 항문 섹스를 했던 게 틀림없어."

안니카는 구역질이 났다.

"세상에……."

둘은 한동안 침묵을 지키고 있었다.

"같은 공원에서 살해됐던 여자요. 에바. 그 사건도 미결로 남아 있죠, 그렇죠?"

안니카가 뜬금없는 질문을 했다.

Q경감은 한숨을 쉬었다.

"그래. 그 건도 요세핀 사건과 같은 경우였어. 우린 그 사건은 해결됐다고 생각하고 있어. 범인은 피해자의 전 남편이었어. 몇 년이 지난 후에 그를 검거했지만 다시 풀어줄 수밖에 없었어. 알리바이를 입증할 수가 없었거든. 그는 이젠 죽고 없고."

"그럼 요아심도 처벌을 받지 않고 넘어갈 수 있는 거네요?"

Q경감은 재킷을 입었다.

"당신이 준 정보가 정확한 거라면 처벌은 받게 되겠지. 살인죄는 아니지만. 오늘 밤에 급습하기에는 준비할 시간이 충분치 않은 것 같고, 내일 칠 거야. 멀찌감치 물러나 있어."

경감이 일어서서 안니카의 의자 옆에 섰다.

"우리가 알아내지 못한 게 하나 있어."

"그게 뭐죠?"

"손에 난 상처는 어떻게 된 거냐는 거지."

Q경감이 떠난 후에도 안니카는 그대로 앉아 있었다. 몸이 납덩이처럼 무거워 움직일 수가 없었다.

　　　　　　　　　　　　＊　＊　＊

　클럽에서의 시간이 아주 느리게 흘러갔다.
　"아파 보여요. 몸살이라도 난 거예요?"
　파트리시아가 안니카를 바라보며 물었다.
　안니카는 이마의 식은땀을 닦았다. 손에 파운데이션이 묻어나
왔다.
　"그런 것 같아. 으슬으슬 춥고 몸이 안 좋아."
　둘은 라커룸 나무 벤치에 앉아 있었다. 안니카의 발에 난 물집
이 형광등의 푸른 불빛 속에서 빨갛게 빛나고 있었다.
　"오늘 얼마나 벌었어요?"
　파트리시아가 물었다.
　"많진 않아."
　안니카는 입고 있는 하늘색 비키니를 내려다보았다.
　이젠 정말로 토할 것 같은 느낌이 들었다. 오늘은 금요일이어서
클럽 안을 돌아다니는 벌거벗은 아가씨가 몇 명 더 늘어났다. 아
가씨들은 손님들의 무릎에 앉아 손님들의 허벅지에 몸을 비벼 대
며, 바디로션 마사지로 즐겁게 해 줄 테니 밀실로 들어가자고 유
혹했다. 효과가 오래 지속되지만 향기는 없는 소형 로션이라고
했다.
　"향기가 없어야 돼요. 그게 아주 중요해요. 나중에 집에 들어
가서 마누라들한테 들키면 안 되니까."
　파트리시아가 설명했다.
　안니카는 불안하고 초조해서 견딜 수가 없었다. 내가 잘못 안

거면 어떡하지? 그녀는 파트리시아에게 이중 장부에 대해 더 이상 물어보지 않았고, 파트리시아도 그 이야기를 다시 꺼내지 않았다. 경찰이 오늘 밤에 들이닥치면 어쩌지? 요아심이 벌써 장부를 다른 곳으로 옮겼으면 어떡하지?

안니카는 떨리는 손으로 머리카락을 쓸어 넘겼다.

"샌드위치 먹을래요? 아니면 커피?"

파트리시아가 걱정스러운 표정으로 물었다.

안니카는 애써 미소를 지어보였다.

"아니, 됐어. 난 괜찮을 거야. 고마워."

요아심은 옆에 있는 사무실에 있었다. 그가 출근했을 때 다행히도 안니카는 손님들과 룰렛을 하고 있었다.

어떻게 저럴 수가 있지? 어떻게 사랑하는 여자를 죽일 수가 있지? 어떻게 한 인간을 죽이고도 마치 아무 일도 없었던 것처럼 지낼 수가 있지? 안니카는 생각했다.

"나가봐야겠어요. 나갈래요?"

파트리시아가 말했다.

안니카는 몸을 숙이고 물집 위에 새 밴드를 붙였다.

"그러자."

홀 안에는 시끄러운 음악이 울려 퍼지고 있었다. 아가씨 두 명이 무대 위에 있었다. 한 명은 천장에 닿은 기다란 봉에 몸을 감싸고 관객들을 향해 엉덩이를 흔들어 대고 있었다. 다른 한 명은 손님 한 명을 무대 위로 끌어다 놓았다. 남자가 그녀의 가슴에 면도거품을 바르고 있었고, 그녀는 몸을 뒤로 둥글게 구부린 채 오르가즘을 느끼는 것처럼 신음을 하고 있었다.

안니카는 파트리시아를 따라 바 뒤로 가서 자신이 마실 콜라 한 잔을 따랐다.

"이런 걸 밤새도록 보고 있으면 역겹지 않아?"

안니카가 파트리시아에게 귓속말로 물었다.

"대머리 아저씨한테 샴페인 한 병 달아줘."

알몸의 아가씨 한 명이 말했고, 파트리시아는 금전 등록기로 걸어갔다.

안니카는 룰렛 테이블이 있는 로비로 돌아갔다. 몸서리가 쳐졌다. 여긴 너무 추웠다. 카운터에는 산나가 보이지 않았다. 안니카는 룰렛 테이블에서 끌어온 걸상에 앉았다.

"잘 되어 가?"

요아심이 가슴에 팔짱을 끼고 미소를 지으면서 사무실 문 앞에 서 있었다.

안니카는 걸상에서 벌떡 일어섰다.

"그냥 그래요. 어제가 더 괜찮았어요."

요아심은 여전히 미소를 머금고 안니카를 바라보면서 룰렛 테이블 앞으로 다가왔다.

"아주 잘해낼 것 같아."

그는 룰렛 테이블 뒤로 와서 그녀 옆에 섰다.

안니카는 입술에 침을 묻히고 애써 미소를 지으면서 눈을 깜박였다.

"감사합니다."

"어떻게 여기 와서 일하기로 결심했지?"

그가 훨씬 더 다정한 목소리로 물었다.

거짓말을 해, 하지만 최대한 진실에 가깝게. 안니카는 생각
했다.

그녀가 고개를 들고 대답했다.

"돈이 필요해서요. 전에 있던 곳에서 잘렸거든요. 다들 저를 문
제아로 생각했죠. 손님들 중에 한 명이 저에 대해 불평을 해서 사
장이 쫓았어요."

요아심이 웃음을 터뜨리더니 안니카의 어깨를 부드럽게 어루
만졌다. 그의 손이 그녀의 가슴 바로 옆 팔뚝을 만지고 있었다.

"어떤 일을 했는데?"

그녀는 그의 손길에 움찔하려는 본능을 억지로 참고 마른침을
꿀꺽 삼켰다.

"슈퍼마켓에서 일했어요. 프리드헴스플란에 있는 비보 슈퍼마
켓 정육 코너에 있었죠. 하루 종일 살라미 소시지를 자르는 일이
제 적성에는 안 맞더라구요."

요아심은 큰 소리로 웃으면서 손을 뗐다.

"왜 관뒀는지 알겠어. 누구랑 함께 일했어?"

안니카는 가슴이 철렁했다. 거기도 아는 사람이 있나?

"왜요? 소시지 업계에 아는 사람이 있으세요?"

그녀가 미소를 지으면서 말했다.

그가 호탕하게 웃어젖혔다.

"무대에 오르는 거 진지하게 생각 좀 해 봐."

그가 그녀에게로 가까이 왔다.

"스포트라이트를 받으면 아주 멋질 것 같아. 스타가 되고 싶다
는 생각 안 해 봤어?"

그가 두 손을 그녀의 머리카락 속으로 넣더니 목을 끌어안았다. 부끄럽게도 그녀는 아랫도리가 흥분으로 짜릿해지는 것을 느꼈다.

"스타요? 요세핀처럼요?"

생각하기 전에 말이 먼저 나와 버렸다. 요아심은 그녀에게 한 대 얻어맞은 것 같은 반응을 보였다. 그녀의 머리를 놓고, 한 걸음 뒤로 물러섰다.

"뭐야? 요세핀에 대해서 뭘 알고 있지?"

빌어먹을, 웬 입방정이야? 안니카는 입을 쥐어박고 싶었다.

"여기서 일했잖아요, 그렇죠? 소문으로 들었어요."

그녀가 간신히 대답했다. 떨리는 목소리를 어찌할 수가 없었다. 요아심은 더 뒤로 물러섰다.

"요세핀에 대해 뭐 아는 거라도 있나?"

안니카는 애써 미소를 지었다.

"아뇨, 전혀요. 만난 적도 없는걸요. 하지만 여기서 일했다고 들었어요, 파트리시아한테서요."

요아심은 다시 안니카에게로 걸어와 얼굴을 마주하고 섰다. 그러고는 날카롭고도 신중한 목소리로 말했다.

"요세핀은 정말 끝이 안 좋았어. 여기엔 높은 분들이 자주 오는데, 요세핀은 그들을 속여서 돈을 챙기려고 했어. 그런 건 꿈도 꾸지 마. 속이려고 생각도 하지 마. 손님이든 나든."

요아심은 획 돌아서서 나선형 계단을 올라갔다.

안니카는 곧 쓰러질 것만 같아 룰렛 휠을 꽉 붙잡고 있었다.

# 세상에 태어난 지 19년 7개월 15일째

나는 이해하려고 애를 쓴다. 헛된 바람이다. 아무런 이유도 설명도 없는 것을 자꾸만 이해하려고 매달리고 있다. 사랑의 조건에 대해서 나는 도대체 뭘 알고 있단 말인가?

그는 진짜로 나쁜 인간은 아니다. 단지 나약하고, 예민하고, 어린 시절의 상처가 아물지 않고 있을 뿐이다. 그의 무력함이 항상 같은 방식으로 표출될 것이란 증거도 없다. 좀 더 성숙해지면, 구타를 멈출 것이다. 그를 의심하는 내 자신이 부끄럽다. 그에 대한 내 판단이 너무 경솔했다. 내 자신의 인격적 발전은 당연한 것으로 받아들이면서도 그는 절대로 발전하지 않을 거라고 무시하다니.

그러나 내 가슴속에서는 냉담함이 둥지를 틀었다.

왜냐하면 그가

나를 절대로 봐주지 않겠다고

말하기 때문이다.

# 9월 8일 토요일

엘리베이터에 들어서니 안니카는 어색한 느낌이 들었다. 마지막으로 이 엘리베이터를 탔을 때, 다시는 이 엘리베이터를 타지 않겠다고 다짐했던 일이 기억났다.

영원한 건 아무것도 없군. 모든 게 돌고 도는 거야.

편집국은 밝고 조용했고, 주말이라 그녀의 바람대로 비어 있었다. 잉바르 요한손은 등을 돌리고 통화중이었다. 그는 편집국 안으로 들어서는 안니카를 보지 못했다.

안데르스 쉬만 편집국 부국장은 어항 같은 사무실의 책상 뒤에 앉아 있었다.

"어서 와."

그가 새로 들여놓은 진홍색 가죽 소파를 가리켰다. 안니카는 문을 닫고 서서 낡은 커튼 뒤로 보이는 편집국을 바라보았다. 마치 자기가 존재하지도 않았던 것처럼, 모든 것이 자기가 떠날 때와 똑같은 것을 보니, 기분이 상했다.

"좋아 보이네."

어디서 많이 듣던 말이네. 안니카는 생각했다.

"전에도 그렇게 지쳐 있진 않았는데요."

말을 마친 그녀는 소파에 앉았다. 등받이는 딱딱했고, 가죽은 차가웠다.

"카프카스는 어땠어?"

안니카는 무슨 말인가 어리둥절한 눈으로 쉬만을 바라보았다.

"거기 간다고 했잖아."

쉬만이 말했다.

"안 갔습니다. 대신 터키에 갔다 왔죠."

부국장이 미소를 지었다.

"잘했어. 그곳에선 곧 전면전이 터질 것 같아. 징집 중인 것 같더라구."

안니카가 고개를 끄덕였다.

"정부군이 무기를 입수했더군요."

둘은 잠깐 동안 말없이 앉아 있었다.

"그래, 무슨 일이야?"

마침내 쉬만이 먼저 입을 열었다.

안니카는 깊이 숨을 들이쉬었다.

"아직 기사를 쓰진 않았습니다. 컴퓨터가 없어서요. 먼저 부국장님께 말씀드리고 의견을 듣고 난 다음에 어떻게 해 보려고요."

"말해 봐."

"요세핀 릴리에베리 살인 사건과 통상장관에 관한 겁니다."

안니카가 가방에서 사본을 꺼내면서 말했다.

안데르스 쉬만은 잠자코 듣고 있었다.

"장관은 무혐의로 밝혀졌습니다. 경찰은 사건을 종결지었고요. 적어도 내부적으로는요. 범인은 남자 친구이자 스트립 클럽 사장인 요아심입니다. 하지만 그에게 확실한 알리바이를 대 주는 목격자가 여섯 명이나 있어서 경찰이 그를 잡아넣지는 못하고 있어요. 그들 모두를 위증죄로 기소할 수는 없다는 거죠. 하지만 경찰은 그들이 거짓 진술을 하고 있다고 확신하고 있습니다."

안니카는 말을 멈추고 사본을 뒤적였다.

"그러니까 그 살인 사건과 관련해서는 법정에 서는 사람이 한 사람도 없을 거란 말이군."

쉬만이 느린 어조로 말했다.

"네. 알리바이를 댄 사람들이 입을 열지 않는 한 미결로 남게 될 겁니다. 그리고 25년 후에는 공소시효가 끝날 거고요."

안니카는 일어서서 사본 두 장을 부국장의 책상에 놓았다.

"이것 좀 보세요. 7월 28일 새벽에 스튜디오 69 클럽이 발행한 영수증입니다. 일곱 명의 남자가 유흥비 명목으로 5만 5600크로나를 썼어요. 요세핀이 계산을 했고요. 여기 코드란을 보시면, 크리스테르 룬드그렌이라는 이름으로 다이너스 카드로 결제가 됐습니다. 서명란을 보세요."

안데르스 쉬만은 복사본을 들고 관찰했다.

"읽기가 어려운데."

"네, 그렇죠? 자 이젠 이걸 좀 보세요."

안니카는 탈린 출장비 청구서 사본을 건넸다.

"크리스테르 룬드그렌."

쉬만이 서명란에 적힌 이름을 읽더니, 고개를 들고 안니카를 바라보았다.

"이 두 개의 서명은 다른 사람이 한 거로군."

안니카는 고개를 끄덕이고 입술에 침을 발랐다. 입안이 바싹 말라 있었다. 물 한 잔 생각이 간절했다.

"통상장관은 스트립 클럽에 가지 않았어요. 이 스튜디오 69 영수증에는 차관이 서명을 했을 거라고 생각합니다."

안데르스 쉬만은 스튜디오 69 영수증을 다시 집어 들고 안경에 가까이 댔다.

"그래, 그런 것 같군."

"그날 밤 크리스테르 룬드그렌은 탈린에 있었습니다. 청구서에 나와 있는 것처럼 7월 27일 저녁 8시에 에스토니안 항공편으로 출국했죠. 거기서 누군가를 만난 후 다음 날 새벽에 전세기편으로 돌아왔고요."

부국장은 출장비 청구서 사본을 다시 들여다보았다.

"그래, 뭐야? 그가 거기서 뭘 했어?"

안니카는 가볍게 숨을 들이쉬었다.

"그건 극비 회동이었어요. 무기 거래와 관계가 있고요. 그는 청구서를 자기 부처에 제출하면 그 회동 사실이 들통날까 봐, 국립 전략상품감독청에 제출했죠."

쉬만이 고개를 들어 안니카를 쳐다보았다.

"스웨덴의 무기 수출을 감독하는 기관 말이야?"

안니카는 고개를 끄덕였다.

"확실해?"

그녀는 출장비 청구서에 찍힌 수령기관 도장을 가리켰다.

"그렇군. 그런데 왜 극비였을까?"

부국장이 말했다.

"지금으로선 생각해볼 수 있는 이유는 한 가지밖에 없습니다. 수출 협상이 세상에 알려지는 걸 원치 않았던 거겠죠."

쉬만이 양미간을 찌푸렸다.

"말도 안 돼. 정부가 왜 무기 암거래를 하려고 들겠어? 도대체 누구랑?"

안니카는 허리를 곧게 펴고 마른침을 삼켰다.

"다른 선택안이 없었겠죠."

그녀가 조용히 말했다.

쉬만은 회전의자에 등을 기댔다.

"구체적으로 말해 봐."

"네. 크리스테르 룬드그렌은 그날 밤 대단히 논란의 여지가 있는 어떤 비즈니스를 위해 탈린에 갔었다는 사실이 세상에 알려지는 것보다는 차라리 살인 혐의를 받고 사임을 하는 쪽을 택했습니다. 그건 사실이에요. 그렇다면 살인 혐의를 받고 사임을 하는 것보다 더 안 좋은 일은 무엇일까요?"

안니카는 일어서서 손짓까지 해가며 말했다. 안데르스 쉬만은 그녀를 흥미롭게 지켜보고 있었다.

"시나리오가 있는 것 같은데?"

그가 즐거운 표정으로 말했다.

"정보국이죠. 잃어버린 문서들이요. 그 잃어버린 문서 원본들이 발견되면 사민당은 좌초될 거고 오랫동안 집권은 꿈도 못 꾸게 될 겁니다."

쉬만은 몸을 앞으로 숙였다.

"하지만 그 문서들은 파기됐잖아."

"아뇨. 지난 7월 17일 파기되었다던 대외 문서 하나의 사본이 국방부 참모본부에 나타났어요. 외국에서, 외교 문서 우편을 통해 전달된 거였죠. 그건 스웨덴 정부에 대한 경고였던 것 같습니다. 우리가 시키는 대로 해라, 안 그러면 나머지 문서들도 모두 공개해 주마, 그런 거죠. 원본들 말이에요."

"하지만 어떻게 그런 일이 일어날 수 있었을까?"

안니카는 그의 책상에 걸터앉아서 한숨을 쉬었다.

"전후시대 내내 사민당은 공산당원들을 사찰하고, 입수할 수 있는 정보는 모두 수집해 왔습니다. 그러는 동안 저기 있는 사람들은 가만히 앉아서 구경만 하고 있었을까요?"

안니카는 어깨 너머로 러시아 대사관을 가리켰다. 그러고는 말을 이었다.

"아니죠. 그들은 스웨덴 정부가 뭘 하고 있는지 정확히 알고 있었습니다."

그녀는 일어서서 가방을 집어 들고 메모장을 꺼냈다.

"1973년 봄, 엘메르와 정보국 간부들은 기유와 브라트라는 기자들이 자기들의 뒤를 캐고 다닌다는 사실을 알았습니다. 사민당은 두려워지기 시작했죠. 물론 러시아 인들도 이 사실을 알고 있었던 거예요. 그리고 사민당이 자기들의 정탐 행위의 흔적을 모두

지우려고 할 거라는 사실도 알았죠. 그렇다면 그들은 어떻게 했을까요?"

안니카는 1973년 4월 2일자 일간지에서 뽑은 기사 사본들을 내밀었다.

"러시아 인들이 문서들을 훔쳤어요. 스톡홀름 주재 러시아 대사관에 있던 KGB요원이 문서들을 국외로 반출시켰죠. 아마 커다란 외교 문서 배달 가방에 담아서 내갔을 거예요."

쉬만은 신문기사 사본을 받아서 읽었다.

"그러면 1970년대 초반에 스톡홀름에서 활동했던 KGB 지부장은 누구였을까요? 바로 현재 카프카스 지방의 내란 중인 공화국의 대통령이었습니다. 그는 심지어 스웨덴 어에까지 능통했죠. 이 대통령은 현재 엄청난 난관에 봉착해 있지요. 반군 게릴라들에 맞서 싸울 무기가 전혀 없다는 겁니다. 국제 사회가 그에겐 절대로 무기를 팔지 말자고 합의를 했기 때문에요."

부국장은 사본들을 만지작거리고 있었다.

안니카는 소파에 앉아서 결론을 말하기 시작했다.

"그래서 대통령은 어떻게 했을까요? 문서 보관소에 보관해둔 도둑질해 온 문서들을, 그레브가탄 거리 24번지와 발할라베겐 거리 56번지 문서 보관소에서 훔쳐낸 문서들을 꺼내 먼지를 털어놓았을 겁니다. 스웨덴 정부가 그에게 무기를 공급하지 않으면, 사민당이 앞으로 오랫동안 권력을 잡지 못하게 하려고요. 처음에는 사민당 정부가 그의 말을 들으려고도 하지 않았을 겁니다. 정말로 문서를 가지고 있다고 믿지 않고, 협박일 뿐이라고 생각했겠죠. 그래서 그는 국방부 참모본부로 경고를 보냈습니다. 대외 문서 보관소에 있던 문서 사본 몇 종을, 현 스웨덴 정부를 무너뜨릴 정도로 폭발력이 있는 건 아니지만, 총선 정국을 뒤흔들어놓고 사민당이 정보국 논란으로 휘청거리게 만들 정도의 폭발력을 지닌 문서들을 보낸 거죠. 그래서 총리는 통상장관을 보내 대통령의 특사들을 만나게 하기로 결심합니다. 그들은 양국의 중간 지점, 에스토니아에서 만납니다. 그들은 계약을 맺고 무기를 제3국을 통해, 아마도 싱가포르일 것 같은데요, 즉시 전달하기로 합의하는 거죠. 그래서 지금 그 나라 정부군은 전쟁 준비를 하고 있는 겁니다."

안니카는 손을 들어 이마를 문질렀다.

"모든 것이 계획대로 착착 진행됩니다. 한 가지 문제만 빼고요. 탈린에서 회의가 열린 바로 그날 밤 장관의 집 앞에서 젊은 여성이 살해된 겁니다. 게다가 통상차관이 독일 노조 대표단을 데리고 살해당한 여성이 일하고 있었던 스트립 클럽에 갔고, 장관의 신용카드로 결제를 하고요. 정말 최악의 우연의 일치죠. 장관은 이러지도 저러지도 못하는 신세가 되고 말았습니다. 자기가 어디 갔었는지, 혹은 무엇을 했는지를 밝힐 수가 없으니까요."

사무실 안에는 팽팽한 긴장감이 흘렀다. 안니카는 쉬만의 머리가 지금 전속력으로 돌아가고 있다는 것을 알 수 있었다. 그는 메모장과 사본들을 만지작거리다가, 메모를 하더니, 머리를 긁적였다.

"세상에 이런 일이. 원 세상에……. 장관은 뭐래?"

안니카는 침을 꿀꺽 삼켜서 목을 축이려고 애를 썼지만, 소용이 없었다.

"부인하고만 통화가 됐어요. 룬드그렌은 연락이 닿지 않았고요. 그래서 그의 언론 담당 비서였던 카리나 비에른룬드라는 여자를 통해서 연락을 하려고 시도했어요. 그녀에게 제가 생각한 시나리오를 전부 들려주었죠. 장관의 논평을 받아서 연락 주겠다고 하더니 아직까지 연락이 없어요."

둘은 한동안 말없이 앉아 있었다. 마침내 부국장이 목소리를 가다듬었다.

"이 이야기를 몇 명한테 했어?"

"아무한테도 안 했습니다. 부국장님이 처음이에요."

안니카가 즉시 대답했다.

"카리나 비에른룬드한테 했다며. 다른 사람은?"

안니카는 눈을 감고 기억을 더듬었다.

"없어요. 부국장님과 카리나 비에른룬드가 전부예요."

그녀는 긴장감을 느꼈다. 이제 반론이 나올 것이었다.

"이건 도무지 믿어지지 않을 정도로 흥미롭지만, 기사화할 수는 없어."

"왜요?"

안니카가 재빨리 되물었다.

"설명이 미진한 부분이 너무 많아. 당신의 주장은 논리적이고 가능성도 충분하지만, 증명을 할 수가 없는 얘기잖아."

"청구서와 영수증 사본이 있잖습니까!"

안니카가 열성적으로 반박했다.

"그렇지. 하지만 그것만으로는 충분치가 않아. 그건 당신 자신도 잘 알고 있을 텐데."

안니카는 아무 대답도 하지 않았다.

"장관이 탈린에 있었다는 사실은 뉴스거리야. 하지만 살인 발생 시각의 알리바이가 될 수는 없지. 그는 요세핀이 살해됐던 시각인 새벽 5시에는 집에 와 있었어. 그와 마주쳤다는 이웃집 여자 기억하지?"

안니카는 고개를 끄덕였다.

쉬만이 말을 이었다.

"크리스테르 룬드그렌은 사임했어. 그러니까 쓰러진 놈을……"

"발로 차지는 말아라, 그 말씀이죠? 하지만 사실은 기사화해도 되잖아요? 문서 보관소 침입사건, 출장비 청구서, 스트립 클럽 영수증에 관……."

부국장이 한숨을 쉬었다.

"뭐 하러? 정부가 무기를 밀매한다는 사실을 폭로하기 위해서? 그러면 국익과 언론의 자유를 놓고 법정 싸움으로까지 번지지 않을까?"

안니카는 바닥을 노려보았다.

"이 이야기는 아웃이야, 안니카."

"장관의 탈린 출장 건은요?"

그녀가 조용히 물었다.

쉬만은 다시 한숨을 쉬었다.

"다른 신문사라면 실을 수도 있겠지. 하지만 우리는 불행히도 편집국장이 이 사건에 대해 알레르기가 있어. 요세핀 사건 이야기나 통상장관 이야기만 나오면 대경실색을 해. 그리고 장관이 회의 참석차 이웃나라에 가는 문제는 내 목을 걸만큼 중대한 문제가 아니야. 그가 누구를 만났는지, 혹은 회의 목적이 무엇이었는지를 보여 줄 만한 아무런 증거가 없잖아. 통상장관은 아마 1년 중 300일은 출장을 다닐걸."

"그렇다면 출장비 청구서를 왜 국립전략상품감독청에 제출했을까요?"

"그건 좀 이상하지만, 기사거리가 될 정도는 아니야. 날마다 수백 건이 넘는 청구서가 부처들 사이를 오가고 있어. 이건 문제를 제기할 가치조차 없는 일이지. 통상장관이 해외 출장을 갔다는 것도 전혀 수상쩍은 일이 아니고."

안니카는 가슴이 옥죄어오는 것을 느꼈다. 안데르스 쉬만의 말이 맞았다. 이제 그녀는 이곳에서 연기처럼 사라지고만 싶었다.

부국장은 일어서서 창문 앞으로 걸어가 편집국을 내다보았다.

"여기에 당신이 필요해."

안니카는 깜짝 놀랐다.

"네?"

쉬만이 한숨을 쉬었다.

"사건팀에는 당신 같은 근성을 가진 기자가 필요해. 현재 사건팀은 세 명 뿐이야. 베리트 함린, 닐스 랑에뷔, 에바브리트 크비스트. 능력 있는 기자가 옆에 있어 주면 베리트한테도 좋을 것 같은데."

"다른 두 명은 만난 적도 없어요."

안니카는 조용히 말했다.

"요즘 뭐 해? 다른 직장은 구했어?"

안니카는 고개를 저었다.

부국장이 다가와 그녀 옆에 앉았다.

"당신이 취재한 내용을 실어주지 못해 정말 미안해. 정말 환상적인 취재를 했는데, 너무 엄청난 이야기라서 말이야."

안니카는 아무 대꾸도 하지 않고 자신의 두 손만을 내려다보고 있었다.

쉬만은 조용히 그녀를 지켜보았다.

"정말 끔찍한 건 십중팔구는 당신 시나리오가 맞을 거라는 거야."

"다른 것도 있는데요. 제가 쓸 수는 없으니까, 베리트 선배님께 좀 전해 주세요."

안니카는 TV진행자의 신용카드 영수증 사본을 꺼냈다. 사본을 다시 복사한 거였다. 클럽 사무실에서 복사한 원래의 사본을 우체국에서 다시 복사한 거였다.

"그는 아가씨 두 명을 사서 밀실로 들어가 한 시간 가량이나 있다가 나왔어요. 나가는 길엔 포르노 비디오를 세 개 샀고요. 동물이 나오는 거요. 놀라운 건, 그가 스웨덴 TV 법인 카드로 결제를 했다는 거죠."

쉬만이 휘파람을 불었다.

"TV 유명 인사가 윤락업소를 들락거리고, TV수신료로 결제를 한다. 우와! 이건 바로 실어야겠는데."

안니카는 지친 표정으로 힘없이 미소를 지었다.

"도움이 되었다니 다행이네요."

그녀가 비꼬듯 말했다.

"왜 직접 쓰지 않는 거지?"

"알면 다칩니다."

"어쨌든 공짜로 이런 정보를 물어다 준 건 아니겠지. 뭘 원해?"

안니카는 비어 있는 편집국을 내다보았다. 가을 햇살이 비스듬히 들어오고 있었다.

"직장이요."

그녀가 속삭였다.

쉬만은 자기 책상으로 걸어가서 바인더를 뒤적였다.

"얀손의 야간 편집팀 교열 기자 일이야. 11월부터 시작이고. 육아휴직을 떠나는 직원 대타지. 어때?"

"좋은데요. 그럼 그 자린 제 겁니다."

"6개월 계약직이라서 경영진에게 허가를 받아야 돼. 근무시간도 끔찍해. 밤 11시부터 다음날 새벽 6시까지 근무야. 나흘 일하고 나흘 쉬고. 공식적으로 연락이 갈 때까지 기다려야 할 거야. 어쨌든 이번에는 나도 물러서지 않을 거야. 이 계약은 당신 거야. 어때?"

쉬만이 일어서서 안니카에게 손을 내밀었다. 그녀도 일어서서 자기 손이 차갑고 축축한 것을 민망해하면서 그와 악수를 했다.

"다시 돌아와서 기뻐."

쉬만이 미소를 지었다.

"한 가지만 더요. 스튜디오 69에서 스트립 클럽 영수증을 외교부에서 발견했다고 보도했던 거 기억하세요?"

쉬만은 눈을 깜박이며 생각해보더니 고개를 저었다.

"기억이 안 나는데."

"분명히 그렇게 보도했어요. 그런데 사실 그 영수증은 외교부에서 발견되지 않았어요. 산업고용통신부에서 발견됐죠. 이게 무슨 의미라고 생각하세요?"

쉬만은 안니카의 마음을 꿰뚫어보기라도 하는 것처럼 그녀를 바라보았다.

"당신과 같은 생각을 하고 있는 것 같은데. 그건 그 기자들이 직접 그 영수증을 발견한 게 아니라는 뜻이겠지."

안니카는 살짝 미소를 지었다.

"바로 그겁니다."

"어느 로비스트가 그 기자들에게 갖다 바친 거로군. 심어준 정보였어."

"그것 참 대단한 모순 아닌가요?"

안니카는 질문을 던지고 나서 대답을 기다리지도 않고 어항 같은 사무실을 나갔다.

\* \* \*

여전히 부슬비가 내리고 있었고 쌀쌀한 바람이 불었다. 안니카는 옷깃을 세우고 프리드헴스플란을 향해 걸어갔다. 마음이 훈훈하고 차분해져 있었다. 《크벨스프레센》에 다시 들어가게 되다니. 편집은 그녀가 좋아하는 일은 아니었지만, 그래도 꼭 복권에 당첨된 것 같은 기분이 들었다. 밤마다 편집부에 앉아 다른 기자들이 쓴 기사를 읽으면서 철자와 문법을 고치고, 불필요한 부분은 삭제하고, 문장을 덧붙이는 일을 하게 될 것이다. 사진 설명을 붙이고 팩트 박스를 만들 것이고, 기사 표제를 제안하고 기사 첫머리가 안 좋은 건 다시 쓸 것이다.

안니카는 쉬만이 자신에게 편집일을 맡긴 것에 대해 착각을 하지 않았다. 신문사에 있는 어느 누구도 그 일을 원하지 않아서 외부에서 사람을 불러들일 수밖에 없었던 것이다. 편집은 중요한 업무이긴 하지만, 하찮은 노동으로 여겨졌다. 사진과 함께 편집기자의 이름이 실리는 일도 없고, 전혀 주목받지 못하는 일이었다.

그래도 유흥업소에서 불법 도박을 진행하는 일보다야 낫지. 안니카는 생각했다.

다리로 올라서는 데 바람이 아까보다 더 강하게 불고 있었다. 그녀는 공기를 폐로 한껏 들이마시면서 천천히 걸었다. 습한 바람을 피하려고 눈을 감고 바람에 머리카락을 흩날리며 걸었다.

11월. 두 달 가까이 남아 있었다. 생각을 정리하고 재충전할 시간이 있었다. 헬레포르스네스에 있는 아파트를 정리하고, 한트베르카리아탄 거리에 있는 아파트는 창문을 손봐서 외풍을 막아야지. 현대미술관에도 가고, 오스카 극장에서 뮤지컬도 보는 거야. 할머니를 만나러 가고, 휘스카스하고도 좀 놀다 와야지.

갑자기 고양이가 보고 싶어졌다. 하지만 이 도시에서 고양이를 키울 수는 없었다. 할머니한테 계속 맡겨 놓아야 했다.

그리고…… 스벤과 헤어져야 했다.

그거였다. 여름 내내 미뤄두었던 생각. 그녀는 바람을 맞으면서 몸서리를 쳤고, 재킷을 꼭꼭 여몄다. 여름이 가고, 이젠 겨울옷을 꺼낼 때가 되었다.

안니카는 인도에 수북이 쌓여 있는 젖은 나뭇잎을 툭툭 차면서 드로트닝홀름스베겐 거리를 걸어갔다. 고개를 숙이고 계속 걸

다가 고개를 들어보니 어느새 크로노베리 공원 앞에 와 있었다.

크로노베리 언덕의 거대한 초목들은 싱그러운 초록빛을 잃고 퇴색해가고 있었다.

안니카는 천천히 묘지를 향해 걸어갔다. 물기 때문에 철책이 반짝이고 있었다. 바람이 여기까지 닿지 않아 공기는 움직임이 없었다. 도시의 소음은 숲에 막혀 작게 들리다가 사라졌다.

안니카는 출입구 앞에 서서 맹꽁이자물쇠에 손을 얹고 눈을 감았다. 갑자기 그 뜨거웠던 여름날이 되살아났다. 불볕더위가 한창이었던 그날 아침 요세핀은 저기 무덤들 사이에 누워 있었다. 강렬한 햇빛이 대리석 비석들 사이를 비추고 있었다. 지하철이 지나가는 진동 때문에 땅이 흔들렸었다.

허망하고 또 허망하네. 요세핀 릴리에베리는 왜 살았을까? 왜 태어났을까? 뭐 하러 글을 읽고 쓰고 셈을 하는 것을 배웠을까? 뭐 하러 아름다운 몸매를 유지하려고 그렇게 신경을 썼을까? 왜? 죽기 위해서?

의미가 있어야 해. 그 모든 일에 이유가 있어야 해. 안 그러면 허망해서 어떻게 살겠어? 안니카는 생각했다.

"안니카! 여긴 어쩐 일이에요?"

안니카는 속으로 신음을 했다.

"안녕하세요, 다니엘라. 잘 지내죠?"

"그럼요, 잘 지내죠. 공원에 산책 나왔는데 좀 추워졌네요. 스크루티스는 월요일부터 어린이집에 다닐 거예요. 우리 둘 다 좀 긴장하고 있어요. 그렇지, 스크루티스?"

다니엘라 헤르만손이 재잘거렸다.

아들은 슬픈 표정으로 그들을 올려다보고만 있었다.

"우리 집에 가서 커피 한잔할래요? 이제 곧 스크루티스가 낮잠 잘 시간이니까, 맘 편히 수다 좀 떨 수 있을 것 같은데."

안니카는 다니엘라의 밍밍한 커피가 떠올랐다.

"나중에요. 집에 가는 길이라서요."

안니카가 미소를 지으며 말했다.

다니엘라는 재빨리 주위를 돌아보더니 안니카에게 한 걸음 다가섰다.

"저기, 신문사에 있으니까 잘 알겠네요. 범인은 잡혔어요?"

다니엘라가 속삭여 물었다.

"요세핀을 죽인 범인이요? 아뇨, 안 잡혔어요. 살인죄로는 안 잡혔죠."

다니엘라는 한숨을 쉬었다.

"놈이 자유롭게 거리를 활보하고 있을 것을 생각만 해도 너무 끔찍해요."

"경찰은 범인이 누군지 알고 있어요. 어찌 됐든 그를 잡아넣을 거예요. 다른 죄목으로지만요. 놈은 감옥에 갈 거예요."

다니엘라는 안도의 한숨을 내쉬었다.

"그렇다면 정말 다행이네요. 우린 크리스테르가 범인이 아닌 줄 알았다니까요."

"우리요? 이웃집 아줌마도요? 개를 키우는 아줌마?"

다니엘라는 킥킥 웃더니 뭔가 음모를 꾸미는 듯한 표정으로 속삭였다.

"저기, 이 얘기 아무한테도 하면 안 돼요. 엘나 아줌마는 그 날 새벽 5시에 벌써 시체를 봤었대요."

안니카는 얼굴이 굳어지는 것을 느꼈지만, 애써 미소를 지었다.

"그래요? 어떻게요?"

"그 개 야스페르 알죠? 귀여운 놈이죠. 어쨌든 야스페르가 묘지 안으로 달려 들어가서 시체를 좀 물어뜯었대요. 엘나 아줌마는 화가 나서 미치는 줄 알았대요. 경찰에 신고할 용기는 없었다고 하더라구요. 경찰이 야스페르를 감옥에 가둘까 봐서요. 세상에 이런 일이 어딨어요!"

다니엘라가 싱긋 웃었다.

안니카는 마른침을 꿀꺽 삼켰다.

"그러게요, 이렇게 희한한 얘긴 처음 들어보네요."

스크루티스가 소리를 지르기 시작했다. 빨리 가자는 거였다.

"알았어, 알았어, 아들. 집에 가서 바나나 먹자. 바나나 좋아하지, 아들?"

다니엘라는 자기 아파트가 있는 크로노베리스가탄 거리를 향해 걷기 시작했다. 안니카는 오랫동안 그녀의 뒷모습을 바라보고 서 있었다.

그것 봐, 모든 일에는 다 이유가 있잖아.

안니카는 반대방향으로, 소방서 쪽으로 천천히 걸음을 옮기기 시작했다. 길모퉁이를 돌아가는데, 경찰차 여러 대가 거리를 완전히 봉쇄하고 있었다. 그녀는 걸음을 멈췄다.

일찍 왔네. 장부를 찾아야 할 텐데.

그녀는 다른 길로 해서 집으로 돌아갔다.

# 세상에 태어난 지 19년 11개월 1일째

맨살에 와 닿는 거친 느낌. 방 안엔 먼지가 자욱하고, 산소도 부족하다. 내 삶의 공간은 관 크기로 줄어들었다. 천장이 내려와 내 머리를 짓누르고, 무릎과 팔꿈치에 생채기를 낸다.

바닥이 보이지 않는 깊은 구덩이, 어두운 무덤, 먼지 냄새.

공포.

그는 그거 내 착각이라고, 공간 지각 능력이 형편없다고 말한다. 내 삶이 너무 작은 것이 아니란다. 내가 너무 크다는 거다.

그의 사랑은 무한하다. 그는 여전히 나를 사랑한다. 세상 어느 누구도 그가 내게 준 것을 줄 수가 없다. 문제는 한 가지 조건이 있다는 거다.

그는 말한다.

나를 절대로 봐주지 않겠다고.

# 9월 9일 일요일

밤사이에 안니카는 결심을 굳혔다. 스벤과 헤어질 작정이었다. 또 다른 삶을 향해 떠나는 길도 발견했다.

이런 지경까지 오다니. 슬픔과 상실감이 안니카의 마음을 가득 채웠다. 그녀와 스벤은 오랜 세월을 커플로 살았다. 그녀는 다른 남자하고 사랑을 나눈 적이 한 번도 없었다. 그녀는 샤워를 하면서 눈물을 흘렸다.

비가 멈췄고 창백하고 차가운 태양이 떠 있었다. 안니카는 커피를 끓이고, 기차역에 전화를 걸어 출발 시각을 물었다. 플렌 행 다음 기차는 1시간 10분 후에 출발했다.

그녀는 거실 창문을 열고 소파에 앉아 가볍게 펄럭이는 커튼을 바라보았다. 계속 여기에서 살 생각이었다. 여기서 자기만의 삶을 시작할 생각이었다.

안니카는 재킷을 입고 앉아 있었고, 한참 후 떠나려고 일어서는데, 현관문에서 열쇠 달그락거리는 소리가 들렸다. 그녀는 잠시 몸이 굳어졌다가 파트리시아가 들어오는 것을 보고 긴장을 풀었다.

"안녕. 어디 갔다 오는 거야?"

파트리시아는 고개를 숙인 채 조용히 문을 닫고 한동안 손잡이를 잡고 있다가 고개를 들어 안니카를 바라보았다.

"어떻게 그럴 수가 있어?"

파트리시아가 분노를 억지로 참고 있는 듯한 목소리로 말했다.

그녀의 얼굴은 얼룩덜룩했고, 눈은 울어서 빨개져 있었다. 안니카는 처음에는 무슨 말인지 영문을 몰랐다가 곧 일이 어떻게 된 건지 깨달았다.

"날 배신하다니. 클럽을 완전히 망하게 하다니. 어떻게 그럴 수가 있어?"

파트리시아가 안니카에게로 다가왔다. 입 주위가 일그러져 있었고 두 손은 발톱처럼 세우고 곧 달려들 기색이었다.

안니카는 침착하려고 애를 썼다.

"내가 언제 클럽을 망하게 했다고 그래?"

"언니 짓이 틀림없어."

파트리시아가 달려들어 안니카를 힘껏 밀어버리더니 열쇠를 바닥에 던졌다. 안니카는 비틀거리며 뒤로 물러섰다.

"난 언닐 도와줬어! 돈이 필요하다고 해서 일자리를 구해줬잖아! 그런데 어떻게 나한테 이럴 수가 있어?"

파트리시아가 악을 썼다.

안니카는 두 손을 들고 거실로 뒷걸음질을 쳤다.

"파트리시아, 진정해. 당신을 해칠 생각은 없었어, 그건 당신도 잘 알고 있잖아. 나도 당신을 돕고 싶었어. 당신이 그 퇴폐업소에서 나오도록 돕고……."

"이제 무슨 일이 벌어질지 모르겠어? 사장이 나를 지목할 거야! 그는 클럽에서 일하는 다른 아가씨들 전부랑 잠자리를 함께 했어. 다들 사장 편이라고. 하지만 난 요세핀의 친구였고, 그는 나를 믿지 않았어. 나를 물고 늘어질 거야! 오 하느님!"

파트리시아가 비명처럼 소리를 질렀다. 그러고는 서럽게 목 놓아 울었다. 안니카는 그녀의 두 어깨를 잡고 흔들었다.

"아냐, 그런 일은 없을 거야. 다른 아가씨들이 진실을 말해 줄 거야. 당신도 경찰에 가서 사실대로 말해. 믿어줄 거야."

파트리시아는 고개를 뒤로 젖히더니 신경질적인 웃음을 터뜨렸다.

"언닌 너무 순진해. 언제나 진실이 승리할 거라고 믿지? 철 좀 들어! 그런 일은 절대로 없어."

파트리시아의 두 빰 위로 눈물이 흘러내렸다.

파트리시아가 안니카를 밀치더니 자기 방으로 달려 들어가서 가방에 짐을 챙겨들고 매트리스를 질질 끌면서 나왔다. 매트리스가 문에 걸리자, 그녀는 매트리스를 잡아당기면서 욕을 했다.

"제발, 파트리시아, 떠나지 마."

안니카가 말했다.

갑자기 매트리스가 딸려 나와서 파트리시아는 넘어질 뻔 했다. 그녀는 몸을 떨며 흐느껴 울면서 매트리스를 잡아끌었다.

"난 계속 여기서 살 거야.《크벨스프레센》에 다시 들어가게 됐어. 당신도 여기서 살고 싶을 때까지 살아도 돼."

현관문 앞으로 다가가던 파트리시아가 안니카의 말에 얼어붙은 듯이 멈춰 섰다.

"뭐라고? 일자리를 구했다고?"

안니카는 불안한 미소를 지었다.

"정보를 많이 입수해서 부국장한테 알렸더니, 날 다시 고용해 줬어."

파트리시아는 매트리스를 잡고 있던 손을 놓고 돌아서서 안니카에게로 걸어왔다. 그녀의 검은 눈이 분노로 이글거리고 있었다.

"벼락이나 맞아라. 친구의 등에 칼을 꽂는 인간은 벼락을 맞아야 해."

파트리시아가 증오에 찬 목소리로 저주를 했다.

"하지만 그 일은 당신이나 클럽하고는 아무 상관이 없는⋯⋯."

"그래서 경찰에 밀고한 거니? 나쁜 년! 너 아니면 장부가 그때 거기 있다는 걸 경찰이 어떻게 알았겠어? 일자리를 잡으려고 친구를 배신하다니! 넌 정말 끔찍한 냄새가 진동을 하는 똥 덩어리야! 벼락 맞아 죽어라!"

파트리시아가 악담을 퍼부었다.

오 하느님! 파트리시아의 말이 맞아. 내가 무슨 짓을 한 거야, 내가 무슨 짓을 한 거야? 안니카가 뒤로 물러서면서 생각했다.

파트리시아는 현관 앞으로 돌아가더니 매트리스를 잡아끌고 아파트를 나갔다. 그녀는 떠났고 현관문이 활짝 열려 있었다. 안니카는 창가로 뛰어가 파트리시아가 매트리스를 질질 끌고 자갈이 깔린 마당을 걸어가는 모습을 지켜보았다. 안니카는 차가운 유리창에 이마를 댔다. 잠시 후 그녀는 천천히 파트리시아의 방으로 들어갔다. 방 한구석에 유리컵 한 개가 놓여 있었고, 벽에는 요세핀의 분홍색 정장이 걸려 있었다. 안니카는 눈물이 북받치는 것을 느꼈다.

"미안해."

그녀가 속삭였다.

* * *

플렌으로 가는 동안 안니카는 멍하고 무기력한 상태를 벗어나지 못했다. 아무것도 느낄 수도 먹을 수도 없어서, 쇠름란드의 농장들이 창밖으로 스쳐지나가는 것을 물끄러미 바라보고만 있었다. 기차바퀴가 굴러가는 규칙적인 리듬에 맞춰 마음속에서 구호가 울려 퍼졌다. 네 잘못이야, 네 잘못이야, 네 잘못이야, 네 잘못이야, 네 잘못이야……

안니카는 두 손으로 귀를 틀어막고 눈을 꼭 감았다.

다행히도 헬레포르스네스 행 버스가 기차역 앞에서 기다리고 있었다. 버스는 몇 분 후에 출발했고, 멜뢰사를 지나쳐 플렌모의 건설회사 건물 앞에서 멈춰 섰다.

집이라고 여기 오는 것도 이번이 마지막이겠지. 그녀는 생각했다.

안니카의 엄마는 딸을 보고도 별로 반가워하지 않았다.

"들어와라. 방금 커피를 끓였는데."

안니카는 식탁 앞에 앉았다. 아직도 멍한 상태였고 죄책감에서 벗어나지 못하고 있었다.

"마땅한 집을 찾았어."

엄마는 안니카가 마실 커피 컵을 식탁 위에 내려놓으면서 말했다.

안니카는 못 들은 척 하며 창밖으로 보이는 공장 지붕을 바라보고 있었다.

"간이 차고와 수영장도 있어. 흰 벽돌집이고 꽤 크다. 전부 합해서 방이 일곱 개나 돼. 너와 스벤이 살 공간도 충분하지."

"난 에스킬스투나에선 살고 싶지 않아."

안니카가 엄마를 바라보지도 않고 말했다.

"에스킬스투나 외곽 스비스타 지역에 있어. 후겔스타보리라는 동네지. 괜찮은 동네야. 사람들도 점잖고."

안니카는 눈을 깜박여 떠오르는 그림을 쫓아내고 짜증이 나서 눈을 꽉 감았다.

"방을 일곱 개씩이나 가지고 뭐 하게?"

엄마의 얼굴이 굳어졌고 상처받은 목소리로 대답했다.

"너희들 모두를 위한 공간이 있었으면 했어. 너랑 스벤, 비르기타, 그리고 내 손자들. 모두가 함께 살 공간 말이야."

안니카는 오랫동안 비르기타 언니와는 연락도 안 하고 살았다. 다들 함께 모여 화목하게 살 수 있을 거라고 생각했다면 엄마가 제정신이 아닌 거였다. 엄마가 의미심장하게 윙크를 하는 순간 안니카는 벌떡 일어섰다.

"그럼 엄마는 언니나 의지하고 살면 되겠네. 난 한동안 아이를 가질 생각이 없으니까."

안니카가 말했다.

그녀는 조리대로 걸어가서 찬장에서 유리컵을 꺼내 수돗물을 받았다. 엄마의 못마땅한 눈길이 그녀를 따라왔다.

"스벤은 그 문제에 대해서도 발언권이 없는 거니?"

안니카가 획 돌아섰다.

"무슨 뜻이야?"

엄마가 기분이 나쁜 듯 고개를 쳐들었다.

"네가 스벤을 너무 쥐고 흔든다고 생각하는 사람들도 있어. 스벤하고 아무런 상의도 없이 그렇게 스톡홀름으로 올라가버렸다고 말이야."

안니카의 얼굴이 분노로 창백해졌다.

"엄마가 뭘 안다고 그래?"

엄마는 더듬거리면서 담뱃갑을 찾았다. 라이터를 켜려고 몇 번 시도한 끝에 겨우 켜서 담배에 불을 붙였다. 깊이 한 모금 빨더니 바로 기침을 하기 시작했다.

엄마가 기침을 하는 동안 안니카가 말했다.

"엄만 나와 스벤에 대해서는 아무것도 몰라. 내가 스벤 때문에 이 기회를 잡지 말았어야 했다고 말하는 거야, 지금? 내 일과 내 삶이 스벤의 변덕에 따라 달라져도 괜찮다는 거야? 정말로 그렇게 생각하는 거야, 엄마? 응?"

기침이 멎은 엄마의 눈에서 눈물이 글썽이고 있었다.

"이런, 이런, 이젠 정말 끊어야 되는데."

엄마가 애써 미소를 지으며 말했다.

안니카는 아무 대꾸도 하지 않았다.

"물론 난 네가 열심히 네 일을 해야 한다고 생각해. 넌 재능이 많은 아이니까. 대도시에서 사는 게 힘들다는 건 다들 알고 있어. 네가 그 도시에서 성공하지 못했다고 너를 흉보는 사람도 없고."

안니카는 돌아서서 유리컵에 물을 가득 따랐다.

엄마가 다가와서 어색하게 안니카의 팔을 토닥였다.

"안니카, 나한테 화내지 마라."

"엄마한테 화 안 났어."

안니카는 돌아서지도 않은 채 낮은 목소리로 말했다.

엄마가 망설이다가 말했다.

"화를 내는 것 같은 때가 가끔씩 있던데."

안니카는 돌아서서 지친 눈으로 엄마를 바라보았다.

"엄마가 에스킬스투나에 있는 대저택에서 살고 싶어 하는 이유를 모르겠어. 그럴 만한 돈이 없잖아. 행여 돈이 있어서 샀다고 쳐도, 그 다음엔 어쩔 건데? 여기 슈퍼마켓까지 출퇴근할 거야?"

이번에는 엄마가 돌아섰다.

"에스킬스투나에도 일자리는 많아. 정직하고 꼼꼼한 계산직원이 나무에서 열리는 건 아니니까."

엄마가 시무룩하게 대답했다.

"그럼 일자리부터 찾아놓고 시작해야 하는 거 아냐? 호화 저택부터 구입하는 건 순서가 틀린 거 아니냐고."

엄마가 힘차게 담배를 빨았다.

"넌 나를 무시하는구나."

안니카가 발끈해서 소리쳤다.

"그런 말이 어딨어! 내가 왜 엄마를 무시해! 난 그냥 좀 더 현실적으로 생각해 보라는 거야. 그렇게 단독주택에서 살고 싶으면, 여기 헬레포르스네스에서 찾아봐. 집값도 무지 싸잖아! 오늘 여기 오는 길에 플렌스베겐 거리에서 매물로 나온 집을 한 채 봤어. 집값이 얼만 줄 알아?"

"내가 알게 뭐냐."

엄마가 심드렁하게 말했다.

"엄만 지금 경솔한 짓을 하는 거야."

"넌 어떻고? 너도 여기에서 살고 싶지 않다며. 스톡홀름에서 살겠다고 고집을 부리고 있잖아."

안니카는 화가 나서 두 손을 활짝 펼쳐 들었다.

"그건 헬레포르스네스가 싫어서가 아니야! 난 이곳을 아주 좋아한다구. 하지만 내가 원하는 직장이 여기에 없어서 그래."

엄마는 화가 나서 담배를 싱크대 안에 비벼 껐다. 흥분으로 두 뺨이 붉어지고 있었고, 눈 주위가 빨갰다. 엄마가 떨리는 목소리로 말했다.

"난 이 지겨운 동네에서 다 쓰러져가는 집에 들어가 살고 싶지는 않아! 그럴 바엔 이 아파트에서 계속 살지."

"그럼 그렇게 해."

안니카가 날카롭게 맞받아친 후, 가방을 집어 들고 집을 나갔다.

＊ ＊ ＊

안니카는 자전거를 타고 스벤을 만나러 갔다. 미룰 이유가 없

259

었다. 그는 오래된 공장의 직원 주택에서 살고 있었다. 예전에는 위풍당당하고 멋진 건물이었는데 지금은 주변 건물들과 함께 타르바켄의 누추한 공장 지대를 형성하고 있었다.

안니카가 도착했을 때 스벤은 집에서 맥주를 마시면서 TV로 축구 경기를 보고 있었다.

"자기야."

그가 일어서서 안니카를 끌어안았다.

"정말 잘 돌아왔어."

안니카는 조심스럽게 스벤의 품 안에서 빠져나왔다. 심장이 거세게 쿵쾅거리고 있었고 두 다리가 심하게 후들거렸다.

"짐 싸러 온 거야, 스벤."

그녀가 떨리는 목소리로 말했다.

그가 미소를 지었다.

"새집으로 이사 가서 함께 살려고?"

그녀는 마른침을 꿀꺽 삼키고 숨을 깊이 들이쉬었다.

"스벤, 스톡홀름에서 일자리를 구했어. 《크벨스프레센》에. 다시 들어오래. 11월부터 출근이야."

그녀는 두 손으로 가방을 꼭 붙잡고 있었다.

스벤이 고개를 저었다.

"그건 힘들지. 그 먼 거리를 어떻게 매일 출퇴근을 하냐? 그건 불가능해."

안니카는 눈을 감았고 눈물이 북받치는 것을 느꼈다.

"난 영원히 떠나는 거야, 스벤. 여기 집주인에게 집을 빼겠다고 알렸고, 《카트리네홀름스 쿠리렌》도 그만뒀어."

그녀는 본능적으로 문을 향해 뒷걸음질을 쳤다.

"도대체 무슨 소리를 하는 거야?"

스벤이 다가왔다.

"미안해. 자기한테 상처를 주고 싶진 않았어. 진심으로 자길 사랑했어."

안니카가 눈물을 흘리며 말했다.

"날 떠나겠다고?"

스벤이 분노를 억누른 목소리로 말하면서, 그녀의 양팔 윗팔뚝을 잡았다.

안니카는 머리를 뒤로 젖히고 눈을 감았다. 눈물이 뺨을 타고 목으로 흘러내리고 있었다.

"우리 이쯤에서 끝내자. 자긴 자기를 더 많이 사랑해 주는 여자를 만나야 해. 난 아니야."

그녀가 흐느끼면서 말했다.

스벤이 그녀를 흔들기 시작했다. 처음에는 천천히 흔들더니 점점 더 거칠어졌다.

"도대체 그게 무슨 말이야? 헤어지자고? 나랑?"

그가 고함을 질렀다.

안니카는 흐느껴 울었고, 고개가 문에 부딪쳤다. 그녀는 그를 밀어내려고 했다.

"스벤, 스벤, 내 말 들어봐……."

"내가 왜 니 말을 들어야 돼? 넌 여름 내내 나를 속였어. 스톡홀름에서 잠깐 아르바이트만 하고 오겠다고 했지만, 이곳으로 돌아올 생각이 애초부터 없었던 거야, 안 그래? 나쁜 년!"

그가 그녀의 코앞에서 그녀를 노려보며 외쳤다.

갑자기 안니카의 울음이 멎었다. 그녀는 스벤의 눈을 똑바로 바라보았다.

"자기 말이 다 맞아. 내가 원하는 건 자기한테서 자유로워지는 것, 그것뿐이야."

스벤은 안니카를 잡고 있던 손을 놓고 믿어지지 않는다는 표정으로 그녀를 바라보았다.

그녀는 돌아서서 문을 발로 차서 열고 달려 나갔다.

# 세상에 태어난 지 19년 11개월 25일째

어제 그 일이 있은 후 의식을 되찾았을 땐 눈물이 나오지 않았고 두려움도 없었다. 수은주가 꼭대기까지 올라간 듯 방 안이 숨이 막힐 듯 더웠다. 의사들은 그가 내 생명을 구했다고 했다. 그의 손이 내 목을 졸라서 빠져 나가려던 내 영혼을 그의 인공호흡이 다시 내 몸속으로 밀어 넣었다는 거다. 난 아직도 말을 할 수가 없다. 그 일로 인해 만성적인 후유증이 생길 수 있다고 한다. 그는 고기 덩어리가 내 목에 걸렸다고 말하지만, 의사들의 눈을 보니 그의 말을 믿지 않는 게 분명하다. 하지만 더 캐묻는 사람은 아무도 없다.

그는 내 담요에 얼굴을 묻고 울고 있다. 오랜 시간동안 내 손을 잡고 있었다. 그는 내게 미안하다며 용서를 구한다.

내가 그가 원하는 대로 해 준다면, 난 마지막 장벽을 부숴버릴 수 있을 것이다. 남아 있는 내 개성과 욕망을 모두 지워버린다면. 그러면 내 안에는 아무것도 남아 있지 않을 것이다. 그는 자기 목적을 달성하게 될 것이다. 그 어떤 것도 그가 마지막 수순을 밟는 것을 막지 못할 거다. 그리고 그때가 오면 그는 내 영혼을 되살려놓지 않을 것이다.

그는 말한다,
내가 떠나려 하면
죽여 버리겠다고.

# 9월 10일 월요일

호 호수는 아침 햇살 속에서 사파이어처럼 반짝이고 있었다. 안니카는 천천히 물가로 걸어갔고 휘스카스가 그 뒤를 바짝 따라오고 있었다. 고양이는 기뻐서 어쩔 줄을 몰라 하며 그녀의 다리 주위를 콩닥콩닥 뛰어다녔다. 안니카는 웃으면서 휘스카스를 안아 올렸다. 휘스카스는 가르랑거리면서 그녀의 턱에 코를 비비고 그녀의 목을 핥았다.

"너 고양이 세계에서 제일 바보 고양이지?"

안니카가 말하면서 휘스카스의 귀 뒤를 긁어주었다.

그녀는 둑에 앉아 호수를 바라보았다. 바람이 잔잔하게 불고 있어 반짝이는 수면에 잔물결이 일고 있었다. 그녀는 눈을 가늘게 뜨고 호수 저편에 납작한 회색 바위들이 물에서 튀어 나와 진초록의 전나무 숲에 이르기까지 듬성듬성 놓여 있는 것을 바라보았다. 좀 더 멀리, 호수가 끝나고 숲이 시작되는 곳에는 구스타브 할아버지 댁이 있었다. 조만간 한번 찾아뵈어야겠다는 생각이 들었다. 할아버지를 본 지 꽤 오래 되었다.

미래가 하얀 도화지처럼 안니카 앞에 놓여 있었다. 자신이 원하는 색 물감으로 칠할 수가 있었다.

따뜻하고 밝고 가볍고 화사한 색을 골라야지. 안니카는 생각했다.

고양이가 그녀의 무릎 위로 기어 올라와 잠이 들었다. 그녀는 눈을 감고 고양이의 부드러운 털을 쓰다듬었다. 그러면서 깊이 심호흡을 하니 행복감으로 마음이 부풀었다. 이런 게 바로 사는 거구나.

할머니 집에서 안니카를 부르는 소리가 들렸다. 안니카는 허리를 펴고 귀를 기울였다. 휘스카스가 깜짝 놀라 무릎에서 뛰어 내려갔다. 할머니는 두 손을 둥글게 오므려 입에 대고 크게 소리쳤다.

"아침 먹자!"

안니카는 집으로 달려갔다. 휘스카스는 달리기 시합이라고 생각했는지 제가 먼저 쏜살같이 달려갔다. 그러고는 계단에서 기다리고 있다가 안니카의 다리를 향해 달려들었다. 안니카는 꿈틀거리는 고양이를 들어 올리고 배에 코를 대고 후후 불었다.

"제일 바보 고양이."

할머니는 요거트와 산딸기, 호밀 식빵과 치즈를 식탁에 차려놓으셨다. 향긋한 커피 향이 부엌 안을 가득 채우고 있었다. 안니카는 갑자기 너무 배가 고파졌다.

"안 돼, 밑에 있어."

안니카는 무릎 위로 뛰어오르려고 하는 고양이에게 말했다.

"이러다가 가 버리면 휘스카스가 너 보고 싶어서 어쩌냐."

할머니가 말씀하셨다.

안니카는 한숨을 쉬었다.

"자주 올 텐데요, 뭐."

할머니는 예쁜 도자기 찻잔에 커피를 따르시면서 말씀하셨다.

"난 네가 옳은 일을 하고 있다고 생각한다. 넌 네 일에 집중해야 해. 난 항상 내가 경제적으로 자립할 수 있었기 때문에 자긍심과 만족감을 느끼며 살 수 있었다고 생각한다. 너도 네 발목을 잡는 남자와 함께 있어서는 안 된다."

둘은 말없이 아침을 먹었다. 창문을 통해 들어오는 햇빛에 비닐 식탁보가 부드럽고 따뜻하게 느껴졌다.

"버섯이 많이 났어요?"

할머니가 빙그레 웃으셨다.

"안 그래도 언제 물어 보려나 궁금해 하던 참이었어. 온통 버섯 천지다!"

안니카가 벌떡 일어섰다.

"점심 때 먹게 좀 따올게요."

그녀는 서랍에서 비닐봉지 두 개를 꺼내 들고 서둘러서 숲으로 향했다.

그늘진 숲속으로 들어간 그녀가 이끼 모양을 분간해 내기까지 몇 분이 걸렸다. 정말로 온통 갈색 살구버섯 천지였다. 숲속 빈터 가장자리로 살구버섯이 수백 개씩 아니 수천 개씩 무리지어 자라고 있었다.

한 시간도 안 되어 비닐봉지 두 개가 가득 찼다. 안니카가 버섯을 따는 동안, 휘스카스는 들쥐 두 마리를 잡았다.

"이걸 누가 다 다듬으라고 이만큼이나 따왔니?"

할머니가 깜짝 놀라는 시늉을 하며 물으셨다.

안니카는 웃음을 터뜨렸고 봉지 한 개에 들어 있는 버섯을 식탁 위에 쏟았다.

"같이 하면 되잖아요!"

늘 그렇듯, 버섯을 다듬는 게 따는 것보다 오래 걸렸다.

* * *

둘은 살구버섯 볶은 것을 기름에 구운 빵 위에 산더미처럼 쌓아올려 점심으로 먹었다.

"우유랑 빵이 다 떨어졌는데."

설거지가 끝났을 때 할머니가 말씀하셨다.

"제가 자전거 타고 마을에 가서 사올게요."

할머니가 미소를 지었다.

"착한 우리 손녀."

안니카는 머리를 빗고 가방을 집어 들었다.

"넌 집에 있어."

그녀가 고양이에게 말했다.

휘스카스는 들은 척도 하지 않고 신이 나서 먼저 달려 나갔다.

"안 돼."

안니카는 고양이를 안고 집으로 돌아갔다.

"도로를 달릴 건데 넌 차에 치일 수도 있단 말이야. 여기 있어."

그러나 고양이는 거세게 몸을 꿈틀거려 안니카의 손아귀에서 빠져 나가더니 숲으로 달려 들어갔다. 안니카는 한숨을 쉬었다.

"돌아오면 안으로 들여놓으세요. 도로에서 돌아다니면 큰일 나니까요."

안니카가 할머니에게 말했다.

그녀는 씩씩하게 팔을 흔들면서 자전거를 세워놓은 곳을 향해 걸어갔다. 해가 높이 떠서 온 세상을 밝게 비추고 있었다. 멀리서도 철책에 기대 세워놓은 자전거가 보였다.

안니카는 자전거 앞에 설 때까지 아무런 낌새도 채지 못했다. 핸들을 잡고 보니까 타이어 두 개가 모두 칼에 찢겨 바람이 빠져 있었고, 안장에도 칼로 그어댄 자국이 여러 개 있었다. 그녀는 이게 도대체 무슨 일인가 싶어 믿어지지 않는 눈초리로 안장을 바라보았다.

"그건 시작에 불과해, 나쁜 년아!"

안니카는 깜짝 놀라 숨을 헐떡이며 고개를 들었다. 몇 미터 떨어진 곳에 스벤이 서 있었다. 이제야 무슨 일인지 알 것 같았다.

"네 그 더러운 아파트 내가 다 뒤집어 놨어. 네 그 더러운 옷들도 갈가리 찢어놨고."

그는 몸을 흔들면서 흐느껴 울었다. 술에 취한 게 분명했다. 안니카는 계속 그를 바라보면서 조심스럽게 철책을 돌아갔다.

"화난 건 알겠어, 스벤. 그리고 취했다는 것도. 지금 제정신이 아닌 것 같아. 나중에 후회할 말은 하지 마."

스벤은 양팔을 마구 휘저으며 흐느꼈다. 그러면서 그녀에게로 다가왔다.

"개 같은 년, 죽여 버릴 거야!"

안니카는 가방을 떨어뜨리고는 뛰기 시작했다. 아무것도 보이지 않았다. 온 세상이 하얗게 변했다. 그녀는 죽을힘을 다해 뛰었다. 나뭇가지가 얼굴에 부딪쳐 생채기를 냈다. 넘어졌다가 다시 일어났다. 소리. 소리가 어디에서 들리는 거지? 맙소사. 도망 가, 도망 가, 빨리! 빌어먹을, 빌어먹을, 그가 어디 있지? 오 하느님, 살려주세요!

안니카는 무턱대고 달려서 숲을 통과하고 도로를 건너 배수로로 내려갔다가 올라와 관목 숲으로 들어갔다. 나무뿌리에 걸려 비틀거리다가 엎어졌고, 개미들이 뺨 위로 기어 올라왔다. 그녀는 눈을 꼭 감고 죽음을 기다렸지만, 오지 않았다. 대신 소리들이 되돌아왔다. 나무 사이로 부는 바람소리와, 자신의 헐떡이는 숨소리가 들렸고, 이윽고 조용해졌다.

따라오고 있지 않구나. 다음 순간 생각이 꼬리를 물었다. 사람들이 있는 곳으로 가야 돼. 가서 도움을 청해야 돼.

그녀는 살그머니 일어서서 개미와 흙을 툭툭 털어냈다. 그러고는 귀를 기울였다. 그가 어디 있는 거지?

여긴 없어, 적어도 지금은. 그녀는 주위를 둘러보았다. 구스타브 할아버지 댁이 그리 멀지 않은 것 같았다.

그녀는 몸을 한껏 숙이고 조심스럽게 릴셰토르프를 향해 달렸다. 운동화 밑에서 살구버섯이 짓뭉개지고 있었다. 갈색의 나무 몸통들이 그녀의 손을 툭툭 때렸다. 그녀는 폐쇄되어 인적이 끊긴 제재소 옆에 있는 개울을 건너갔다.

저 앞 나무들 사이로 구스타브 할아버지의 붉은 벽돌집이 보였다. 안니카는 허리를 펴고 그 집을 향해 전속력으로 달려갔다.

"구스타브 할아버지! 구스타브 할아버지, 안에 계세요?"

그녀가 소리쳤다.

그녀는 현관으로 달려가 문을 잡아당겨 보았다. 잠겨 있었다. 고개를 돌려 할아버지가 대부분의 시간을 보내는 장작 헛간을 바라보니, 누군가가 그곳에 있었다. 그러나 구스타브 할아버지가 아니었다.

"여기 올 줄 알았어, 이 나쁜 년!"

스벤이 손에 뭔가를 들고 안니카를 향해 달려왔다.

안니카는 현관 난간을 타넘어 장미 화단으로 뛰어내렸다. 달콤한 향기가 물씬 풍겼다.

"안니카, 할 말이 있어. 거기 서!"

그녀는 비틀거리며 숲으로 달려 들어갔고, 움푹 꺼진 곳으로 내려갔다가, 개울을 건너고, 소택지를 돌아갔다. 뒤에서 헐떡거리는 소리가 끊기지 않고 들려왔다. 그녀는 발이 푹푹 들어가는 습지를 달려가다가 관목과 돌을 뛰어넘고 달렸다. 주변 환경이 춤을 추듯 어지럽게 스쳐지나갔다. 그녀는 숨이 턱에 차 괴롭게 헐떡이고 있었다.

난 달리고 있어. 죽지 않았어. 달리고 있는 거야. 난 아직 살아 있어. 끝난 게 아니야. 아직 기회는 있어. 달리는 건 위험하지 않아. 달리는 것만이 살길이야. 걱정하지 마, 달리기 잘하잖아. 그녀는 생각했다.

안니카는 자신이 지금 격한 운동을 하고 있다고 상상했고, 애써 아드레날린을 불러내왔고, 숨을 쉬면서 산소를 들이마시는 것에 열중했다. 심호흡을 해, 심호흡을. 서서히 눈앞이 보이기 시작했고, 머릿속을 울리던 포효들도 잦아들었으며, 정상적으로 생각을 할 수 있게 되었다.

그는 나보다 빨리 달리지만, 지금 취해 있어. 난 이 숲을 더 잘 알고 있고. 그는 평지에서는 더 잘 달리니까, 난 계속 험한 지형만을 골라 달려야 해.

안니카는 도로를 따라 가던 것을 포기하고 즉시 북쪽으로 방향을 잡았다. 저 앞에 고리 호수와 홀름 호수가 있었다. 그 호수들을 둘러 가면 동쪽으로 가서 커다란 쇠름란드 오솔길을 만날 수 있을 것이고 공장들을 지나 마을로 들어갈 수 있었다.

다리에 감각이 없어지고 있었다. 먹은 거라고는 버섯 얹은 빵 한쪽이 전부였으니 그럴 만도 했다. 그래도 그녀는 이를 악물어 고통을 참고 기를 쓰고 속도를 냈다. 뒤에서 들리던 헐떡거림이 멈췄다. 어깨너머로 돌아보니 나무와 관목과 하늘과 바위만 보였다.

중간에서 길을 가로막고 나타나려고 작은 도로 하나를 택해 달려갔을 거야. 갑자기 이런 생각이 들자 그녀는 두려움에 얼어붙은 듯이 서 버렸다.

심장이 거칠고 소란스럽게 뛰고 있었다. 그녀는 주변 숲에서 무슨 소리가 들리나 귀를 기울였다. 바람 소리만 들릴 뿐이었다.

도로들이 어디 있었더라?

뒤에서 바스락거리는 소리가 들려서 그녀는 공포에 사로잡혀 돌아보았다.

맙소사, 쇠름란드 오솔길이 어디 있지? 분명히 있는데, 어디 있었더라?

안니카는 거칠게 숨을 몰아쉬며 기억을 짜내려고 애를 썼다. 그 오솔길이 어떻게 생겼지?

그래, 벌목도로였어. 목재를 실어 나르는 길. 관리가 안 돼서 풀이 사람 키만큼 자라고 있었어.

키 큰 풀이 있는 곳으로 달려야 해.

바로 그 순간 휘스카스가 갑자기 옆에서 튀어나와 안니카의 다리에 몸을 비벼대는 바람에 그녀는 비틀거리면서 고양이 위로 넘어질 뻔 했다.

"휘스카스, 이 바보 고양이. 빨리 도망 가."

그녀는 고양이를 가볍게 차서 쫓으려고 했다.

"뤼케보로, 집으로 달려가. 할머니한테 가."

고양이는 야옹거리더니 관목 숲으로 뛰어 들어갔다.

안니카는 동쪽으로 전력질주를 했고, 갑자기 더 울창한 관목 숲이 나타났다. 그녀의 생각이 맞았다. 저 너머에 도로가 있었다. 그녀는 길 옆 관목 숲속에서 몇 초간 숨을 죽이고 주위를 살피다가 길 위로 올라섰다. 공습경보 해제. 그녀는 고리네스를 지나갔다. 사람은 그림자도 보이지 않았다. 마스토르프도 지나갔다. 아무도 없었다. 그러고 나서 동쪽으로 오솔길을 향해 걸어갔다.

\* \* \*

스벤은 쇠름란드 오솔길이 굽어진 곳에 서 있었다. 안니카가 스벤보다 3초쯤 먼저 그를 발견했다. 그녀는 북쪽으로, 차가운 연못을 향해 쏜살같이 내달렸다. 그의 손에서 반짝이는 뭔가를 보았고, 그게 뭔지 알았다. 그녀는 제정신이 아니었다. 비명을 지르면서 달렸고, 뭔가에 걸려 넘어졌다가 주섬주섬 일어나서, 다시 달려서 연못에 다다르자 무작정 연못으로 뛰어들었다. 물이 너무 차가워서 숨을 헐떡였다. 기를 쓰고 헤엄을 쳐서 반대편 연못가에 다다라 쿨럭거리면서 땅으로 올라왔다. 그러고는 비틀거리면서 헛간을 향해 달렸고, 울타리를 넘어서서 왼쪽으로 달려가다가, 키 큰 물무레나무를 기어 올라가 공장 구내로 뛰어내렸다.

"이 더러운 년! 나한테서 도망칠 수 있을 것 같아?"

안니카가 주위를 둘러보았지만 스벤의 모습은 보이지 않았다. 그녀는 황급히 흰색 건물을 향해 뛰어가 빛바랜 하늘색 문을 잡아당겨 열고 어둠 속으로 뛰어 들어갔다. 아무것도 보이지 않아서 광재(광석을 제련한 후에 남은 찌꺼기. ─ 옮긴이) 더미에 걸려 넘어져 입에 재가 들어갔지만, 재빨리 일어서서 더 깊이 더 멀리 들어갔다. 그러는 내내 그녀는 흐느껴 울고 있었다. 눈이 어둠에 적응을 하자 사물의 윤곽이 드러나기 시작했다. 용광로와 빈 삽들이 보였고, 검댕과 녹으로 더러워진 창문이 지붕 아래에 일렬로 나 있었다. 그녀가 들어왔던 문은 멀리서 보니까 빛의 직사각형으로 보였고, 그 빛 속에서 그녀를 향해 천천히 걸어오고 있는 남자의 윤곽이 보였다. 그의 손에서 칼이 반짝이고 있었다. 안니카는 그 칼을 알아보았다. 스벤의 사냥용 칼이었다.

안니카는 돌아서서 뛰기 시작했다. 발밑에서 철판을 깐 바닥이 쾅쾅 울렸다. 용광로를 지나 계단을 올라갔다. 어두웠다. 비틀거리며 계단을 올라가다가 넘어져서 무릎이 까졌다. 올라가니 햇빛이 들어와 환했다. 작업대와 창문들, 윈치(밧줄이나 쇠사슬로 무거운 물건을 들어 올리거나 내리는 기계.—옮긴이) 몇 대가 보였다. 그녀는 밸브 같은 것에 머리를 박았다.

"거기가 끝이야."

스벤은 거칠게 숨을 몰아쉬고 있었고, 눈은 증오와 취기로 번득이고 있었다.

"스벤."

안니카는 계속 뒷걸음질을 치면서 흐느꼈다.

"스벤, 이러지 마. 이러면 안 돼……."

"나쁜 년."

바로 그때 계단에서 야옹 소리가 희미하게 들렸다. 안니카는 어둠 속을 두리번거리며, 검댕과 광재 속에서 고양이를 찾아보았다. 휘스카스! 오 맙소사. 고양이가 줄곧 주인을 따라온 것이다.

"휘스카스!"

안니카가 소리쳤다.

스벤이 한 걸음 다가서자 안니카는 한 걸음 뒤로 물러섰다. 고양이는 야옹거리고 가르릉 거리며 점점 더 가까이 오고 있었다. 뱅그르르 돌기도 하고, 깡총거리며 뛰어오다가, 녹슨 기계 부품에 코를 비비기도 하고, 석탄 조각을 가지고 놀기도 했다.

"빌어먹을 고양이 새끼는 신경 꺼. 니가 날 떠날 수 있을 줄 알았니?"

스벤이 쉰 목소리로 말했다. 익숙한 목소리였다. 그는 울음을 터뜨리기 일보 직전일 때 그런 목소리를 냈다.

과연 그는 울음을 터뜨렸다. 안니카는 아무 말도 할 수가 없었다. 목구멍이 바싹 조여들어서 소리를 낼 수가 없었다. 칼이 햇빛을 받아 반짝이고 있었다. 스벤은 엉엉 울면서 칼을 허공에 휘두르고 있었다.

"빌어먹을! 안니카, 널 사랑해!"

스벤이 외쳤다.

그 다음에 벌어진 일은 안니카가 보았다기보다는 온몸으로 느꼈다고 해야 맞겠다. 고양이가 스벤에게 다가가더니 뒷다리로 서서 그의 무릎에 얼굴을 비볐다. 그 다음 순간 번쩍이는 칼날이 허공을 가르더니 고양이의 배에 내려 꽂혔다.

"안 돼!"

고양이에게서 끔찍한 비명이 들렸다. 고양이의 몸이 공중으로 튀어 오르더니 커다란 호를 그리며 코크스 활송 장치 위로 날아가 떨어졌다. 선홍색 핏줄기도 호를 그리며 뿜어져 나왔고, 고양이의 몸에서 내장이 튀어나와 돌돌말린 밧줄처럼 배 밑에서 덜렁거리고 있었다.

"이 나쁜 놈!"

안니카는 갑자기 힘이 불과 철처럼, 그녀의 조상들이 녹여서 이 빌어먹을 건물을 만든 바로 그 철처럼 몸속에서 용솟음치는 것을 느꼈다. 통제할 수 없는 분노의 불길이었고 힘이었다. 그녀의 눈앞에 펼쳐지는 화면이 붉은 색으로 바뀌었고, 모든 일이 느린 동작으로 벌어지는 것 같았다. 그녀는 허리를 굽히고 검고 녹이 슨 파이프 한 개를 집어 들었다. 두 손으로 파이프를 굳게 잡았다. 그러고는 괴력을 발휘하여 그 파이프를 휘둘렀다. 스벤을 노려보면서 그에게로 다가갔다.

파이프가 스벤의 관자놀이를 강타했다. 안니카는 자신이 휘두른 파이프가 그의 두개골을 계란 껍질처럼 부숴버리는 것을 보았다. 눈동자가 돌아가더니 흰자위만 보였다. 파이프를 맞은 곳에서 뭔가가 뿜어져 나왔다. 두 팔은 마구 흔들리다가 옆으로 떨어졌고, 칼은 공중으로 날아갔다. 몸이 쿵하고 왼쪽으로 떨어져 굴렀고, 두 발이 바닥을 긁어대다가 움직임이 잦아들었다.

다음에는 그의 몸통을 가격했다. 갈비뼈가 부러지는 소리가 들렸다. 그의 몸도 괴력을 발휘했다. 그는 몸을 일으켰다. 기를 쓰고 뒹굴다가 일어섰다. 난간을 향해 비틀거리며 걸어가더니 천천히 난간 위로 몸을 기울이다가 그만 아래에 있는 용광로 속으로 떨어져 버렸다.

"나쁜 놈."

안니카는 숨을 헐떡이며 중얼거렸다.

그녀는 파이프로 그를 용광로 깊숙이 밀어 넣었다. 그녀가 마지막으로 본 것은 몸을 따라 용광로 속으로 밀려들어가던 그의 두 발이었다.

그녀는 콘크리트 바닥에 파이프를 떨어뜨렸다. 갑자기 찾아온 고요 속에서 파이프 떨어지는 소리가 쩌렁쩌렁 울렸다.

"휘스카스."

안니카가 속삭였다.

고양이는 코크스 활송장치 뒤에 쓰러져 있었다. 가슴이 절개되어 가슴뼈가 다 드러나 보였고, 가슴 안에 거품이 일고 끈적끈적한 덩어리가 보였다. 휘스카스는 아직도 약하게 숨을 쉬면서 그녀를 바라보며 야옹 소리를 내려고 했다. 그녀는 망설이다가 고양이를 들어올렸다. 더 아프게 하고 싶지는 않았다. 집게손가락으로 밖으로 나와 있는 내장을 배속으로 밀어 넣고 나서, 휘스카스를 품에 안고 바닥에 앉았다. 고양이를 안고 부드럽게 흔드는 동안 고양이의 가슴의 들썩거림이 천천히 가라앉았다. 고양이의 눈동자에 비치던 그녀의 모습이 사라졌고, 공백으로 변했다.

안니카는 가슴이 찢긴 고양이 시체를 품에 안고 몸을 흔들면서 흐느껴 울었다. 애처롭고 단조로운 울음이 오랫동안 계속 되었다. 그녀는 울음이 그치고 해가 공장 뒤편으로 뉘엿뉘엿 질 때까지 그곳에 앉아 있었다.

콘크리트 바닥은 딱딱하고 차가웠다. 그녀는 온몸을 떨고 있었다. 두 다리는 감각이 없어서, 그녀는 고양이를 품에 안은 채 비틀거리면서 힘겹게 일어섰다. 계단을 향해 걸어가는 동안 먼지가 공기 중에서 춤을 추는 것이 보였다. 계단을 내려가는 것이 끝도 없이 길게 느껴졌다. 그녀는 빛을 향해, 반짝이는 직사각형을 향해 걸어갔다. 밖으로 나왔을 땐, 아까 들어왔을 때만큼 청명했지만, 좀 쌀쌀해져 있었고 그림자가 길어져 있었다. 그녀는 잠깐 망설이다가 공장 출입구를 향해 걸어가기 시작했다.

\* \* \*


아직도 공장에 고용되어 있는 직원 여덟 명은 이제 막 퇴근을 하려는 참이었다. 둘은 벌써 자기 자동차에 타고 있었다. 공장장이 사무실 문을 잠그는 동안 나머지 다섯 명은 그 옆에 서서 대화를 하고 있었다.

안니카를 발견한 남자가 고함을 지르면서 그녀 쪽을 가리켰다. 그녀는 머리에서 허리까지 온통 피범벅이었고, 죽은 고양이를 품에 안고 있었다.

"무슨 일이오?"

공장장이 제일 먼저 냉정을 되찾고 안니카에게로 달려왔다.

"그가 저 안에 있어요. 용광로 속에요."

안니카가 힘없는 목소리로 말했다.

"다쳤어요? 도움이 필요해요?"

안니카는 대답하지 않고, 출입구를 향해 걸어갔다.

"이리 와요, 우리가 도울게요."

공장장이 말했다.

직원들이 안니카 주위로 몰려들었다. 자동차에 앉아 시동까지 걸어놓았던 직원 두 명도 시동을 끄고 그들에게로 걸어왔다. 공장장이 다시 사무실 문을 열고 그녀를 부축해 들어갔다.

"사고가 났소?"

안니카는 아무 대답도 하지 않고, 고양이를 꽉 끌어안고 앉아 있었다.

"구 공장에 있는 45톤 용광로를 살펴봐."

공장장이 숨죽인 목소리로 지시했다.

남자 세 명이 사무실을 나갔다.

공장장은 안니카 옆에 앉아 넋이 나간 것 같은 안니카를 살펴보았다. 온통 피투성이였지만, 다친 데는 없는 것 같다.

"안고 있는 건 뭐요?"

"휘스카스요. 내 고양이."

안니카는 고개를 숙이고 휘스카스의 부드러운 털에 뺨을 대고 비비다가 고양이의 귀에 살짝 호 하고 불었다. 휘스카스는 간지럼을 너무 잘 타서, 그녀가 이렇게 귀에 대고 불면 언제나 뒷다리를 들어 올려 귀를 긁곤 했었다.

"내가 맡아줄까요?"

안니카는 아무 대꾸도 없이 고개를 돌리고는 죽은 고양이를 더 꽉 끌어안았다. 공장장은 한숨을 쉬고 사무실을 나갔다.

"여자를 잘 지키고 있어."

그는 문밖에 서 있던 남자들 중 한 명에게 지시했다.

안니카는 자기가 그곳에 얼마나 오랫동안 그렇게 앉아 있었는지 알 수 없었다. 갑자기 남자의 손이 그녀의 어깨를 잡아서 정신이 들었다. 진부한 영화 장면 같아. 그녀는 생각했다.

"안녕하세요, 아가씨?"

안니카는 잠자코 있었다.

"에스킬스투나 경찰청 욘손 경감이요. 저 안 용광로 속에 남자의 시체가 있더군요. 그 일에 대해 아는 게 있어요?"

그녀는 아무 반응도 보이지 않았다.

경감이 그녀 옆에 앉았다. 2~3분 동안 그녀를 유심히 바라보더니 입을 열었다.

"대단히 심각한 일에 관련이 된 것 같군요. 그거 당신 고양인가요?"

안니카가 고개를 끄덕였다.

"그 암코양이 이름은요?"

"수코양이에요. 휘스카스요."

놀랍게도 말을 할 수가 있었다.

"휘스카스가 왜 그렇게 됐죠?"

안니카는 울음을 터뜨렸다. 경감은 그녀가 울음을 그칠 때까지 옆에서 조용히 기다리고 있었다. 마침내 그녀가 입을 열었다.

"그가 휘스카스를 죽였어요, 사냥용 칼로요. 막을 수가 없었어요. 그가 휘스카스의 배를 갈랐어요."

"그가 누구죠?"

그녀는 대답하지 않았다.

"여기 직원들은 죽은 남자가 스벤 맛손이라고 하던데요. 맞소?"

안니카는 망설이다가 경감을 바라보며 고개를 끄덕였다.

"내 고양이를 건드리지 말았어야 했어요. 휘스카스를 죽이지 말았어야 했다고요. 아시겠어요?"

경감이 고개를 끄덕였다.

"물론이죠. 그건 그렇고 당신 이름은?"

"안니카 소피아 벵트손이요."

그는 주머니에서 수첩을 꺼냈다.

"나이는?"

안니카가 욘손 경감의 눈을 바라보며 대답했다.

"스물네 살이요. 세상에 태어난 지 24년 5개월 20일 됐어요."

"세상에! 아주 정확하구만."

"일기를 쓰면서 날짜를 계속 세거든요."

안니카는 대답한 후, 죽은 고양이 위로 몸을 숙였다.

# 에필로그

"안녕하십니까! 카리나 비에른룬드입니다. 바쁘신데 전화 드렸습니까?"

총리는 수화기에 대고 소리를 내지 않고 한숨을 쉬었다.

"아니, 전혀. 무슨 일이지?"

"여러 가지 일로요. 아시겠지만, 전 요즘 아주 힘든 시간을 보내고 있습니다. 선거 기간 중에……."

그녀가 말끝을 흐렸다. 총리는 그녀가 말을 계속하기를 기다렸다.

"네, 그러니까, 전 근무기간이 8개월밖에 되지 않아서, 퇴직금이 그리 많지 않았습니다."

그랬다. 그건 총리도 인정했다.

"그래서 제가 정부를 위해 계속 일할 수 있는지 여쭤보려고 전화를 드렸습니다. 그동안 배운 것이 많아서 정부에 큰 보탬이 될 수 있다고 생각합니다."

총리는 미소를 지었다.

"물론이지, 카리나. 폭풍의 눈과 그렇게 가까운 곳에서 일한 경험은 인간을 완전히 바꿔놓지. 곧 새 직장을 찾을 수 있을 거야. 당신의 장점은 누가 뺏어갈 수 있는 게 아니니까."

"제가 알고 있는 정보도요."

"그렇지. 하지만 장관들은 언론 담당 비서를 자기 마음대로 고르고 싶어 해서 말이야. 그래서 나로서는 아무 약속도 해줄 수가 없을 것 같군."

그녀는 살짝 소리를 내어 웃었다.

"무슨 말씀을요. 약속을 해주실 수가 있죠. 최종 결정권자는 총리님이라는 건 누구나 다 아는 사실이잖습니까. 누구도 총리님의 결정에 반기를 들지 못하죠."

그건 사실이었다. 총리는 칭찬을 받은 듯 기분이 좋았다. 이 여자는 그렇게 멍청이는 아닌 것 같았다.

"카리나, 당신 뜻은 알겠어. 정부에 남아 있고 싶다는 거잖아. 미안하지만 내 대답은 아니다야. 이제 결론이 난 건가?"

카리나는 한동안 아무 말이 없었다.

"그래, 할 말이 그것뿐이라면······."

총리가 전화를 끊으려고 했다.

"잘 이해를 못 하시는군요, 총리님."

카리나 비에른룬드가 조용히 말했다.

"뭐라고?"

총리가 짜증 섞인 목소리로 되물었다.

"제가 설명을 잘 못한 것 같습니다. 이건 협상이 아닙니다, 총리님. 전 지난 8개월 동안 값을 매길 수도 없는 엄청난 사실을 많이 알게 되었다고 말씀드리고 있는 겁니다. 그래서 제가 많은 보탬이 될 수 있다고 확신하고, 제가 정부를 위해 계속 일하고 싶다고 말씀드리고 있는 겁니다."

총리는 수화기에 대고 심호흡을 했다. 뇌가 작동을 멈춘 것 같았다. 뭐 이런……? 이 여자가 도대체 뭘 알아냈다는 말인가?

"지금 제가 드린 말씀을 심사숙고해 주시기 바랍니다. 이런 말씀을 드리는 것도 이번 한 번뿐이니까요. 다시는 이런 이야기를 꺼내지 않을 겁니다. 그리고 총리님 결정의 책임은 총리님께서 직접 지셔야 할 겁니다."

총리는 입안이 바싹 타들어가는 것 같았다.

"당신은 사민당원도 아니잖아."

"그런 게 중요합니까?"

카리나 비에른룬드가 되물었다.

《크벨스프레센》에 실린 기사
날짜: 10월 7일
작성자: 셸란데르 기자

## 총리의 의외 인사

본문:

국무총리가 마침내 내각 개편을 단행했다. 새 내각 각료 명단에 대해서는 그동안 철통 보안이 유지되어 왔다. 어제 로센바드 정부 청사에서 총리가 새 내각 각료 전원의 명단을 공개하기 전까지 단 한 명에 대해서도 정보가 새나오지 않았다.

한 소식통은 "새로 임명된 장관들에 대해서는 입단속이 아주 철저했어요. 사전에 언론에 정보를 흘리는 사람은 누구라도 옷을 벗을 각오를 하라는 엄명이 있었죠."라고 말했다.

대체로 예상됐던 인물들이 각료 명단에 올랐지만 두 명은 대단히 의외의 인물이었다. 그중 한 명은 최근 룰레오에 있는 스웨덴 스틸(SSAB) 회장으로 임명된 크리스테르 룬드그렌 전 통상장관의 뒤를 이어 통상장관으로 임명된 에베르트 안데르손 전 카트리네홀름 지방정부 사회복지위원장이다. 그는 전국적 차원의 정치 활동 경력이 전무하지만, 총리와 친한 친구 사이로 알려졌다.

다른 한 명은 더 의외의 인물이다. 크리스테르 룬드그렌 전 통상장관의 언론 담당 비서였던 카리나 비에른룬드가 새 문화부 장관으로 임명되었다. 신임 문화부 장관은 첫 성명에서 이렇게 말했다.

"현재 언론의 상업화가 심각한 수준에 이르렀습니다. 저는 언론의 다양성을 유지하고 사주의 지나친 간섭과 영리 추구를 막기 위해서 언론 개혁 위원회를 구성할 계획입니다. 언론의 전횡이 크게 우려할 만큼 심각한 수준에 이르렀기 때문입니다."

그러나 문제는 신임 문화부 장관과 다른 각료들이 자신들의 정책을 어느 정도까지 실행에 옮길 수 있느냐 하는 것이다.

올해 총선에서 사민당은 사상 최악의 참패를 경험했다. 사민당이 정부 정책 중 어느 것이라도 추진하기 위해서는 적어도 두 개의 다른 정당의 지지를 받아야 하며……

(다음 면에 계속)

# 스튜디오 69 언론상 수상

스톡홀름(FLT) — 스톡홀름 라디오 하우스의 생방송 라디오 시사프로
그램 '스튜디오 69' 가 올해의 언론상 라디오 부문 상을 수상했다.

'스튜디오 69' 는 크리스테르 룬드그렌 전 통상장관이 올해 7월에 발생한
스트립걸 살인 사건에 관련되었음을 추적 보도한 공로를 인정받아 이 상
을 수상하게 되었다.

'스튜디오 69' 의 프로그램 진행자는 "이것은 조사 저널리즘의 승리입니
다. 이 언론상은 사회의 문제점을 파헤치는 진지한 프로그램과 능력 있는
기자가 우리 사회에 꼭 필요하다는 것을 보여주는 증거입니다."라고 논평
했다.

언론상 시상식은 11월 20일에 열릴 예정이다.

저작권 : FLT

스웨덴 중앙뉴스통신사(TT)의 전문
날짜: 2월 24일
섹션: 사회면

# 스트립 클럽 업주 실형 선고

스톡홀름(TT) — 스톡홀름에서 '스튜디오 69'라는 스트립 클럽을 운영했던 29세의 남자가 어제 5년 6개월의 실형을 선고받았다. 스톡홀름시 법원은 신용사기와 불법회계, 탈세 및 세무감사 공무 집행 방해죄로 그에게 이와 같은 중형을 선고했다.

그와 함께 클럽의 불법 운영을 도왔던 22세의 남미 출신 여성은 아직도 소재가 파악되지 않고 있다. 그녀가 출두하지 않은 채로 진행된 재판에서 그녀에겐 구금형이 선고되었다.

# 카프카스 유혈 내전에 스웨덴 산 무기 투입

보도:

(스튜디오 기자): 작년 9월 카프카스 산악 지대에 위치한 작은 공화국에서 치열한 전투가 재개되었습니다. 그 후 6개월 동안 벌어진 반군과 정부군과의 전투로 1만 명이 넘는 민간인이 사망했습니다. 현재 스웨덴 평화 중재 협회는 그 공화국의 정부군이 스웨덴의 무기 제조업체에서 생산된 무기를 사용하고 있다고 주장하고 있습니다. 이러한 주장은 오늘자 《크벨스프레센》의 논설 기사에서 제기되었습니다.

스웨덴 정부는 이러한 주장을 일축했습니다.

총리의 홍보수석은 "이러한 주장은 대단히 불확실한 추측에 불과합니다. 현재 문제의 공화국에 대해서는 무기 금수 조치가 발효 중입니다. 이런 상황에서 어떻게 스웨덴 산 무기가 그곳으로 흘러들어갔다는 것인지 도무지 이해할 수가 없군요. 스웨덴 정부는 그 지역으로의 무기 수출을 허가한 바도 없고 예측 가능한 미래에 수출을 허가하지도 않을 것입니다." 라고 주장했습니다.

(보도 끝)

# 유명 밴디 선수 살인범, 유죄 판결

에스킬스투나 — 작년에 헬레포르스네스에서 밴디(스칸디나비아 반도 사람들이 즐기는 하키와 비슷한 운동 종목. — 옮긴이) 선수 스벤 맛손을 살해한 혐의로 기소된 25세의 여성이 어제 에스킬스투나 카운티 법정에서 과실 치사 혐의에 대해 유죄 판결을 받고, 보호관찰형이 선고되었다.

검사는 이 여성을 살인죄로 다스려야 한다고 주장했지만, 판사들은 변호인의 손을 들어주었다. 판사들은 피해자가 피의자인 그 여성을 장기간 학대해 왔다는 사실을 감안하여 이런 결정을 내렸다. 피의자의 행동은 일정 부분 정당방위로 보여진다는 것이다.

변호인은 "피의자가 그동안 피해자로부터 받았던 신체적 정신적 학대의 내용을 상세하게 기록한 일기가 이번 판결에 결정적인 영향을 미쳤다고 생각합니다."라고 논평했다.

피의자는 판결과 관련한 논평을 거부했다.

변호인은 또 "피의자는 비극적인 사건이 있은 후 완전히 새로운 삶을 살고 있습니다. 현재 스톡홀름에 거주하고 있으며, 판결이 있었던 어제, 일하고 있던 직장에서 정규직으로 전환이 되었습니다."라고 말했다.

(EK)

# 감사의 글

『스튜디오 69』는 소설이다. 《크벨스프레센》이라는 신문사는 현존하는 여러 언론사의 특징을 담고 있긴 하지만, 실제로 존재하지 않는다.

정부부처 및 공공단체와 각 기관의 관장업무에 관한 설명은 산업고용통신부가 만들어지기 이전 상황을 바탕으로 한 것이다.

이 소설에 등장하는 모든 등장인물은 작가의 상상력의 산물이다. 등장인물들과 실제 인물들과의 유사성은 전적으로 우연에 의한 것임을 밝혀둔다. 그러나 실제 정치인들과 공무원들이 실명으로 등장한 경우도 있다. 그들은 스웨덴의 사회민주당이 스웨덴 국민들을 사찰한 사건과 관련하여 역사책에서 이름을 찾아볼 수 있는 사람들이다. 이 사건과 관련한 특정 사실들과 정보는 이미 세상에 공개된 사실들을 근거로 기술한 것이다. 그러나 정보국 사건의 전말과 반향에 관한 내용은 전적으로 허구이다.

정보국 사건에 관한 취재원과 참고문헌은 다음과 같다.

《폴케트 이 빌드 쿨투르프론트*Folket i Bild Kulturfront*》, 1973, 9호, 얀 기유, 페테르 브라트.

《콤무니셰가르나*Kommunistjägarna*》, 요나스 굼메르손, 토마스 캉에르(오르드프론트, 1990).

《아프톤블라데트*Aftonbladet*》, 1990. 12. 3. 특집면, '사닝엔 옴 덴 스벤스카 네우트랄리테텐*Saningen om den svenska neutraliteten*(스웨덴 중립주의에 관한 진실)', 요나스 굼메르손, 토마스 캉에르.

1998년 총선 기간 동안의 TV4 뉴스 보도.

타로 카드의 설명과 해석에 관해서는 예르드 시에글레르의 『타로트 : 셸렌스 스페겔*Tarot: själens spegel*(타로: 영혼의 거울)』을 참조했다.

스트립 클럽에 관한 내용은 이사벨라 요한손이 쓴 『엔 스트리파스 베셴넬세*En strippas bekännelse*(스트립걸의 고백)』의 도움을 많이 받았다.

그리고 내 질문에, 가끔은 황당한 질문에도 성심성의껏 대답해 준 모든 분들에게 감사드린다. 그분들은 다음과 같다.

요나스 굼메르손, TV4 보도국 시사보도부장. 내게 다양한 참고 서적을 소개해 주었고, 사실 확인을 도와주었으며, 스웨덴의 국내외 정탐 활동에 관한 소중한 지식을 전해 주셨다.

로베르트 그룬딘, 국립법의국 조교수. 법의국의 업무에 대해 설명해 주셨다.

클라에스 카셀, 스톡홀름 경찰청 공보관. 경찰의 제반 업무에 관해 설명해 주셨다.

카이 헬스트룀, 헬레포르스네스 주물공장 공장장. 주물 공정과 버려진 용광로에 관해 친절하게 설명해 주셨다.

에바 빈트셸, 스톡홀름 지방검사. 법률자문과 분석을 맡아 주셨다.

셰르스티 로센 신문 옴부즈맨과 에바 텟셀 방송위원회 총무부장. 언론 윤리 문제에 관한 분석을 도와주셨다.

비르기타 비클룬드, 국방부 정보부 대민상담직원. 공식 문서 열람원칙과 정부기관의 우편물 발송, 수신에 관해 설명해 주셨다.

닐스 군나르 헬그렌, 외교부 외교 문서 배달 서비스 책임자. 외교 문서 배달 서비스와 배달 가방에 대해 설명해 주셨다.

페테르 뢰스트, 라운드 고틀란드 보트대회 우승자. 요트 용어를 설명해 주셨다.

올로브 칼손, 노르보텐 TV 편집장. 피테오 지방에 대해 설명해 주셨다.

마리아 헬스트룀과 카타리나 닛스. 쇠름란드 지역에 대해 설명해 주셨다.

니콜라이 알스테르달과 리누스 펠드트. 내 컴퓨터 스승님이었다.

시게 식프리손, 뛰어난 판단력을 가진 출판사 사장님. 아직까지 한 번도 나를 실망시키지 않았다.

로타 스니카레, 푀레닝스파르방켄의 경영 컨설턴트. 지속적으로 유익한 대화를 나눴다.

요한네 힐데브란드트, TV 방송국 피디이자 전쟁 관련 통신원이며, 내 좋은 친구. 날마다 내게 격려를 아끼지 않았다.

그리고 마지막으로 누구보다도 극작가인 토베 알스테르달님께 감사드린다. 내 원고를 가장 먼저 읽어 준 독자이자 예리한 비평가였다.

마지막으로, 이 소설에서 나타날지 모르는 모든 실수는 전적으로 내게 책임이 있음을 밝혀둔다.

| 옮긴이 | 한정아

서강대학교 영문학과와 한국외국어대학교 통역번역대학원 한영과를 졸업했다. 한양대학교 국제어학원에서 재직했으며 현재 전문번역가로 활동 중이다. 주요 번역서로는 『속죄』, 『무죄추정』, 『소피의 선택』, 『반환』, 『유골의 도시』, 『블랙 아이스』, 『춤추는 마리』 등이 있다.

# 스튜디오 69 (하)

1판 1쇄 찍음  2011년 5월 23일
1판 1쇄 펴냄  2011년 5월 30일

**엮은이** | 리사 마르클룬드
**옮긴이** | 한정아
**발행인** | 김세희
**편집인** | 김준혁
**책임편집** | 최고운
**펴낸곳** | 황금가지

**출판등록** | 1996. 5. 3 (제16-1305호)
**주소** | 135-887 서울 강남구 신사동 506 강남출판문화센터 5층
**전화** | 영업부 515-2000  편집부 3446-8774  팩시밀리 515-2007
**홈페이지** | www.goldenbough.co.kr

© ㈜민음인, 2011. Printed in Seoul, Korea

ISBN 978-89-94210-88-9  03890

* 황금가지는 ㈜민음인의 픽션 전문 출간 브랜드입니다.

추리 · 호러 · 스릴러
# 밀리언셀러 클럽

| | |
|---|---|
| 1 리타 헤이워드와 쇼생크 탈출 사계 봄·여름 \| 스티븐 킹 | 66 그레이브 디거 \| 다카노 가즈아키 |
| 2 스탠 바이 미 사계 가을·겨울 \| 스티븐 킹 | 67·68 리시 이야기 1·2 \| 스티븐 킹 |
| 3 살인자들의 섬 \| 데니스 루헤인 | 69 코로나도 \| 데니스 루헤인 |
| 4 전쟁 전 한 잔 \| 데니스 루헤인 | 70·71·74 스탠드 1·2·3 \| 스티븐 킹 |
| 5 쇠못 살인자 \| 로베르트 반 훌릭 | 4·5·6 |
| 6 경찰 혐오자 \| 에드 맥베인 | 72 머더리스 브루클린 \| 조나단 레덤 |
| 7·8 고스트 스토리 (상)(하) \| 피터 스트라우브 | 73 여탐정은 환영받지 못한다 \| P. D. 제임스 |
| 9 경마장 살인 사건 \| 딕 프랜시스 | 76 줄어드는 남자 \| 리처드 매드슨 |
| 10 어둠이여, 내 손을 잡아라 \| 데니스 루헤인 | 79 러시아 추리작가 10인 단편선 \| 옐레나 아르세세바 외 |
| 11·12 미스틱 리버 (상)(하) \| 데니스 루헤인 | 80 블러드 더 라스트 뱀파이어 \| 오시이 마모루 |
| 13 800만 가지 죽는 방법 \| 로렌스 블록 | 81·82·90·91 적색,청색,흑색,백색의 수수께끼 \| 다카노 가즈아키 외 |
| 14 신성한 관계 \| 데니스 루헤인 | 83 18초 \| 조지 D. 슈먼 |
| 15·16 아메리칸 사이코 (상)(하) \| 브렛 이스턴 엘리스 | 84 세계대전Z \| 맥스 브룩스 |
| 17 벤슨 살인사건 \| S. S. 반다인 | 85 텐더니스 \| 로버트 코마이어 |
| 18 나는 전설이다 \| 리처드 매드슨 | 86·87 듀마 키 1·2 \| 스티븐 킹 |
| 19·20·21 세계 서스펜스 걸작선 1·2·3 \| 제프리 디버 외 | 88·89 얼터드 카본 1·2 \| 리처드 모건 |
| 22 로마의 명탐정 팔코 1 실버피그 \| 린지 데이비스 | 92·93 더스크 워치 1·2 \| 세르게이 루키야넨코 |
| 23·24 로마의 명탐정 팔코 2 청동 조각상의 그림자 (상)(하) \| 린지 데이비스 | 94·95·96 21세기 서스펜스 컬렉션 1·2·3 \| 에드 맥베인 엮음 |
| 25 쇠종 살인자 \| 로베르트 반 훌릭 | 97 무덤으로 향하다 \| 로렌스 블록 |
| 26·27 나이트 워치 (상)(하) \| 세르게이 루키야넨코 | 98 천사의 나이프 \| 아쿠마루 가쿠 |
| 28 로마의 명탐정 팔코 3 베누스의 구리반지 \| 린지 데이비스 | 99 6시간 후 너는 죽는다 \| 다카노 가즈아키 |
| 29 13 계단 \| 다카노 가즈아키 | 100·101 스티븐 킹 단편집 모든 일은 결국 벌어진다 (상)(하) \| 스티븐 킹 |
| 30 마이크 해머 시리즈 1 내가 심판한다 \| 미키 스 레인 | 102 엑사바이트 \| 하토리 마스미 |
| 31 마이크 해머 시리즈 2 내총이 빠르다 \| 미키 스 레인 | 103 내 안의 살인마 \| 짐 톰슨 |
| 32 마이크 해머 시리즈 3 복수는 나의 것 \| 미키 스 레인 | 104 반환 \| 리 밴스 |
| 33·34 애완동물 공동묘지 (상)(하) \| 스티븐 킹 | 105 하루하루가 세상의 종말 \| J. L. 본 |
| 35 아이거 빙벽 \| 트레바니언 | 106 부드러운 불 \| 기리노 나쓰오 |
| 36 뱀파이어 헌터 애니타 블레이크 1 달콤한 죄악 \| 로렐 K. 해밀턴 | 107 메타볼라 \| 기리노 나쓰오 |
| 37 뱀파이어 헌터 애니타 블레이크 2 웃는 시체 \| 로렐 K. 해밀턴 | 108 황금 살인자 \| 로베르트 반 훌릭 |
| 38 뱀파이어 헌터 애니타 블레이크 3 저주받은 자들의 서커스 \| 로렐 K. 해밀턴 | 109 호수 살인자 \| 로베르트 반 훌릭 |
| 39·40·41 제 1의 대죄 1·2·3 \| 로렌스 샌더스 | 110 칼날은 스스로를 상처 입힌다 \| 마커스 세이키 |
| 42·43 스티븐 킹 단편집 스켈레톤 크루 (상)(하) \| 스티븐 킹 | 111·112·113 언더 더 돔 1·2·3 \| 스티븐 킹 |
| 44 아임 소리 마마 \| 기리노 나쓰오 | 114 폭파범 \| 리사 마르클룬드 |
| 45 링 \| 스즈키 고지 | 115 비트 더 리퍼 \| 조시 베이젤 |
| 46·47 가라, 아이야, 가라 1·2 \| 데니스 루헤인 | 116·117 스튜디오 69 (상)(하) \| 리사 마르클룬드 |
| 48 비를 바라는 기도 \| 데니스 루헤인 | |
| 49 두번째 기회 \| 제임스 패터슨 | **한국편** |
| 50 톰 고든을 사랑한 소녀 \| 스티븐 킹 | 1 몸 \| 김종일 |
| 51·52 셀 1·2 \| 스티븐 킹 | 2·3·4 팔란티어 1·2·3 \| 김민영 (옥스타칼니스의 아이들 개정판) |
| 53·54 블랙 달리아 1·2 \| 제임스 엘로이 | 이프 \| 이종호 |
| 55·56 데이 워치 (상)(하) \| 세르게이 루키야넨코 | 8·10·12·14·16 한국 공포 문학 단편선 \| 이종호 외 |
| 57 로즈메리의 아기 \| 아이라 레빈 | 9 B컷 \| 최혁곤 |
| 58 데릭 스트레인지 시리즈 1 살인자에게 정의는 없다 \| 조지 펠레카노스 | 11·13·18 한국 추리 스릴러 단편선 \| 최혁곤 외 |
| 59 데릭 스트레인지 시리즈 2 지옥에서 온 심판자 \| 조지 펠레카노스 | 15 섬 그리고 좀비 \| 백상준 외 4인 |
| 60·61 무죄추정 1·2 \| 스콧 터로 | 17 무녀굴 \| 신진오 |
| 62 암브스 문도스 \| 기리노 나쓰오 | |
| 63 잔학기 \| 기리노 나쓰오 | |
| 64·65 아웃 1·2 \| 기리노 나쓰오 | |